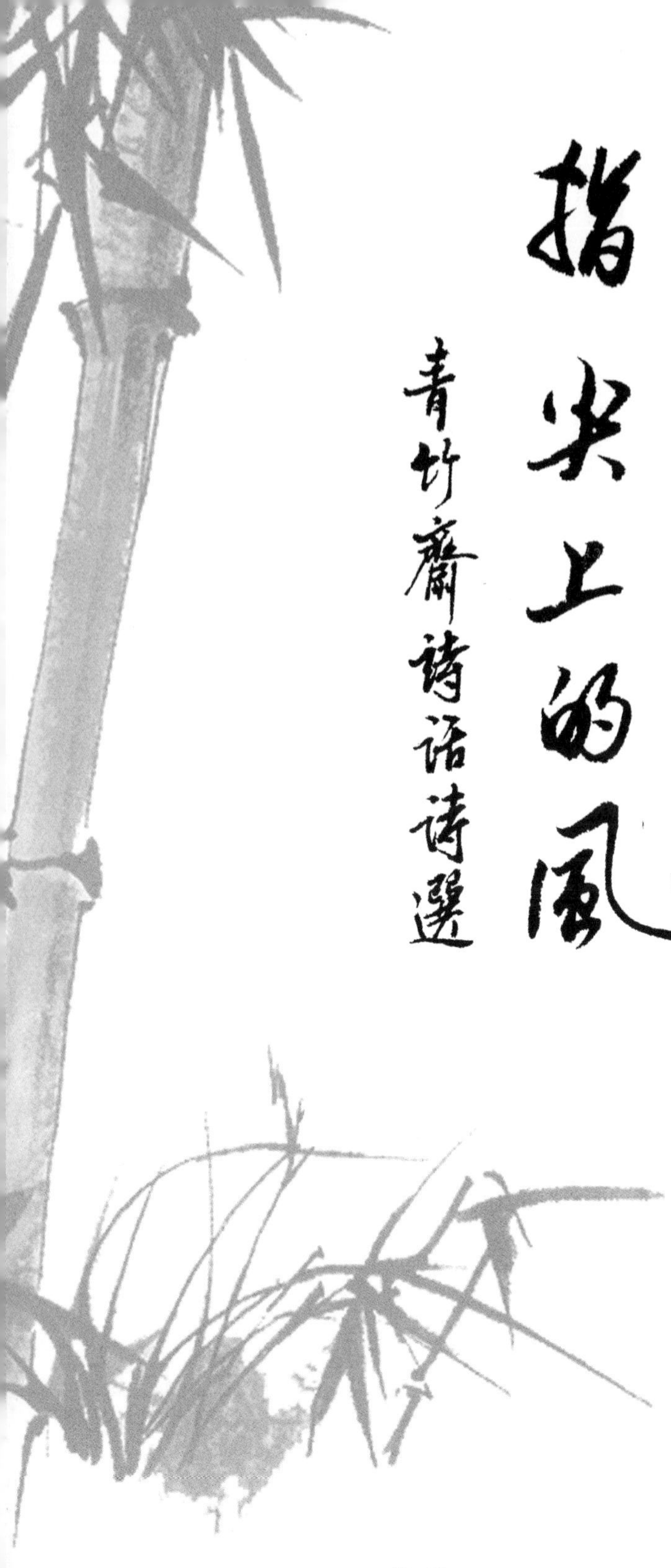

指尖上的風

青竹齋詩話詩選

徐文新 著

泰山出版社 · 济南 ·

说在前头

先说我。

我不是诗人，只是个坚定的诗词“票友”。从小至今，从未放弃。

我所学的专业和所从事的工作也与诗词无关，尽管我曾为此争取过。

因此，本书既非专业著述，也不是为了评诗论词。它只是一位诗词“票友”的思考，只为与更多的诗词“票友”交流。是纯粹的业余之言。

我对诗词的爱好，虽有本性使然，但主要是少年时受家庭熏陶和环境影响。我的外公喜欢诗词、善书法，而且受过严格的私塾教育，也就自然成为我的启蒙老师。祖孙俩吟诗唱和的场景，至今历历在目，恍若昨日。

此后，我虽然离开了家乡，工作几经变动，但诗词就像忠实的伴侣，一直随我走到今天，从未分离。无论在家还是出差，无论是苦还是乐，也无论高峰还是低谷，所见所闻，所经所历，发乎性情，由乎自然，笔随心走，恣意而为。我既不为一诗之成而致于苦，也不为一诗之功而告于世。只为放飞心灵，让它在我的宇宙中自由翱翔。那种无以言表的美妙与感动，那种独自一人的热泪长流，始终充盈在我的生命之中，醇厚而持久。

就这样，几十年过去了。我看的书多了，写的诗多了，自然就会有些思考，点点滴滴，集腋成裘，居然也有几十万字。退休后，我便把其中属于人生思考的内容和诗词，收入2014年出版的《静心集》（中国社会科学出版社）。属于诗体诗法的思考和心得，便成了这本书的主要内容。

再说这本书。

在整理这些心得的过程中，我发现这几十年对诗词的思考，很大部分是关于诗歌时代性的，即如何在继承中创新，其中尤以对新诗的思考为最。晚清诗词评论家王国维曾说过："凡一代有一代之文学：楚之骚，汉之赋，六代之骈语，唐之诗，宋之词，元之曲，皆所谓一代之文学，而后世莫能继焉者也。"那么，已历百年的新诗（仅就诗体而言），是否也会像历史上的各种诗体一样，通过自身的不断革新，以适应新时代的需要呢？如果应当而且必须如此，那么新诗又应从哪些方面进行改进优化乃至创新呢？

要回答这个问题，其前提就是对当今的时代主题和基本特征，有一种系统而科学的认知和把握，即我们究竟生活在一个怎样的时代，这样的时代是否还需要诗歌，或需要什么样的诗歌。而要回答这一点，又必须把这个时代放在整个历史的长河中来认识，把新诗放在中国诗歌史中来把握。因为任何一个时代都不是孤立的存在，它只是历史长河中的一个阶段或过程。不同时代之间的内在联系，不仅是必然的，也是无法人为割裂的。今天是昨天的继续，明天是今天的必然。

其实，诗歌的产生发展过程也一样。古往今来，任何一种诗体的形成，不仅需要相应的时代条件，并由此彰显出自己的时代性，而且同样需要相应的历史基础和人文传统，并由此呈现出自己的文化血脉。古今中外的诗歌发展历程，已充分证明了这种规律性。它已无数次告诉我们，没有人可以脱离时代条件而创作，也同样没有人可以任意割断自己的文化血脉，尽管你在主观上确有如此追求。在现实中，即使那些认为“新诗根本不是诗”的人，恐怕也不得不承认新诗所拥有的广泛受众，以及它所展现的时代力量；即使那些宣称“新诗就是对传统告别”的人，恐怕也不得不承认，在大多数新诗作品中，依然流淌着中华民族的文化血液，跳跃着传统诗词的元素和技法。诗歌就是这样从远古走到了今天，而且也必然如此这般地走向未来。

很显然，这并不是一个轻松的话题。

有位诗人对我说：你写这本书，有点儿“不识时务”，现在有谁会关心诗词的好坏与发展？又有多少人喜欢诗歌呢？我理解他的劝告，因为这是个随处可见的事实。而我也有自己的考量。其中一个基本认知就是，有些人不喜欢诗歌，并不等于他们不需要诗歌。因为他们也有自己的精神世界需要打理，也有自己的精神追求需要经营。尽管他们对此并不那么自觉，或并不以诗歌作为自己的情感诉诸对象。但我们依然不能否认这种需要的存在，并在某种程度上影响其人生价值和意义的选择。否则，人的本质就要被重新定义了。

即使从具体的现实层面看，这种需要同样是存在的。也就是说，正因为现在的人太忙了，才比以往更需要具有审美情趣的休闲调剂，而诗歌恰恰是这种审美情趣的重要元素之一；正因为现在的人压力太大了，才比以往更需要情感的慰藉或宣泄，而诗歌历来都是寄托、宣泄人类情感，并由此获得心灵安慰的重要方式；正因为现在的人太浮躁了，才比以往更需要清心，而诗歌正是人们进入清凉世界的路径之一；正因为现在的人太功利了，才比以往更需要深刻与境界，而诗歌正是我们通向深刻与境界的阶梯之一。事实上，在一个快速发展和充满变化的社会中，无论我们承认不承认、愿意不愿意，大家都面临着一个共同课题，那就是如何经营自己的精神世界，做快乐的主人，做幸福的主人，做高尚的主人。为此，我在书中就诗歌的“三化”之功，谈了些自己的看法。“三化”之功，诗即“化机”。

从这个意义上说，人类对诗歌的需要是永恒的，只要人还活着，或者只要人类自身不被“人工智能”所取代。正如当代著名诗人屠岸先生所说：“人类不灭，诗歌不亡。”因此，问题的关键不是大家喜不喜欢诗歌，而是社会能够向大众供给什么样的诗歌，并以什么方式、样式和渠道实现有效供给，更好适应当代人的阅读方式、认知方式、情感体验方式和工作生活方式。而这些也是本书要探讨的问题之一。

为了使大家更直观地体会本书探讨的观点和看法，我将自己写作的部分诗词（含已发表的）收录于后。其中，现代杂言诗五十二首；现代格律诗八十三首；现代词五十三首；现代五古二十一首，总计二百零九首。俗话说，话好说，事难做。就算我的“诗话”尚有几分道理，也不代表我的诗词写得好。同时，由于这些诗词的时间跨度比较大，有少年时写的，有青年时写的，有中年时写的，也有退休后这几年写的。所以，诗词中难免留有某个时代的特殊痕迹。恳请大家在阅读时，能够把它放在相应的时代背景下来理解。我不想为了出书而使这些诗词失去自己的时代特色。

衷心感谢池骋编辑对本书的精心编校，感谢著名书法家韩世伟先生为本书题写书名。在本书的写作过程中，韩文坤、林丽美等为我提供了很多帮助，在此深表谢意。

徐文新

2019 年 2 月 28 日

目　录

诗　话

卷一　诗歌在创新中发展

你如果喜欢诗歌，又有点空闲，那不妨找本中国诗歌史看看。然后你就会发现，整个中国诗歌的历史，就是一个不断演化、不断创新发展的历史。而它的真实写照，正如晚清诗词评论家王国维所说的："凡一代有一代之文学：楚之骚，汉之赋，六代之骈语，唐之诗，宋之词，元之曲，皆所谓一代之文学，而后世莫能继焉者也。"时代性既是中国诗歌的基本特征，也是历代诗人的不懈追求。

你如果已经会写诗词，又想掌握点诗词理论和技法，那还可以看看历代诗学大家的诗说词话，你同样会发现，诗歌的时代性，也一直是他们探索和研究的主要课题之一。而他们的共同观点，就是"法古而不拘泥古"，"求新而不失"，即在继承中不断推进诗歌的创新与发展。

也就是说，无论是历代诗人，还是历代诗说词话，创新求变都是他们探索与实践的主要取向。南宋诗词评论家严羽，在《沧浪诗话》中曾做过一个概括："风雅颂既亡，一变而为离骚，再变而为西汉五言，三变而为歌行杂体，四变而为沈、宋律诗。""风雅颂"即诗之六义中的三义，另三义是"赋比兴"。这里代指《诗经》四言体；"亡"不是没有了，而是一种存在状态。

明代诗坛上的“公安派”也曾明确提出：不同时代有不同的文学，文学是随时代变化而变化的。因此，应该反对“贵古贱今”的倾向。其代表人物袁宏道说：“文之不能不古而今也，时使之也。……夫古有古之时，今有今之时，袭古人语言之迹而冒以为古……语言亦有古今，今人所谓奇字奥句，安知非古之街谈巷语耶？”同为“公安派”代表人物的袁中道也指出：天下无百年不变之文章。也就是说，时代变了，文学的形式、语言也一定会变，这是文学发展的必然规律。

相比较而言，清代文学家叶燮在《原诗》中说得更为详细：“诗始于《三百篇》而规模体具于汉。自是而魏，而六朝、三唐，历宋、元、明，以至昭代，上下三千余年间，诗之质文、体裁、格律、声调、辞句，递升降不同。而要之，诗有源必有流，有本必达末；又有因流而溯源，循末以返本。其学无穷，共理日出。乃知诗之为道，未有一日不相续相禅而或息者也。”因此，“时有变而诗因之”。这里的“时”，就是指时代及时代的变化；“因之”，就是一种体例的诗歌，大都是因一定的时代条件而产生，也要不断适应时代的需要而发展。归根结底，包括诗歌在内的文学，既是为现实和人的发展服务的，同时也是它产生发展的基础。正因为如此，自《诗经》以降，我国的诗歌才能“尽态极妍，争新竞异，千状万态，差别井然”。叶燮主张：“若夫诗，古人作之，我亦作之。自我作诗，而非述诗也。故凡有诗，谓之新诗。”

还有大家熟悉的清代诗人赵翼那首诗，讲的也是这个道理：“李杜诗篇万口传，至今已觉不新鲜。江山代有才人出，各领风骚数百年。”对于喜欢唐诗，尤其是李杜的人来说，也许不以为然。其实，赵翼也是相当崇拜李杜的，比如他在《论诗》中的评价等。他在这里所强调的，不过是诗歌的时代性而已。而这个问题，恰恰是每一代人包括今天的我们，都必须关注和面对的。因为我们的人生同样需要激情、境界和深刻。

毛泽东同志早在1938年就明确指出："艺术作品要有内容，要合时代的要求，大众的要求。"1959年至1960年，毛泽东同志多次强调："接近社会生活，才有可能产生像《离骚》这样好的文学作品。"[1]可以说，时代性同样是毛泽东同志诗论和诗词的重要特征。

从实践的角度看，据张建业的《中国诗歌简史》介绍，从我国第一部诗歌总集《诗经》到近体诗（律诗）的定型成熟，其间经历了多次创新，也出现过多次重大发展。相伴而来的便是"诗仙""诗圣"和一代又一代杰出诗人的涌现，以及独步世界的伟大诗篇，成为中华民族的宝贵财富，滋养着一代又一代中华儿女的精神世界，使我们无论身在何处，无论面对怎样的人生际遇、酸甜苦辣，都可以借助它来抒发自己的情感、抚慰自己的心灵，激励人生。

对于这些久远的诗歌创新，我们已难有亲历之感。好在中国诗歌史和历代诗说词话，为这些创新提供了一个基本脉络。

从《诗经》到楚辞

《诗经》大家都比较熟悉，是我国第一部诗歌总集，分风、雅、颂三部分，共三百零五篇，所以也称"诗三百"或"三百篇"。

1 徐四海编著：《毛泽东诗词全编笺译》，东方出版社2017年版，第18页。

从时间上看，大体包括了西周初年至春秋中叶约五百年的历史。孔子对《诗经》非常重视，尤其是它的社会价值和教化功能，认为“不学《诗》，无以言”。到了汉代，《诗经》已成为儒家经典之一了，也是最早被中央政府立于官学的典籍之一，其历史地位是极高的。凡学诗者，大都从《诗经》读起，我和我的诗友们也大都是这样走过来的。不仅要学，而且要背诵下来，其中自有一番苦寒梅香的体验，却也是愉悦而幸福的。

《诗经》的崇高地位，还在于它“兼经学与文学于一身的特征”。徐兴无先生在《〈诗经〉评介》中指出：“《诗经》最早产生的影响并不在文学方面，而在道德和政治方面，即被用作培养个人素质和处理政事的工具。这一点，也被《诗经》的整理和传授者孔子接受光大，将其普及平民的教育之中。”[1]

而我想说的是，对于地位如此之高的《诗经》，我们的祖先是尊崇而不拘泥，诗歌也没有因此而止步不前。反而是继续求索、代有创新、不断发展。产生于战国后期的楚辞，便是这一历程的先驱。可以说，“吾将上下而求索”，不仅是中华优秀传统文化的特质，也是中华民族的人文特质。纵横三千年，中国诗歌的求索与创新从未停止，今天依然。因为新时代同样需要与之相适应的新诗歌。

楚辞，是伟大诗人屈原在充分吸收中原文化和南方民歌精华基础上创造的全新诗体，即“骚体”，后人称为“楚辞”。就当时的历史条件而言，这一创新的时代意义主要在于：突破了《诗经》四言一句的格式，第一次采用了长短不拘、参差不齐

1　张伯伟主编：《中国典籍精华丛书·文苑明珠（第一卷）》，中国青年出版社 2000 年版，第 79 页。

的句式；进一步丰富和发展了《诗经》的比兴手法，尤其是夸张、奇特的想象和神话的运用，使其更加生动浪漫，更适宜思想情感的表达。张建业先生在《中国诗歌简史》中认为：楚辞的产生，是我国古代诗体的一次大解放，标志着我国诗歌的新发展，奠定了诗歌浪漫主义基础。鲁迅先生在《汉文学史纲要》中也倍加推崇屈原的作品，称其为"逸想伟辞，卓绝一世。其影响于后来之文章，乃甚或在三百篇以上"。这里的"三百篇"就是《诗经》。可见，鲁迅先生对楚辞的评价是相当高的，且主旨与众不同。

这表明，楚辞不仅在诗体和形式上，而且在内容和思想上，对后世都有很大影响，具有非常重要的历史价值和现实意义。对此，周建忠先生在《〈楚辞〉评介》中认为："以屈原及其作品为主体的《楚辞》，其价值主要表现在：1. 开创了个性化的文学；2. 推动了爱国主义的形成、发展；3. 开创了新的诗歌体裁；4. 奠定了我国浪漫主义诗歌的优良传统；5. 提出了'发愤以抒情'的悲剧理论；6. 形成了中国山水文学发展的基础。"[1] 更为重要的是，楚辞在继承《诗经》社会价值和教化功能的基础上，对"诗的艺术本身""艺术与审美和主体的价值关系"以及人文精神的塑造等，都给予了前所未有的关注，其创新性是显而易见的。

如果仅就诗体的开创性而言，正如张天来先生在《〈文选〉评介》中所说，在中国古代文论中，一直把楚辞视为汉赋的源头。在汉代人心目中，楚辞与汉赋已是浑然一体。比如班固就将《离

1　张伯伟主编：《中国典籍精华丛书·文苑明珠（第一卷）》，中国青年出版社 2000 年版，第 175 页。

骚》称为“赋”。南朝梁刘勰在《文心雕龙》中也认为：“赋也者，受命于诗人，拓宇于楚辞。”清代刘熙载在《艺概·赋概》中说得更明确：“骚为赋之祖。”如果沿着这个思路往下看，楚辞对乐府、宋词、散曲、清词的影响，也是显而易见的。尤其是对如今的新诗，其诗体诗法、浪漫主义精神和高远的境界塑造，都有相当的借鉴意义。

从汉乐府到五言古诗

汉承秦制，在中央政府也设有“乐府”，即官方音乐机构，并在全国各地大量采集民歌民谣，经汉乐府雅化后，配上音乐，逐步形成了一种以五言和杂言为主且与乐合的新诗体，简称“乐府诗”。到了唐代，白居易等人兴起“新乐府运动”，作新题乐府，从而使诗与乐逐渐分离，但在名称上依然叫“乐府”。

据《中国诗歌简史》介绍，这种诗体的创新意义，与楚辞既有同工之处，又有异曲之妙。其同工之处在于，在形式上它和楚辞一样，都突破了《诗经》每诗三章、每章四句的基本格式，并根据内容的实际需要，长短随意，整散自由，不拘一格；从句式上看，它也和楚辞一样，突破了《诗经》四言的限制，自由活泼，任意挥洒，且语言更加生动。而异曲之妙则在于，汉乐府诗的音乐性，得到了空前的提高和发展。虽然《诗经》和楚辞也是可歌的、也具有相应的音乐性，但就其自觉性、专业性和广泛性而言，都无法与乐府诗相比。可以说，汉乐府民歌和后来的乐府诗留给我们的最大贡献，就是它的音乐性，就在于诗与乐的合和而化、一体发展。尤其是对如今的新诗，其价值和意义更为显著。

从我国诗歌的发展进程看，汉乐府民歌和乐府诗的另一个创新性贡献，还在于它促进了五言和杂言体的进一步成熟和发展，极大地提高了诗歌的表现力，使中国诗歌在《诗经》和楚辞的基础上，又向前发展了一大步，对后世的诗歌创作产生了广泛而深刻的影响。到东汉末年，五言诗不仅成为诗歌的主要形式，也由此成为我国诗歌史上又一重要诗体，诸如《古诗十九首》、长篇五言诗《孔雀东南飞》《陌上桑》，以及著名的“建安诗歌”“正始和西晋诗歌”等。曹操现存的二十余首诗，大都是五言乐府歌辞。

需要注意的是，南宋严羽在《沧浪诗话》中所说的“歌行杂体”，就是上述所说的“杂言体诗”。它虽然和五言古诗一样，有着悠久的民间发展历史，但也同样是在汉乐府民歌的创新发展中走向成熟的。从广义上说，歌行杂体就是乐府诗的一部分。比如从民歌《行路难》《太山梁父吟》《幽州马客吟歌辞》到南北朝鲍照的《拟行路难》《代放歌行》，再到李白的《蜀道难》《将进酒》、杜甫的《兵车行》等，均表现出汉乐府民歌“句法参差、长短错杂、形式自由”的基本特征。抑或说，它们本身就是乐府歌行的优秀作品。

令人遗憾的是，汉乐府民歌大都没有保存下来。据《汉书·艺文志》所载，西汉乐府民歌有一百三十八首，但现存乐府民歌包括东汉乐府民歌在内总共不过三四十首，且西汉东汉难辨。它们的真实面貌及音乐早已湮没在历史的风尘之中，我们只能从后世的作品中去体悟它们的真正魅力。而今人会作乐府诗的，更是寥寥无几。

从古体诗到近体诗（律诗）

我们从中国诗歌史中可以看到，唐代是我国诗歌史上最具创新性的时代。它不仅继承和发展了此前的所有诗体，而且还在前人的基础上创造出举世无双且传承至今的近体诗，诸如五绝、七绝、五律、七律、长律等。

在这些伟大的创新中，有几位先贤是应该提到的。一位是南朝梁著名文学家、诗律学家沈约。他的主要贡献，是发现了诗歌音律，首创“四声八病”之说，把平、上、去、入四声相互调节的方法应用于诗文，为律诗的创作奠定了基础，开辟了新的境界。在创作实践上，他与谢朓、王融等人共同开创了“永明体”，律诗由此发端。可以说，如果没有沈约等人的求索与创新，便不会有唐诗的辉煌，至少要推迟很多年。

另一位是初唐倡导诗歌创新运动的陈子昂。他不仅在“复古”的旗帜下提出了诗歌创新的进步理论，而且在实践上也做出了探索和业绩，像大家熟悉的《登幽州台歌》：“前不见古人，后不见来者。念天地之悠悠，独怆然而涕下”等。陈子昂主张：诗歌要以风雅“兴寄”和汉魏“风骨”作为诗歌创作与革新的主要标准，旗帜鲜明地反对六朝以来的“采丽竞繁”“逶迤颓靡”的形式主义诗风。更为难得的是，他的革新主张和批判的锋芒直指权贵，反对充满脂粉气味的宫体诗，以及应制、奉和、侍宴之类呆板富丽的作品，义无反顾地推动着诗歌革新运动。虽如王夫之所言：“近体，梁陈已有，至杜审言而始叶于度。”但陈子昂如同杜审言、沈佺期、宋之问一样，都是唐诗律绝的真正奠基人，为盛唐律诗高潮的到来开启了新的诗风。而陈子昂的创新性和批判性尤为显著。

还有一位，是大力推进“新乐府运动”的白居易。到了唐代，乐府诗已有“古题乐府”与“新题乐府”之分。白居易等人不仅极大地发展了由杜甫开创的“即事名篇，无复依傍”的新题乐府，也把古题乐府由“沿袭古题，唱和重复”发展到“寓意古题，美刺见事”或“颇古义，全创新词”。更为重要的是，在这场革新运动中，白居易直指诗歌内容，强调诗歌要反映现实，“文章合为时而著，歌诗合为事而作”；文学作品要具有“补察时政”“泄导人情”的教化功能和社会功能，因为“感人心者，莫先乎情，莫始乎言，莫切乎声，莫深乎义”。所以，诗歌创作要以内容为第一要义，形式要服从内容的需要，不可拘泥于古体古法。从此，新题乐府和七言歌行逐步成熟和发展起来。其历史意义，正如张建业先生所言：“新乐府运动，是我国诗歌史上一次现实主义诗歌运动。这一运动上承《诗经》，下继杜甫的现实主义精神。尤其是白居易的诗歌理论，系统地总结了现实主义的创作方法，有力地批判了形式主义，连同他的创作，都为后人提供了借鉴。”[1]

这几位先贤尤其是沈约和陈子昂，虽然没有创作出像李白、杜甫那样的辉煌诗篇，也没有世代流传、家喻户晓，更没有获得“诗仙”“诗圣”的桂冠，但我们同样不应忘记他们，尤其是他们的创新精神，更值得我们继承和弘扬。因为他们对诗体诗法的创新，与楚辞和乐府的创制有着明显的不同，其精神尤为宝贵。

1 张建业：《中国诗歌简史》，中国青年出版社 1986 年版，第 303 页。

值得一提的是，唐代在律诗和新题乐府大发展的同时，还创造出一种与音乐紧密结合的新诗体，即“词”，并得到了一定发展，为宋词的辉煌奠定了坚实的基础。

从宋词到散曲

词，最早是依附于音乐的唱词，其源头可追溯到隋唐的“新声”（燕乐），乃至更早的汉魏乐府，后来逐步成为配乐而歌的新诗体。比如大家都熟悉的电视连续剧《三国演义》的主题曲“滚滚长江东逝水，浪花淘尽英雄……古今多少事，都付笑谈中”，就是按照明代文学家杨慎的词创作的，可以说是现代版的词配乐。经过两宋的进一步创新和发展，词已上升为文情并茂的独立诗体，成为当时最为大众化的艺术形式，“文人、武士、方外、女流、宦官、帝王，并能抽秘骋妍，增其才华”。仅收录在《全宋词》中的词人就有一千三百三十多家，词作计一万九千九百余首。这还不包括晚唐和五代的词人和词作，可见其社会基础之广泛、声势和影响之浩大。故后世称之为“宋词”，而不说“唐词”。

关于宋词，有两位先贤也是应当提到的，那就是“豪放词派”的代表人物苏东坡和辛弃疾。而我之所以要提到他们，主要在于早期的词被称为“艳科”。据诸葛忆兵先生在《〈词综〉评介》中介绍：“唐末五代的文人词创作，分为‘花间’、南唐两个创作群。‘花间’词人大都沉湎于青楼妓馆，及时行乐，各有其‘狭邪狂游’的生活经历。所以，‘花间词’内容上多述青楼恋情相思，形式上多采用代言体，以下层歌妓为抒情主人公，是‘南朝宫体’与‘北里倡风’的结合。”[1]温庭筠、韦庄就是这一词派的主要代表。而他们的词主要流行于歌舞酒宴之间，用于劝酒助欢、娱宾遣兴。这种词风一直延续到宋初。

从北宋中期起，词的创作发生了重大变化，呈现出百花斗艳、五彩缤纷的繁荣景象。这其中，尤以苏轼词的“豪雄奔放”最为鲜明，开创了一种新的词风，如他的《念奴娇·赤壁怀古》等。到了南宋，又出现了以辛弃疾为代表的“雄深雅健”的爱国主义辞章，如《破阵子·为陈同甫赋壮词以寄之》等，从而使词具有了强大的正能量。可以说，如果没有他们的求索与创新，今天的我们将难以把握宋词的真谛。

而散曲则是继唐诗、宋词之后兴起的一种极具特色的新体诗，它产生于金、元统治下的北方民间，而在元代达到高潮，故也称“元曲”。

通过阅读《中国诗歌简史》，我们不难发现散曲的两个特点：一是散曲是在对词的继承和发展中演变而来的。也就是说，它也是一种唱词。但相比较而言，散曲既继承了诗词的一些优点，也有自己的创新，尤其是民间俚曲俚语入词，使之更加通俗、更加活泼，也更具特色，从而具有了更为广泛的受众和空间。至今我们看到的戏曲剧目，很多都是从散曲演化而来的。二是散曲的勃兴，与少数民族音乐的输入密切相关。也就是随着金、元统治的确立，原有的诗词已无法适应或满足新音乐的需要了，人们便开始另创新词。在相互碰撞、相互借鉴和相互融合的过程中，以长短交错为主要特征的散曲，也就应运而生了。可见，

---

1 张伯伟主编：《中国典籍精华丛书·文苑明珠（第三卷）》，中国青年出版社 2000 年版，第 312 页。

散曲从一开始，便具有极强的音乐性和开放性。

可以说，与唐诗宋词相比，自清代至今对散曲的研究和普及是不够的。而事实上，宋词和散曲在古诗中是最接近新诗的一种诗体。对于我们思考诗歌的时代性和音乐性，创造适合当代需要的新诗体是很有价值和意义的。期盼相关专家学者对此能有更大作为。

从旧体诗到新诗

所谓“新诗”，是相对于旧体诗而言的。一般是指新文化运动以后产生的诗歌，大体有现代格律、自由诗和散文诗三种体制。当然，如果说源头或探索，则可以从更早的时候说起。

比如晚清旧体诗改革的倡导人之一的黄遵宪，早在新文化运动之前二十多年，就提出了诗歌创新的主张，并创作了大量以新意境、新风格表现新事物的诗篇。我拜读过他的《人境庐诗草（上、下）》一书，虽然诗体还是旧的，但内容有很大创新。因而，梁启超先生在《饮冰室诗话》中认为：“近世诗人，能熔铸新理想以入旧风格者，当推黄公度。”就是说，近代首先吹响旧体诗改革运动号角的，就是以黄遵宪为代表的革新派诗人。

而黄遵宪先生之所以有如此作为，与他长期的外交生涯密切相关。他虽然没有直接使用西方诗体，而是“旧瓶装新酒”，但在创意、境界、语言和内容上，如“口语化”和“以文入诗”等，显然受到西方诗歌的影响，并创造出自己的特色。所以，有学者认为，以黄遵宪为代表的“新派诗”，是旧体诗与新诗之间的一种过渡，是有道理的。有兴趣的读者，可以看看黄遵宪的《人境庐诗草》，感受会更深刻些。

那么，如何看待由旧体诗向新诗的变革呢？从总体上说，这次革新与诗歌史上的历次变革都不同。

一是这次变革没有打着复古的旗帜，也没有采纳梁启超、谭嗣同等人在“诗界革命”中提出的“以旧风格含新意境”的主张，而是对旧体诗的一次彻底告别。二是这次变革不仅彻底废除了文言写诗，也彻底打破了旧体诗格律和音韵对新诗的限制。三是新诗的创作不仅舍弃了旧体诗的所有体裁，包括与新诗很接近的词和散曲等，也改变了旧体诗创作的基本规制，包括句式、句法和用典、声律等，是比较彻底的。

可以说，新诗并不是对旧体诗继承基础上的变革，更不是黄遵宪等“新派诗”的“旧瓶装新酒”，而是在充分吸收西方诗歌相关要素基础上的创新。这一点，我们可以从当时西方诗歌被大量翻译并广泛流行中看得分明。比如，收录于《戴望舒全集·诗歌卷》中的翻译作品，就多达十几个国家。所以，把握上述几点，对于从本质上理解新诗的产生和发展是必要的。

当然，从新诗的发展轨迹看，也有个逐步成熟定型的过程。在这个过程中，新诗与旧体诗既有相互矛盾和碰撞，也有相互比较与融合。不可以绝对、静止的观点对待之。

比如活跃于20世纪30年代的“新月诗派”（主要有陈梦家、徐志摩、闻一多、饶孟侃、沈从文、林徽因等），他们当时创作的新诗还或多或少地留有旧体诗的某些要素和规制，像徐志摩的《再别康桥》等。他们创作的诗，虽然不再受格律、对仗、字数、用典的限制，但大都保留了两句一韵、转段换韵、押脚韵以及比兴寄寓等手法，吟诵之间，尚有古韵古风之余味。随着岁月的流逝及新诗自身的逐步演化，在后来的诗人作品中，旧体诗的要素和手法便极少了。至于现在的新诗，已几无旧痕了。

这期间及之后，虽然还有人写旧体诗，但无论从作品数量，还是从读者和受众的角度看，都无法与新诗相提并论。新诗已成为我国现代诗歌的主要诗体。近几年，律诗虽然又有些热度，但在广大青年中依然难有读者，更谈不上喜欢和追捧了。包括我写的诗和出版的诗集，大家喜欢的也是里面的新诗。尽管我总是向大家推荐我的律诗和词，却也无奈。

这就是诗歌的时代性。无论我们赞同也好，反对也罢，诗歌就是这样在创新中从远古走到今天。

综上所述，由于人们对诗歌时代性的不懈追求，也就有了诗歌史上的一次又一次创新，诗歌发展的规律性也就在其中了。对此，我的理解如下：

首先，中国诗歌史和大量研究成果表明，诗歌源于民谣、民歌或民间故事、民间传说，包括神话等，也就是源自民间、源自百姓生活。从最早的《诗经》到近体诗，从新诗到外国的诗歌，概莫能外。而这些民谣民歌则往往是男女有所怨恨、相从而歌。饥者歌其食，劳者歌其事，爱者歌其情，“一己之穷通哀乐”。而文人对民谣民歌的模仿、雅化，也就成了诗歌形成、演化和发展的主要模式。所以，古人讲诗歌的发展，常有“民间诗”“文人诗”的表述，以及二者的联系与区别。比如汉乐府民歌，都是从民间采集来的，但经过“乐府”的雅化、提升和配乐后，便以崭新的面貌展现给世人。所有诗歌的形成，都有一个从民间到文人的发展过程，区别仅在于时空条件和形式内容的不同。

其次，如果我们认同上述看法，那么民谣民歌等又是从哪里来、怎样形成的呢？中国诗歌史和大量研究成果表明：民谣民歌大都是在生产生活中产生或形成的。比如为了活跃劳动气氛，或为了协调生产、提高劳动效率等，也就产生了相应的劳动号子、调子、曲子等，并逐步演化发展成为民谣民歌；有些则产生于民间祭祀活动、礼仪程式及百姓的日常生活，是百姓现实生活的真实写照以及情感追求的心灵表达。比如《诗经》中的“风”就是一个很好的例证。因此，很多先贤都认为：生产生活不绝，则诗歌不绝，则文化不绝。区别仅在于内容、形式和表达方式的不同。

再次，这表明：任何一种诗歌的产生和创新，都有其相应的经济基础、文化背景和社会条件，也总是与现实的生产方式、生活方式、价值追求和情感表达方式密不可分。

因为人既是价值实体也是意义性存在，人总是用自然生命去追求和创造社会生命的价值与意义；人也是历史地、具体地生活在现实之中，任何人都无法摆脱现实社会条件的影响与制约。从这个意义上说，人对情志追求的表达方式，也必然是历史的或现实的产物。而作为表达方式之一的诗歌，也必然会顺应时代的价值和意义而演进，又总是充满对时代的憧憬和向往，因而它既是现实主义的，也是浪漫主义的。当人们所处的时代条件变化了，社会价值和意义不同了，人们在追求中所面临的问题复杂了，就会使原有的表达方式产生某种局限或束缚，无法充分尽意地宣泄自己的情感和追求。这时候，人们便会去寻找新的更有效的表达方式。于是，一种又一种新诗体便应运而生，并逐步成为时代的主流。因此，也就有了“一个时代有一个时代的诗歌、一个时代有一个时代的诗人”的历史总结。

从这个意义上说，诗歌的每次变革、每次创新，都会为下一次变革和创新奠定基础，留下空间。所以，诗歌的变革与创新是永无止境的，只要人类还在。

对于今天的人来说，我们不必为不懂古体诗和格律诗而烦恼，也不必为失去乐府和歌行而追悔，因为我们必然会拥有属于这个时代、属于我们这代人的诗歌。除非我们已经没有了情感，除非我们已经失去对人生价值和意义的追求。显然，我们并非如此。

那么，诗歌史上的这些变革与创新，又给了我们哪些启示和经验呢？理清这一点，对于正确理解诗歌的时代性、正确对待新诗以及更好地创造出这个伟大时代的新诗体等，都是很有意义的。

关于这个问题，我们可以从不同层次、不同角度和不同方面进行分析，而事实上，从古到今这方面的著述已经很多。我在这里仅从一个视角来总结，即中国诗歌史上历次变革创新的共同特征，那就是“在继承中创新、在变革中包容、在融合中发展”。

先说“在继承中创新”。遍览中国诗歌史上的历次创新，无论是诗体上，还是内容上，抑或诗法上，也无论是文人还是民间，都极为重视诗歌的继承性，有些创新甚至打出“复古”旗帜，以体现变革的合理性。其基本主张，就是在学习和继承先人成果的基础上，创造出适合时代需要的新诗歌。这是贯穿中国诗歌发展史的一条主线。

比如，起源于《诗经》的“赋比兴”，一直是中国诗歌创作的基本理念和诗法。三千多年来，无论诗体和内容如何变化，也无论是诗是词，抑或四言、五言、七言，乃至今天的新诗，历代诗人都自觉地践行和发展这一理念和诗法，而且历代都有所创新、有所发展，从而使这一理念和诗法不仅没有湮没于历史的洪流之中，反而随着时代的发展而日益精湛。

再如，历代诗人对意境和境界的不懈追求。我们在阅读古今诗词中不难发现，每代诗人对意境和境界的追求，都不会停留或满足于前人的成就，总是力图创造出具有鲜明时代特征的新意境新境界。诸如山水田园、冬夏春秋，古今并无根本改变，但诗人塑造的意境和境界不断创新，精彩纷呈。在这种不断创新中，历代诗人自觉坚守的共同传统，就是“以自然之物寄托人对生命价值和意义的不懈追求”。山水之境、田园之情，就是人之境、人之情。人是一切诗歌的主体和根本。

还有，由杜甫提出并影响至今的、以“即事名篇、无复依傍”为主旨的现实主义精神，同样是世代相传并不断创新的。

次说“在变革中包容”。我们从上述变革中不难看出，楚辞的创新并不排斥《诗经》的存在，抑或说楚辞的产生并不是以否定《诗经》为条件的。从汉乐府民歌到五言古诗，从古体诗到近体诗，从宋词到元代散曲，以及从旧体诗到新诗，都是如此。尤其是新诗的产生，虽然它比较彻底地告别了旧体诗，也不再使用文言和旧体诗的手法了，但它并不排斥旧体诗的存在，也同样不是以否定旧体诗为自身发展的前提条件。否则的话，今天的我们便看不到旧体诗了，更不要说写旧体诗了。

从方法论的角度看，中国诗歌史上历次革新所持的立场、所遵循的原则和观点，都不是“不破不立”，也不是先否定一个旧的，再创造一个新的，更不是为立新而除旧或除旧以立新，而是新旧并存、一体多元、融合发展，每种诗体都有自己的生存空间，都有自己的读者受众，也都有自己的发展模式，即使在以新诗为主流的今天，依然如此。喜欢旧体诗的人并不否定新诗，喜欢新诗的人也并不否定旧体诗。可以说，中国诗歌走的是一条在变革中包容、在多元中发展的路子。这是极其宝贵的传统，对于进一步创造适合当今时代的新诗，同样是应当自觉遵循的。

再说“在融合中发展”。前面说到以“复古”为旗帜进行创新，但这里的“复古”是历代诗人所秉持的“法古”,而不是“泥古”，也不是因循守旧、一切以古制为宗，更不是以旧制而否定新体。“法古”就是继承并充分借鉴古代诗歌的优秀传统以及已被实践反复证明了的创作方法，以为今用，且要活用，本质上是古今之融合，并在融合的基础上创新发展。事实上，这正是我国一代又一代诗人所坚守和追求的。比如从黄遵宪等人对诗歌创新的追求，到新诗成熟定型的过程，既充分借鉴和吸收了外国诗歌的要素和方法，也自觉秉持中国诗歌的优秀传统，并在二者的相互促进和融合中不断创作出深受民众喜欢的优秀诗篇。即使是那些“不成为诗的诗”，我们同样以包容的心态对待或接受，而这些“诗”又总是能找到自己的“粉丝”。

我在读《戴望舒全集·诗歌卷》的译诗部分时，曾惊讶在那个时代，就有那么多外国的诗歌被翻译成中文并广为流传。但这丝毫没有影响中国诗歌的发展，反而起到某种促进和完善的作用。这就再一次表明，诗歌的新旧并存和融合发展不仅是可能的、可行的，而且也是一定经济社会条件下的必然。在继承中创新，在融合中发展，同样应当成为我们这代人的高度自觉。

卷二　诗与乐一路同行

就中国诗歌的本质和发展历程来说，诗乐同源，一体而作；分合相成，一路同行，是它的基本特征之一。了解这个问题，同样是把握诗歌时代性所不能忽视的。

对此，我是从两个视角来理解的：一是诗与乐合，亦即诗与乐的关系；二是诗歌自身的音乐性，亦即音与声的关系。

我们先看诗与乐合。据赵宪章先生在《中国典籍精华丛书·美学精论》中介绍："音乐是我国古代最早的艺术形式之一。《吴越春秋》里就记载着四千多年前黄帝时代的一首《弹歌》：'断竹，续竹。飞土，逐宍（肉）。'""《尚书·舜典》里所记载的'击石拊石，百兽率舞'，当是先民们敲击石制的乐器，扮演各种野兽，相率而舞的欢庆场面。《吕氏春秋·古乐篇》里记载了著名的原始乐舞——葛天氏之乐。""据考古发现，早在新石器时代，我们的先民就已经制作了骨笛、陶埙等精美的乐器。"令人惊异的是，这些制作于八千多年前的骨笛，可以奏出现代七声音阶，且音色纯净。"这在世界音乐发展的历史上是绝无先例的。"[1]

1　赵宪章主编：《中国典籍精华丛书·美学精论》，中国青年出版社2000年版，第5—6页。

那么诗与乐又是怎样的关系呢？对这个问题，张伯伟先生曾有一个整体概述。他说："在中国诗歌史上，音乐与文学的关系是十分紧密的。从《诗经》《楚辞》开始，下及乐府、唐诗、宋词、元曲，都与音乐有着不解之缘。大致说来，诗与音乐的分合经历了三个阶段：起初是诗乐相配，一定的曲名反映一定的内容；继而是依曲配诗，而内容不一定受曲名限制；最后是诗脱离音乐而独立。"[1]这是一个大致的划分，如具体到某一时期或阶段，情况会更复杂些。比如宋词依曲配词与"徒词"的并存，散曲则始终是诗与乐合等。

这表明，中国诗歌自古就是可以入乐的，其发展始终与音乐的变化密切相关。诗是歌之词，歌是诗之曲，四言、乐府、五言、律诗、宋词、元曲等都是如此，而音乐所表达的正是以诗为内容的情与志。它的基本格式，"就是诗统谐乐，乐摄用于诗，以诗为本，以乐为体"。这正如《礼记·乐记》所言："感于物而动，故形于声。声相应，故生变，变成方，谓之音。比音而乐之，及干戚羽旌，谓之乐。"

如果从源头上说，诗、乐、舞都源于人类的生产生活和祭祀活动。比如人类为驱赶野兽或战胜恐惧而发出有节奏的吼叫；人们为了激励或协调生产劳动而产生的号子、歌子；人们为了表达某种情感或诉求的歌谣、山歌、时调等。还有，无论是部落的祭祀活动，还是家族的祭祀活动，都是有诗有乐有舞并相互协和的。此外，像从古代传承至今的春社秋社活动，也是诗乐舞合和一体的。至于宫廷庆典、皇家宴会，乃至朋友聚会、

1　张伯伟主编：《中国典籍精华丛书·文苑明珠（第一卷）》，中国青年出版社 2000 年版，第 11 页。

婚丧嫁娶、各种礼仪程式、年节喜庆等，更是缺不了诗乐舞的。

《史记·高祖本纪》中有个记载，说“高祖还归，过沛，留。置酒沛宫，悉召故人父老子弟纵酒，发沛中儿得百二十人，教之歌。酒酣，高祖击筑，自为歌诗曰：‘大风起兮云飞扬，威加海内兮归故乡，安得猛士兮守四方！’令儿皆和习之。高祖乃起舞，慷慨伤怀，泣数行下……”还有民间的“九曲流觞”，众友围坐溪旁，置酒杯于溪上，任其漂流，停者饮而诗之，并伴有丝竹歌舞。这些场景也许可以为我们了解诗乐同源、一体而作提供一个缩影。这正如《毛诗大序》所言：“在心为志，发言为诗。情动于中而形于言，言之不足故嗟叹之。嗟叹之不足故永歌之，永歌之不足，故不知手之舞之，足之蹈之也。”

接下来我们以乐府诗为例，看一下诗乐合和的具体状况。这就要说到宋代郭茂倩编撰的《乐府诗集》。这个集子共有一百卷，收录了上起隋唐，下迄五代的乐府诗，是一部比较完备的集子。在这本集子中，郭茂倩把乐府分为十二类：郊庙歌辞、燕射歌辞、鼓吹曲辞、横吹曲辞、相和歌辞、清商歌辞、舞曲歌辞、琴曲歌辞、杂曲歌辞、近代曲辞、杂歌谣辞、新乐府辞。对这些乐府诗，王长发先生在《〈乐府诗集〉评介》中进行了分类阐述。[1]

比如“‘郊庙歌辞’，是祭祀天地、宗庙、明堂、社稷的乐歌，分为‘郊乐’和‘宗庙’两类，郊乐用于祭神，庙乐用于祭祖。”“鼓吹曲辞是从北方少数民族传入中国的一种音乐，又叫‘短箫铙歌’。”大约是在西汉初年传入中原的，其使用的场合，

1 张伯伟主编：《中国典籍精华丛书·文苑明珠（第二卷）》，中国青年出版社 2000 年版，第 297 页。

原本多为“王师有功”“朝廷会亨”“道路从行”“给赐功臣”等。但在民间，也有用于表达情志的，如《上邪》《有所思》等都属于这一类。还有李白的《将进酒》也是对“鼓吹曲辞”的拟作。“相和歌辞”是“汉旧曲也，丝竹更相和，执节者歌”，包括“吟叹曲”“四弦曲”“清调曲”等九种。比如大家熟悉的“少壮不努力，老大徒伤悲”就是“相和歌辞”的平调曲，出自《长歌行》等。

关于音乐与歌辞的关系，大体可以分为这样几种情形：有的是“因声而作歌者”，如魏之三调歌诗，就是“因弦管金石，造歌以被之”，即先有音乐曲调，然后为之写作歌辞；有的则与此相反，是“因歌而造声者”，即先有歌辞，然后为之配上音乐曲调，如清商诸曲，开始时都是“徒歌”，后来才“被之管弦，使之入乐”；有的乐府歌辞则是“有声有辞者”，如郊庙、相和、杂曲、横吹等曲，都是声辞俱全的；还有的是“有辞无声者”，即只有歌辞，未必都是入乐的，比如新题乐府等。

从上述实例中我们不难看出，诗与乐合不仅是诗歌的基本特征之一，也是诗歌最古老的传统。从“诗三百”的古乐到乐府诗的“府乐”，从宋词的“汉乐”到散曲的“胡乐”，从明清戏曲到现代歌曲，三千年奔流不息，证明诗歌伴随着音乐的时代性而一路前行。

其次，再看诗词本身所具有的音乐性。大家都知道，诗词是一种“韵文”。这种韵文与其他文体的主要区别，就在于它主要不是用来看的，而是用以吟诵的，就像歌曲是用来唱的，而不是用来读的一样。那么你要把一首诗吟诵出来或吟诵得好，就有个音和声的问题。但这个音和声又不能像平时说话那样，而是要音依韵、声循律、吟如乐。如此，你吟诵的诗才能既有音的张弛舒缓和委婉回环的乐感，又有声的抑扬顿挫和节如奏拍的韵味。反过来说，一首诗要实现这样的艺术效果，那每个字、每个句子就必须符合音之韵、声之律、乐之节的基本要求。自古以来诗曰吟曰诵，而不曰读。或许，这正是音乐性作为诗词基本特征的应有之意。

关于这个话题，我们先看看明代诗人李东阳是怎么说的。因为在中国诗歌史上，他对诗歌的“声”最为执着，可以说是竭尽全力反复强调、多方论说。他认为：“诗必有具眼，亦必有具耳。眼主格，耳主声。”诗者，“得于心而发之乎声”，“言之成章者为文，文之成声者为诗”，“诗之，言之成声，而未播之乐者也”。[1] 大家可能注意到了，李东阳反复强调的就是一个“声”字，即“协音律”或诗的音乐性，并把它视为诗的原始属性和基本特征。也就是说，有声必有音，有音必有韵，有韵必有律，说到底还是韵律的问题。那么李东阳为什么不厌其烦地论述这个“声”呢？诗家自有很多阐释。我的理解是，诗歌的韵律是由“吟之声”表现的，也是为“声”服务的。假如诗歌如同论文、小说等文体一样，只要看明白就可以了，无须吟诵，那也就无所谓韵律了。可见，诗歌中的“声”是个极重要的问题。

那么，李东阳追求的“声”，是种什么声呢，抑或说其审美标准是什么？简言之，就是他所说的“自然之声”。那什么是“自然之声”？有人说是高山流水、小溪潺潺、轻风拂柳、雪打梅梢。这不过是形容之词，难以具象。其实说白了，所谓的“自然之声”，

1 [明]李东阳著，李庆立校释：《怀麓堂诗话校释》，人民文学出版社2009年版，第6—7页。

就是按照情绪和韵律所发之声。那韵律又是怎么形成的呢？从源头说，就是诗人对人们抒发情志与自然声调的概括和规制，如哀叹、低吟、高呼、喝彩、怒斥等，即人在某种情绪下自然而然发出的声音，而不是装腔作势、故弄玄虚。那为什么要追求“自然之声”呢？李东阳认为：因为随其长短，皆可以播之律吕（包括六律六吕，合称十二律），便于讽咏歌，因而诗就是没有音乐的歌。这就是诗词本身的音乐性。抑或说，因为诗要有音乐性，就必须符合音乐的规制和韵律，就要适合音乐节律的要求，否则便无法体现诗的乐感。

这就像填词，首先要确定词调（即词牌），比如是《菩萨蛮》《沁园春》，还是《水调歌头》等。这个词调就是由音乐的要求而规制的，并表明这首词在填作时必须依据的曲调词谱。所以，词牌不是词题。而每个词调都有相应的词谱，即“调有定句，句有定字，字有定声”。这个“声”就是韵律了。一首词可分为数片，以两片为最多。而分片与音乐的分段是对应的，合成为完整的一曲。这与现在为曲作词极为相近，区别仅在于具体的词法上，如音韵声律的规制等。所以，李东阳强调：以声统字、求声于诗乃天下之理、“天机”所在。作诗要比之以声韵，和之以节奏。同时，李东阳也认为，比声韵并非要面面俱到，或一定要一诗而兼五声，这同样是雕琢之笔。如何定声，应依内容和意境而定，择其最优者而用之。因为“诗有五声，全备者少，惟得宫声者为最优，盖可以兼众声也”。

关于这个问题，李东阳虽最为倡导，并系统阐述，却并非他的首创。早在《尚书·舜典》中，就有“声依永”的说法。《礼记·乐记》在论声的部分也对乐声的六个要点进行了分述。

东汉郑玄的《诗谱序》也强调：“声依永，律和声。”南朝梁沈约在创建诗歌韵律时也认为：“夫五色相宜，八音协畅，由乎玄黄律吕，各适物宜，欲使宫羽相变，低昂互节。若前有浮声，则后须彻响。一简之内，音韵尽殊；两句之中，轻重悉异。妙达此旨，乃可言文。”[1]很显然，沈约对韵律的探索和构建同样是依据自然之声以及音乐的规律性。

对此，张天来先生在《〈文选〉评介》中以《青青河畔草》一诗的前六句为例进行了具体分析。“青青河畔草，郁郁园中柳。盈盈楼上女，皎皎当窗牖。娥娥红粉妆，纤纤出素手。”张天来先生说：“‘青青’是平声，‘郁郁’则转为仄声；‘盈盈’是平声，‘皎皎’则变为仄声，前后对应；‘娥娥’‘纤纤’虽同为平声，但前者浊，后者清，平仄清浊错综使用，悦耳动听。”[2]南宋严羽在《沧浪诗话·诗辩》中更是将音韵声律列为诗的五法之中，强调“音韵忌散缓，亦忌迫促”。可见，对音韵声律的探索与追求，一直是我国诗歌发展史上的重要课题。今天的我们同样必须面对。可以说，没有音韵声律，便没有诗词的音乐性。

大家可能已经注意到，虽然古人说诗与乐合，诗可入乐，乐亦可为诗用。但诗就是诗，乐就是乐；诗有诗韵，乐有乐声；诗有诗格，乐有乐律。正确对待二者的区别，同样是重要的。这正如成复旺先生在《中国文学理论史（三）》中所阐述的：“宫、商、角、徵、羽五声，本为中国古代音乐术语。诗作为一种语

1 张伯伟主编：《中国典籍精华丛书·文苑明珠（第一卷）》，中国青年出版社 2000 年版，第 245—246 页。

2 张伯伟主编：《中国典籍精华丛书·文苑明珠（第一卷）》，中国青年出版社 2000 年版，第 233 页。

言的艺术，本无所谓五声。但诗是可讽咏的；更重要的是，在诗中寄寓着一个人、乃至一个时代的情感、情绪；这正是与音乐相通的地方。因此，反复讽咏、进入诗的情感、情绪以后，也会感觉到一种或低回宛（婉）转、或高亢激越之类的感受，就象（像）听一首歌、一支曲子那样。在这个意义上，诗似乎也就具有了五音。”[1]

很显然，成复旺先生在这里说的是诗本身的音乐性，而非诗入乐或诗与乐合。把握这一点，恰恰是正确理解诗乐关系的关键。就是说，诗本身是一种语言艺术，它的音乐性首先是语言艺术的音乐性，即由语言构成的诗，当它被人吟诵的时候，就会吟之成声，声播成韵，合韵而成乐声，就会产生像音乐那样的艺术效果。应当说，这才是诗歌音乐性的本质，也是对诗歌音乐性最原始、最普遍的理解。因此，我们既不能把诗的音乐性简单地理解为入乐或合乐，也不能因入乐或合乐而改变诗的本质属性和规制，即使是从古至今的“歌诗”也是如此。

如果再进一步分析，即使我们不考虑诗的音乐性问题，仅就诗本身来说，也同样有相应的音律规制。按照李东阳的说法，所谓音律，亦可称为“声律”“声韵”，就是诗本身所具有的抑扬顿挫的和谐声音，即诗的语言必须和其韵而谐其律。其中包括诗语言的音韵节奏、句式长短、声音有规律的强弱、声调的高低升降、轻重缓急、长短清浊，以及时代、民族、地域特色等。换个角度说，正因为诗本身具有这样的音韵声律规制，它才能具有音乐性，才能入乐，才能与乐合，也才能声韵响亮、节调

1　成复旺、蔡仲翔、黄保真：《中国文学理论史（三）》，北京出版社 1991 年版，第 57 页。

舒缓，读之朗朗上口，极具铿锵抑扬之感，而诗的音乐感染力也就在其中了。

正因为如此，明末清初经学家朱朝瑛在《论诗乐》中，曾尝试把“诗之四音”与“乐之五声”进行配比，以求在复杂多样的诗乐关系中找到二者的共同特质和相应规制。他认为：“平声最长，其浊者为宫，清者为商；上声次之，为角；去声次之，为徵；入声最短，为羽。”主张以调为韵或以音为调。当然，这只是一家之言，不同意见甚至反对之声也是有的。更何况，现在音乐早已不只是五声了。但不管怎样，这个见解对于我们理解和把握现行四声的长短高低、清浊缓急等，还是很有价值的。

如果从具体层面说，诗与乐的联系，除了在音韵声律上的共同性之外，还在于它们自产生起就相互依存、相互作用和相互融合的固有特质。诗为乐而生，乐为诗而成，是贯穿中国诗歌史的一条主线。比如诗从民歌民谣而来，而民歌民谣大都是可歌可唱的，既可以讽咏，也可以乐播。它们本身就是语言与音乐结合的产物。当这些民歌民谣被雅化为诗词以后，诗词便有了与生俱来的音乐性。其中有些诗体如乐府、宋词和散曲等，不仅继承了原初的音乐性，而且在更高的层次上实现了与音乐的结合，开创了人类文明史上诗歌的崭新境界，为我们留下了极为宝贵的创作经验。可惜的是，与《诗经》一体的《乐经》没有传承下来。否则，我们对诗歌的音乐性、对诗歌的吟诵方式等，都会有另一番境界。

从现代诗歌的状况看，“音”与“声”不分，是个比较普遍的问题。究其原因，一是以为音就是声，声就是音，二者并无区别，也就无须在意。二是现在的诗大多是用来看的，吟诵的机会比较少，只要字句和上韵律也就可以了。人们一看而过，很少吟诵，而不吟诵就无法辨其声，“声”的问题也就逐步淡化了。应当说，这个问题无论是在格律诗还是自由体诗中，都不同程度地存在着。当然，如果只是出个集子，亲朋好友看看，或给自己留个念想，问题也不大。但如果是用于朗诵的诗，就不能忽视了。因为一首诗被用于朗诵时，它的情感、意境和乐感主要靠声来演绎和表达。如果声不对，那诗的效果就会大打折扣，甚至会“音正而声反”或“声不对音”。更为重要的是，我们不能把声的效果仅仅视为朗诵者的责任，这固然是非常重要的。而首先要从写诗人做起，即在押韵合律的基础上，追求声与音的和谐与最佳。

我们从上述介绍中不难发现，对于入乐的诗，音主要是指诗本身的韵律，而声主要是指乐，即诗的“声律”，包括五声六律。那么在不入乐，尤其是自由体诗中，音与声又有什么区别呢？一般来说，音还是指诗本身的韵律，既包括脚韵，也包括字句之间的平仄。这是写诗人大都能做到的，否则便无以称诗。而声则主要指吟诵之韵，也就是声音的韵律、乐感，以及对诗词音乐性的整体呈现。从这个意义上说，写诗不能以为押韵合律就可以了，还要在反复吟诵中感觉声的优劣，并依此进行修改和调整。尤其是对有方言口音的人（如我就经常“s”“sh”不分），最好再查一下字典词典，以求字声与发音的准确。比如你写了一首诗，从字面上看押韵合律，没有问题。接下来就要注意了，因为虽然都是平声，却有阴平阳平、清浊之分；虽然都是仄声，也有抑扬之别，以及字与字、句与句之间轻重缓急、高下疏密等，都是需要锤炼的。喜欢诗歌的人也许会有这样的体会，看文字的时候，字字句句都是和韵的，但朗诵起来不顺当，总觉得哪儿不对。这就是“声”有毛病了，而不是音韵的问题。从我个人写诗的经历看，毛病也大都出在这里，至今难以致精。

接下来我们再从吟诵或朗读的角度来说说诗词“乐感”所涉及的音节和声韵问题。诗词作为一种供人吟诵或朗读的文体，总是要发声的，而发声除了音准之外，还有个如何断字断句、如何把握声韵节奏的问题。比如何处连而不断，何处停顿；何处为高，何处为低；何处为重，何处为轻；何处为促，何处为缓等。对这些问题，诗人在创作时也许并不在意，或在意了，但并不容易被朗诵者所把握。而对于朗诵者来说，则是个绕不过去的问题，否则便无法吟诵出诗的味道，也无法表达出诗词固有的情感和意境，更无法去感染和激发听众。这其中的道理只有一个，那就是朗诵同样是一门艺术，而且是一种难度很大的艺术。因为吟诵和朗读与我们平时说话、讲话不一样，它也有自己的规制、方法和技巧。诗词中的声韵就是其中之一。

对于这个问题，古典诗词相对比较好处理，因为它本身就是一种规制严格的“韵文”，只要掌握了格律和词谱，就大体不会出错。但也有一个普遍的问题需要注意，那就是在朗诵时，不仅要准确掌握诗词文字的音韵，更要把握诗词吟诵时的声律，以求音声协同。也就是说，文字上的同一音韵，往往会因内容或形式的不同，需要用不同的声音来表达，并非总是同韵同声。区别和把握二者的异同，主要在于对诗词内容的深刻理解。比如一首婉约的词和一首激昂的诗，虽为同韵，但朗读时的声肯定是有区别的。所以，对于一个朗诵者来说，把文字的音韵读准并不难，而要把表达诗词内涵的声读准，却并非一日之功，非钻研苦练而不可得。尤其是首句押韵的律诗，就要注意与第二句第一字（顶真格除外）和最后一字（即韵脚）在声音上的区别，如阴平与阳平之分等。有些时候，只要换一种读声，也就点活了整首诗的灵气。

对于自由体诗来说，音节和声韵的处理就不那么容易了。这里面除了内容的规定之外，还有口语、俚语，尤其是那些长句子，如何断句断字，什么地方换气，音节之轻重，节奏之促缓，发声之高低，大体只能由朗诵者自己来把握了。这其中尤以口语最难朗诵，在没有音乐的条件下更是如此。因为自由体诗不仅本身没有这种规制，而且多数诗人也没有对诗句中的音节和声韵做出处理。这无疑增加了朗诵者的难度，以致朗诵与说话无别。也就是说，诗歌虽然有标点符号加以间隔，但每句中的音节和声韵同样是不能忽视的，其原因还是王力先生那句话：诗是用来吟的，而不是用来看的。吟必有声，声必有韵，韵必有律。这都是诗词“乐感”不可或缺的要素。

解决的办法，首先还是对内容的理解和把握。当你要朗诵一首诗的时候，先不要急着发声，而是要静下心来，把诗的内容琢磨透了，比如写的是人是物、是男是女、是官是民，表达的是苦是乐、是爱是怨、是思是忧，诗人塑造的是什么意境，需要达到一种什么境界等。将这些要素把握住了，如何发声就是技巧问题，多听多练也就解决了。所以，朗诵的核心和关键在于内容，也就是如何穿越时空，与诗人同处一境，还原诗人的心境，表达或再造诗人的境界，把诗人的心境转化成你的心境，你就是李白，你就是杜甫，你就是陆游……如此，朗诵的艺术魅力便会大放光彩。

卷三　新诗的历史演化

我们在把握了“诗歌在创新中发展”和“诗乐同源”这两个基本问题后，再回过头来说说新诗。历史表明，新诗的产生既非偶然，也非一蹴而就。这其中除了时代条件，诸如新文化运动、废除文言、外来文化影响等之外，也有其自身的历史轨迹和传统基础。

对此，张伯伟先生曾指出：“从中唐以后，中国诗歌史语言变迁的大势，是白话因素的不断增强，到明清时代的时调、山歌，无论是出于民间，抑或文人学士为之，都能用口语道心中情。这种对民间山歌的喜爱，也是导致晚清‘诗界革命’的契机之一。五四以来的新诗运动，能在不长时间中以摧枯拉朽之势取代旧体诗在诗坛上的正宗地位，是可以在中国诗歌的发展史中找到内在答案的。”[1]

那么，这个“内在答案”是什么呢？张伯伟先生虽然没有进一步阐述，但这个问题，对于我们把握新诗产生的历史轨迹和传统基础是个绕不过去的“关口”。也就是说，新诗究竟仅仅是外来文化影响的产物，还是中国诗歌发展的历史必然，即

1　张伯伟主编：《中国典籍精华丛书·文苑明珠（第一卷）》，中国青年出版社2000年版，第15页。

时代的产物。对此，专家自有论述。就我个人的体会而言，似乎应当先理清新诗与旧体诗的内在联系和异同之处，然后才可能在新与旧的比较中找到“内在答案”。

从一般意义上说，新诗与旧体诗的不同之处大体有三：一是体制自由，故曰自由体。也就是说，一首诗在句数、字数、段数上，没有相应的限制，可以按照内容的需要而定，可长可短，可多可少，自由发挥。二是用口语、说白话，不用典故，少用成语，也无须对仗、粘对，追求的是直白清晰、通俗易懂。三是在平仄韵律上自由不拘，随意而定。虽然早期新诗尚能注意脚韵，如徐志摩等人的作品，但到了中后期的作品，脚韵也不在其规制之内了。至于说句子中字与字之间的平仄关系，就更无须考虑了。

如果说上述三个区别是存在的，那接下来我们再看看，旧体诗中是否也有新诗的特征或诗法，抑或说，在中国诗歌史上是否有新诗产生的基础或“内在答案”呢?

首先，我们看楚辞。楚辞虽然是用当时的“雅言”即官话写的，但从诗体上说，它应当是中国诗歌史上第一个“自由体诗”，并呈现出鲜明的时代特征。那么这个说法能不能成立呢?我们以屈原的《卜居》（节选）[1]为例，加上周建忠先生译成的白话，来实际体验一下新诗与楚辞的异同。

屈原既放，（屈原被放任外所，）

三年不得复见。（已三年不能再去与楚怀王见面。）

1　张伯伟主编：《中国典籍精华丛书·文苑明珠（第一卷）》，中国青年出版社 2000 年版，第 127 页。

竭知尽忠，（他竭尽智慧与忠诚，）

而蔽障于谗；（然而被谗言所阻碍；）

心烦虑乱，（心里烦冤思虑纷乱，）

不知所从。（不知今后怎么办。）

乃往见太卜郑詹尹曰：（就去拜访太卜郑詹尹说：）

“余有所疑，（“我心里有所疑问解不开，）

愿因先生决之。”（请先生帮我决断。”）

詹尹乃端策扶龟，（詹尹就将蓍草龟甲准备好，）

曰：“君将何以教之？”（说：“不知您有什么见教？”）

屈原曰：（屈原说：）

“吾宁悃悃款款，朴以忠乎，（“我是诚诚恳恳，质朴尽忠，）

将送往劳来，斯无穷乎？（还是送往迎来，委蛇无穷？）

宁诛锄草茅以力耕乎？（我是铲草锄地，隐退自全乎？）

将游大人以成名乎？（还是游说诸侯，以成大名？）

宁正言不讳以危身乎？（我是正言直谏，不避忌讳，引火烧身呢？）

将从俗富贵以偷生乎？（还是顺从世俗，追求富贵，苟且偷生？）

宁超然高举以保真乎？”（我是超然世外，归真反朴呢？”）

我们从这首诗不难看出，除了某些文言、比兴之外，无论是在诗体上，还是在韵律上，都与早期的新诗比较接近。在诗体上自由不拘、挥洒自如，长短随意而用；在韵律上只求抑扬顿挫、意畅飘逸，而不刻意寻韵，也不押脚韵。在语言上，如果从当时“雅言”的标准看，也多用口语，且创造性地使用了设问对答和引言。其自由恣意和通俗性是显而易见的。而此类作品在楚辞中并非个案。假如把这些诗放回到以《诗经》为主流的年代，又有谁能说它不是自由体呢？

接下来，我们再看两首汉乐府民歌。

《上邪》

上邪！我欲与君相知，长命无绝衰。
山无陵，江水为竭，冬雷震震，夏雨雪，
天地合，乃敢与君绝。

《有所思》

有所思，乃在大海南。
何用问遗君，双珠玳瑁簪。
用玉绍缭之。
闻君有他心，拉杂摧烧之。
摧烧之，当风扬其灰！
从今以往，勿复相思，相思与君绝！
鸡鸣犬吠，兄嫂当知之。
妃呼狶！
秋风肃肃晨风飔，东方须臾高加之。

在传承下来的汉乐府民歌中，这两首是比较经典的。明清两代的诗论大都认为，这应是汉乐府民歌的原貌，与后来的七言乐府和七言歌行等“文人乐府”有很大不同。从句式看，大都是长短句，不拘一格，而且已有多种句式的综合使用。虽多文言、用虚字，但口语化特征已见端倪，如“从今以往”等。从比兴的运用上看，这些汉乐府民歌已具有触物而兴、任情挥洒的艺术特征，其时空场非常开阔。比如《上邪》，一开头就用“天啊！”起兴陡峭，震人魂魄。接下来以山水天地、冬雷夏雨雪为喻，表达出对爱情的忠贞与无悔。从音韵上看，既灵活不限，又不失声律规制，吟之朗朗上口。《有所思》中“摧烧之”的重复使用，极大地强化了对“负心郎”的道德谴责，其艺术形象非常鲜明。整体的自由度是很高的。如果与《诗经》以及后来的律诗相比，它们就是汉代的自由体诗。

那么在古体诗和律诗中，是否也有与新诗相近的价值追求呢？回答是肯定的。比如“诗圣”杜甫就曾以现实主义为主旨，大力倡导并积极践行口语化，也就是陈书录先生在《〈杜工部集〉评介》中所说的：“‘当时语’——活的语言，人民口头的语言，使诗歌的语言向通俗平易上发展。”[1]而白居易则是杜甫这一诗观的坚定继承者和弘扬者。严杰先生在《〈白居易集〉评介》中指出：“白居易诗的语言平易浅显，明白易懂，许多诗如同对面谈家常话，随口而出，这使得读者面非常广泛。”“白居易诗很少用典故，如《长恨歌》这一以历史故事为题材的长篇叙事诗，就几乎没有用典故。”[2]于是，便有了“老妪能解”的故事。

1 张伯伟主编：《中国典籍精华丛书·文苑明珠（第二卷）》，中国青年出版社2000年版，第107页。

2 张伯伟主编：《中国典籍精华丛书·文苑明珠（第二卷）》，中国青年出版社2000年版，第120页。

也就是说，白居易每成一诗，常拿给邻里的老人们看。如果老人们能看得懂，他便认为此诗可以了；如果老人们看不懂，他便拿回去再改。据载，宋代曾有人见过白居易的手稿，大都是反复修改的，以求清新明白。因此，清代刘熙载在《诗概》中评价说："常语易，奇语难，此诗之初关也；奇语易，常语难，此诗之重关也。香山用常得奇，此境良非易到。"比如他的《长恨歌》《琵琶行》等。这里，"香山"是白居易晚年的号。也就是说，初学诗的时候，出奇句比较难；而要成为优秀诗人，其"重关"则在于"用常得奇"，而不是堆砌典故、辞藻华丽、生僻难懂。"用常得奇"才是诗人的最高素养和境界。下面我们看他的新乐府诗《上阳白发人》（节选），以便更好地感受新诗的历史基础。

《上阳白发人》（节选）

上阳人，上阳人，红颜暗老白发新。
绿衣监使守宫门，一闭上阳多少春。
玄宗末岁初选入，入时十六今六十。
同时采择百余人，零落年深残此身。
忆昔吞悲别亲族，扶入车中不教哭。
皆云入内便承恩，脸似芙蓉胸似玉。
未容君王得见面，已被杨妃遥侧目。
…………
上阳人，苦最多。
少亦苦，老亦苦，少苦老苦两如何！

君不见昔时吕向《美人赋》，

又不见今日上阳白发歌！

如果用当时的语言标准看，诗中大部分用的是口语，几无律句，人皆一吟便懂。更为重要的是，这首诗虽然是新题乐府，但其体制、风格、语言和意境等，与汉代乐府民歌极为接近。这也表明了古代诗人的一贯追求。

宋词的发展也是如此。词在漫长的"雅化"嬗变过程中，到两宋进入了创作的黄金阶段，并出现了以苏东坡、辛弃疾为代表的豪放词派，其内容、语言和诗法也随之发生变化，用口语、俗语的词逐步增加。如辛弃疾的《武陵春》《玉楼春》等词，"几乎是纯用口语，明白晓畅，而又富有情趣"。

《武陵春》

走去走来三百里，五日以为期。六日归时已是疑。应是望多时。

鞭个马儿归去也，心急马行迟。不免相烦喜鹊儿。先报那人知。

《玉楼春》

三三两两谁家女。听取鸣禽枝上语。提壶沽酒已多时，婆饼焦时须早去。

醉中忘却来时路。借问行人家住处。只寻古庙那边行，更过溪南乌桕树。

散曲是由对宋词的继承和发展演变而来，也是入乐的。但与宋词相比，它的口语化特征更加鲜明，使用得更加普遍，其中的五言、七言也口语化了。在散曲“套数”中，不仅使用俚语、白话，而且对情节的构建、人物形象和表情的刻画、对白等，都有普遍的创造。下面我们来看元代关汉卿的两首散曲。

《四块玉·别情》

自送别，心难舍，一点相思几时绝？凭阑袖拂杨花雪。溪又斜，山又遮，人去也！

《双调·沉醉东风》

咫尺的天南地北，霎时间月缺花飞。手执着饯行杯，眼阁着别离泪。刚道得声“保重将息”，痛煞煞教人舍不得。“好去者，望前程万里！”

细心的读者不难发现，与汉乐府民歌和宋词相比，散曲用韵比较密，几乎是每句都要押韵，而且是四声互叶。从表面上看，这种用韵方法比较杂乱，似无章法，但如果逐字逐句地研读几首，就会发现散曲用韵不仅是有规法的，而且很巧妙，大有拔奇陡峭之感。这也说明，诗体的自由与诗法的韵律是不矛盾的。

上述引证表明，古人对诗体“自由不拘”和口语表达的价值取向并非某个朝代的偶然事件，也不是某个诗人的特殊案例，而是一个绵延两千多年的探索与追求过程。这就告诉我们，这种探索与追求不仅是对某种诗体的变革，也不仅是某种诗法的创新，更是中华民族对自由的向往，而这向往所形成的历史实践，恰恰是古人对理想人格不懈追求的真实写照。这或许就是新诗得以产生的传统基础和历史轨迹，抑或说，这至少应当是“内在答案”的一部分。

另一个需要理清的历史背景和时代条件，就是外国诗歌对中国新诗的影响，这不仅是个事实，而且其影响是深刻而广泛的。早在20世纪前叶的中国，就有大量外国诗歌被翻译出版，如英国的《欧内斯特·道生诗集》、古罗马奥维德的《爱经》（三卷）、法国果尔蒙的《西莱纳集》、西班牙的《洛尔迦诗抄》，以及其他十几个国家的诗集等。其中有些诗也曾一度被追捧，“粉丝”如云。吟诵外国诗歌、写自由体诗遂成一时之风尚。

这是时事的一面。但同样不能否认的另一面，是这一时期新旧两种诗体的碰撞、挤压乃至融合，也是个事实。这期间，虽然很多诗人大力倡导、积极探索写新诗，但他们的内心同样是矛盾的，而他们的最终选择，是在融合中创造新体。

关于这个问题，还是听听当事人、新月诗派代表人物之一陈梦家先生是怎么说的：“我们自己相信一点也不曾忘记中国三千年来精神文化的沿流，（在东方一条最蛮横最美丽的长河）我们血液中依旧把持住整个中华民族的灵魂；我们并不否认古今多少诗人对于民族贡献的诗篇，到如今还一样感动我们的心。可是到了这个世纪，不同国度的文化如风云会聚在互相接触中自自然溶化了。我们的小船已经不是在内河里单靠水势或一根牵绳向前行，船出了海口在大洋里便由不得你自己做主，因为风抵住你的帆蓬！（它至少也有一半操纵的力量。）”[1]

应当说，这段话基本反映了那个时代诗人的普遍心态。面对时代巨变所形成的大势，他们如同一只小船驶进了大海，他们可以迷茫，可以彷徨，但他们必须选择，必须回答如何选择。对此，陈梦家先生认为："外国文学影响我们的新诗，无异于一阵大风的侵犯，我们能不能不受她（它）大力的掀动湾（弯）过一个新的方面？那完全是自然的指引。我们的白蔷薇园里，开的是一色雪白的花，飞鸟偶尔撒下一把异色的种子，看园子的人不明白，第二个春天竟开了多少样奇丽的异色的蔷薇。那全有美丽的，因为一样是花。”[2]在这里，陈梦家先生以白色蔷薇和异色蔷薇同处一园为喻，道出了以我为主、融合共存的选择取向。而在今天的我们看来，这与其说是一种选择，不如说是一种自然。既然那异色的种子已经落在了我们的花园里，那它便一定会生根、成长、绽放。我们唯一能做的，就是让它与我们的白色蔷薇相处得更和谐，以便在这种融合中创造出兼具二者优势的新诗体。

这就再次告诉我们，中国的新诗既不是对外国诗歌的简单重复，也不是外国诗歌的翻版，它同楚辞、乐府、唐诗、宋词和散曲一样，也是中华民族创造的新诗体。这正如陈梦家先生所说："中国的新诗，又比是一座从古就沉默的火山，这回突然喷出万丈光芒沙石与硫黄交杂的火焰。”而它的发展历程也表明，新诗之所以能够在古老的诗国产生，并迅速普及，为百

1 陈梦家编：《新月诗选》，解放军文艺出版社 2000 年版，第 2 页。
2 陈梦家编：《新月诗选》，解放军文艺出版社 2000 年版，第 2 页。

姓所喜爱，主要不在于外来文化的影响，也不是自由体诗歌一定比律诗好，而在于长期以来形成的历史基础和时代条件，以及人们对自由的不懈追求。

如果仅从新诗产生的时代条件来说，其大背景就是：随着帝制和相关法统的废除，以及文化价值和社会意义的巨大变化，使整个民族和社会出现了巨大的精神“空洞”，这个“空洞”的显著特征，就是人生失去了方向感，生活没有了预期，价值追求极度混乱，急需一种新的文化和价值来填补和充实。正是在这种情况下，新文化运动发生了，求新、新变、图强，成为广大知识分子的共同追求。作为这一运动成果之一的新诗，便名正言顺地登上了中国的文化舞台。而它之所以能迅速流行，其优势就在于口语化、不拘一格和自由挥洒，比旧体诗更容易创作，更便于对复杂现实与情感的通俗表达，也更容易为百姓、尤其是青年所接受、所喜欢。特别是在知识分子中，新诗很快便成为他们手中的武器或时尚。历史表明，新诗的勃兴与普及，对于唤起民众的时代意识、泄导百姓的苦闷彷徨、感召社会风尚、凝聚社会力量、促进社会转型等都发挥了重要作用。当时的很多诗人在中国革命史或中国诗歌史上都占有重要地位。

这是从新诗产生发展的总体而言。如果仅从诗体诗法的历史演化来看，大体上经历了这样一个过程：

其一，从口语化逐步向“说话”演变，以致有文无韵。

我们要搞清楚这个问题，首先得知道何为口语、何为口语化。从历史背景的角度说，新诗的口语是相对于旧体诗文言而言的，它的基础和条件是文言在生活中的逐步废除。而从表达方式上说，所谓“口语”主要是用以区别书面语的。很显然，无论是古代诗人对口语的追求，还是新诗对口语的使用，更无论什么题材的诗，它首先都是一种“书面的口语”，而非口头交流即说话。这是个基本界定和常识。而口语化的一般表意，则是指口语在诗歌中的普遍使用，从而使诗歌在语言上更加符合时代的需要，促进诗歌与社会发展和谐一致。这显然也与怎样说话无关。

更为重要的是，古今诗人所探讨的“口语”，都是针对诗歌语言的，目的是为了改进、完善和优化诗歌的普遍性和传播力，使之更加符合一定时代条件下的表达需要。古人对唐诗、宋词和散曲口语的探索改进，皆是如此。因此，诗歌的口语或口语化，也同样要符合诗歌的内在规定性，以及古今普遍认同的诗格诗法，而不能把口语当成日常说话，也不能把写诗视为谈家常，虽然时人评价白居易的诗如同谈家常，但“如同”不等于就是；更不能把口语化看作是越白越好、越“俗”越好。

在古今普遍认同的诗法中，最基本的首在诗韵。因为诗歌的本质就是一种“韵文”，无韵不可言诗，无韵不可称诗，是普天下诗人的共同理念。所以，口语也应当而且必须讲韵律。这其中的道理就在于，无论是文言旧体诗，还是口语新诗，其目的都是为了创建某种意境或境界，以便更好地表达情感、抒发意志，并使读者获得相应的情感体验和美的享受。这是“诗之所以为诗”的本质要求。而这种功效则是说话难以实现的。我们可以在“无立场”的状态下想一想，假如说话、谈家常可以实现诗歌的功效，那么古往今来，为什么会有那么多人苦苦追求诗的意境和境界，艰难地探索着如何让诗歌更感人、更深刻、更高雅。为此，李白客死他乡，杜甫病死舟中，嵇康与《广陵散》同亡，中国诗歌又缘何会有三千年的辉煌。这就再一次告诉我们：口语并非说话，成诗应须依韵。

对于20世纪80年代以来的新诗，包括格律诗和散文诗，其中有很多让我感动，让我流泪，让我激奋，甚至拍案。对有些爱不释手的诗，我会抄在本子上，带在身边，以便随时吟诵。但坦率地说，确也有不少新诗让我困惑，无论从哪个角度琢磨，或逐字逐句地分析，都无法找到诗的意味和感觉，看到的只是诗人自说自话。有时我会怀疑自己有偏见，会不会古诗看多了，对新诗有一种下意识的拒绝呢？

对此，我曾多次与诗友探讨，也请教过一些专家，这些作品究竟是不是诗，如果是诗，又应当从哪些要素和规制上来界定。大家共同认可的，就是这些作品通俗易懂，便于交流，老少皆宜。可问题又来了，如果仅仅是为这个目的，那又何必写诗呢？比诗歌更通俗易懂、更便于交流的文体和文艺形式很多，而且比诗歌更容易表达和普及，如此诗歌岂不多余？至于说，自由体中的“自由”，更与意识形态话语中的“自由”无关。这里的“自由”，首先是一种诗体，而有体必有制，有制必有规，有规必有法。也就是说，自由体诗如同其他诗体一样，也必然有自己的规制，从诗题到段落，从字句到用词，从开头到结尾。如果暂时没有明确的文法可依，那就应当以“约定俗成”的传统来规范。

此外，即使按意识形态话语中的“自由”来理解，诗歌中的“自由”也不能理解为：话可随便说，诗可随意写。自由不等于随意、随便。你说这是诗，就得按诗的规制写，就得有诗的意境，就得给人以诗的感受。假如我们把自由体诗理解为可以随意而为，或者可以像说话那样直白随意，那我们真的有理由为新诗的前景担忧了。

其二，比兴言事、托物寄情渐行渐弱，几近废弃。

喜欢诗歌的人都知道，比兴言事、托物寄情是古今中外所有诗歌的共同特征，也是所有诗体都广泛应用的诗法，更是所有诗人都不懈追求的境界，无论他们是否做得到，是否做得好，于是便有了“推敲”和“十年炼一字”的传世美谈。对于这一点，我们不仅能从新诗的早期作品中感受到诗人的“苦炼”与追求，而且可以同样在外国的诗歌作品中，强烈地感受这一点。

有人说，外国的诗歌是真正自由的，既不讲押韵，也不用比兴。真的如此吗？我曾读过几本被视为经典的外国诗集（译本），也曾趁着去国外做课题的机会，专门拜访请教了几位外国诗人。他们的回答并未让我感到太过意外，因为在我的理解中，外国诗歌不仅需要韵律，而且同样是追求比兴的，托物寄情的理念早已广泛普及，且根深蒂固，似乎从未有人提出怀疑。按照他们的话说：因为这是诗歌，不是写文章，更不是聊天说话。假如你在中国看到的是无韵味、无比兴的外国诗歌，那只能理解为文化差异所造成的“翻译误会”。“这不能怪我们的诗歌，当然也不能责怪翻译者。就像你们的唐诗宋词被翻译成外文一样，我们也不是总能理解它的意境和诗法。”也就是说，当一首外国诗歌被翻译成中文时，它原有的音韵、比兴和意境，主要靠汉语中相应的词句来体现，而不取决于它原有的状态。因此，要想把一首外国诗歌原汁原味地译成中文，的确是一件极难的事。所以，我们应当向那些翻译家表示敬意。

唯一让我感到有些意外的，是“自由体”这个称谓。我虽然不知道这个称谓最初是谁命名的，但它最多也只是表明这种诗体与古体诗、律诗的不同，它在字数、句数、段数乃至取声用韵上，没有那么多的限制，可以按内容的需要而定，自由发挥。但是，没有限制同样不等于随便，总体上没有限制，也不表明具体一首诗没有限制。事实上，当你提笔写出第一行诗的时候，它对整个一首诗就已经形成了限制，你只能按照它给出的“兴”或意境写下去，否则你的诗便少有人能看懂。因为任何意义上的“自由”，都是有条件的。

更为重要的是，诗体上的无限制同样不能等同于诗法上的绝对自由，更不能因此而排斥乃至废弃比兴言事和托物寄情的固有属性。当然，我并不反对“有话直说”式的表达。因为诗歌历来就不仅有比兴托物，也有“赋”，即通常所说的“铺陈述事”，让读者看得明白，想得透彻。这也是古今中外诗界的常识，无须多说。而问题的关键在于，诗歌的作用并非是要把某件事说明白、说透彻，也不是为了告诉你这是什么、这为什么。如此，写诗便是多此一举。而比兴的作用恰恰是为了使表达更含蓄、更委婉、更丰富、更切意，从而把内心无法言表的情感、无法言说的意志以比兴的语言抒发出来，使读者更贴切、更深刻地意会某种情感与追求。

比如你暗恋一个人，又不好意思“有话直说”，辗转反侧，备受煎熬。这时你如果写一首诗，托物寄情，把你的爱委婉地告诉她（他），效果肯定比“有话直说”好。因为无论对方是否有意，双方都有回旋余地，不会觉得没面子、伤自尊。再如你想给朋友以劝告，又不好指名道姓地批评人家，也可以写一首诗，比兴言事，含蓄地指出她（他）的不足，或劝导她（他）改正错误，效果肯定比当面拍桌子好。还有，如果你想有所作为、干一番事业，可单位领导并不了解你的心思。如果你直接找领导表白，往往会有“伸手”之嫌。假如用一首诗来表达，就不会让领导有这种感觉。以上这三类诗，在旧体诗中占很大比重，“诗仙”李白、“诗圣”杜甫及白居易等都写过。因为无论什么人，总会有些“说不出口”的话，而比兴托物的好处也就在这里了。

也就是说，对于那些不好言说、难以直说或困于语穷的事，都可借自然之物的某些特性如春夏秋冬、花草鱼虫、江河湖海等，或借古代人事之得失、朝代之兴衰或事业之成败的经验教训，意境化地表达出你的情感或寄托，以达到“意在言外”“闻笛起舞”的效果。从而为你的倾诉对象乃至更多的读者创造出形象的、丰富的想象空间，以及从未有过的心灵体验，让他们的情感或心灵在你创建的意境中自由飞翔。这期间，读者的想象和体验也许已超出诗的意境，或者与诗的原意无关了，而这恰恰是诗歌的魅力所在和美妙之处。

从这个意义上说，一首诗如果没有了比兴托物，也就没有了情感的依托和联想的空间；说得太白，或一切都说明白了，也就没有了意境，没了意境也就不可能有想象和追寻，诗歌的作用也就失去了。古今中外的诗歌史告诉我们：真正的诗歌，永远不存在“这是什么”“这为什么”等说教式问答，诗歌只是让人联想、想象和体验，从而净化或升华人的情感。

其三，散文化倾向日趋突出，几近诗文不分。

对此，也许有人会说，新诗中原本就有“散文诗”一体，像散文又有何不妥呢？是的，新诗确有“散文诗”一体。但这说的是体，即新诗体的一种。所以，“散文体”也是诗。是诗就有诗的规制和写法，就得有诗的味道和意境。在具体创作中，我们虽然可以借鉴散文的写作方法及某些意境的塑造方式，比如“以文入诗”等，但它还是诗，而不是散文本身。假如二者可以混同，那又何必再搞出个“散文诗”呢？

前些年，为了搞清楚“散文诗”与散文的异同，我曾试着把一些新诗尤其是叙事诗用横排（不分行）的方式连接起来，然后反复阅读。结果，无论是吟是诵，都无法体验到诗的味道，既无抑扬顿挫，也无婉转回环。但你如果由此认为它是一篇散文，也不是。写过散文的人都知道，散文最看重的是“形散而神不散”。

也就是说，散文所要表达的主旨也许并不在文字里，但你一定能感觉到它在说什么，它在告诉你什么，它是一种真实的存在。这就是散文的“神”。而“散文化”的新诗却大都缺少这个“神”，因而往往让人不知所云。所以，横排了的散文诗也不是散文。如果我们再把它复原分行排列，吟诵之下它只能是“分了行的散文”，也不能称其为诗，因为它缺少了凝聚文字、黏合词句和彰显意境的“神韵”，也就是诗之所以为诗的本质特征。

从二者的区别上看，散文有“神”而可以无韵，“散文体”诗却须有“神”有韵，而且是“神”韵一体、互为条件，无韵则“神”散，无“神”则韵空。就像南北朝时的骈体诗，虽然字字押韵，却空洞无神；虽辞藻华丽，却言之无物。反之，如果没有音韵的凝聚和黏合，其“神”也难以感知和体验，其诗必然是枯燥乏味的。因为诗歌音韵的主要功效就是使诗的语言具有抑扬顿挫、跌宕起伏、婉转清丽的效果，吟诵起来会更加有味、更加感人、更加震撼，也更加曼妙。同时，追求音韵的和谐清雅也是诗歌音乐性的内在要求。

卷四　新诗的时代特征

我们今天所说的“新诗”，其实也有百年历史，可谓新诗不“新”了。在这百年的发展中，新诗也在其成长和演化的过程中呈现出相应的时代特征。很显然，从总体上把握新诗在不同时代的基本特征，对于进一步优化和改进新诗是必要而有意义的。

从总体上看，早期的新诗是在借鉴、探索、融合中逐步发展的。“新月诗派”代表人物之一的陈梦家先生，曾对这一时期的新诗作过如下描述：“新诗在这十多年来，正像一支没有定向的风，在阴晦的气候中吹，谁也不知道它要往那（哪）一边走。”“中国的新诗，又比是一座从古就沉默的火山，这一回，突然喷出万丈光芒沙石与硫磺杂的火焰，只是炫亮，却不是一宗永纯的灿烂。”[1] 因为就当时的情况而言，他们虽然不赞同黄遵宪、梁启超等“旧瓶装新酒”的主张，但一时间也无法提出自己的系统意见。所以，对于这些受过良好传统教育且古诗文功底极厚的人来说，他们写新诗，只能走在探索中融合，在融合中创新的路子。

那么，怎样融合、又怎样创新呢？在经过十多年的磨合后，

1　陈梦家编：《新月诗选》，解放军文艺出版社，2000 年版，第 1 页。

“新月诗派”形成了自己的基本主张，概括起来主要有两个方面：一是“练拳的人不怕重铅累坏两条腿”，他们的累赘是日后轻腾的准备；匠人绝不离他的规矩绳尺，即是标准；我们也不怕格律，格律是圈，它使诗更显明、更美。因为形式是观感赏乐的外助。格律在不影响内容的程度上，我们要它，就像画不拒绝合适的金框。金框也有它自己的美，格律便是在形式上给予欣赏者的贡献。所以，诗有格律，才不失掉合理的相称的度量。二是“我们决不坚持非格律不可以的论调”。因为诗所希求的是新的创造，是从锤炼中提选出的坚实的菁华，它是一个灵魂紧缩的躯壳。在诗的灵感上，需要那新的印象的获取，“要从灵感所激动的诗写出来……技巧乃是从印象到表现的过渡”。因此，“因为情绪的空气不容许格律来应用时，还是得听诗的意义不受拘束的自由发展”。[1]

当然，“新月诗派”对新诗的主张并非当时的唯一，也非唯美，与后来的新诗主张也有所不同。但无论如何，它都是那个时代的主流观点，对今天的新诗改进很有借鉴意义。那么，有此主张的“新月诗派”又是怎样写诗的呢？

我们先看陈梦家先生的《摇船夜歌》：

> 今夜风静不掀起微波，
> 小星点亮我的桅杆，
> 我要撑进银流的天河，
> 新月张开一片云帆。

1　陈梦家编：《新月诗选》，解放军文艺出版社 2000 年版，第 4—5 页。

让我合上了我的眼睛，
听，我摇起两支轻桨——
那水声，分明是我的心，
在黑暗里轻轻的响；

吩咐你：天亮飞的乌鸦，
别打我的船头掠过；
蓝的星，腾起了又落下，
等我唱摇船的夜歌。

接下来看同为“新月诗派”的闻一多先生的《死水》：

这是一沟绝望的死水，
清风吹不起半点漪沦。
不如多扔些破铜烂铁，
爽性泼你的剩菜残羹。
也许铜的要绿成翡翠，
铁罐上锈出几瓣桃花；
再让油腻织一层罗绮，
霉菌给他蒸出些云霞。
让死水酵成一沟绿酒，
漂满了珍珠似的白沫；
小珠们笑声变成大珠，
又被偷酒的花蚊咬破。
那么一沟绝望的死水，

也就夸得上几分鲜明。
如果青蛙耐不住寂寞，
又算死水叫出了歌声。
这是一沟绝望的死水，
这里断不是美的所在，
不如让给丑恶来开垦，
看他造出个什么世界。

这两首都是自由体诗，但与现在的新诗又有所不同，在诗法和意境上都体现出那个时代新诗的特征。比如，这两首诗都非常重视比兴的应用。陈梦家先生的诗以静起兴，以夜航为喻体，且以兴对尾，收束得比较圆润。而闻一多先生的诗以题起兴，并出乎意料地运用一系列比喻，让人很自然地联想到那残暴的旧制度是多么腐朽，又似乎嗅到了那腐朽的恶臭，也让人看到了在这死水中孕育的新生，恰当地体现了古诗“意在言外”的特质。如细细品味，便联想到了屈原在楚辞中的神奇比喻，难怪这首诗在20世纪三四十年代的大学生中拥有那么多的“粉丝”。再如，这两首诗对音韵的处理既继承了旧体诗的传统，也有新的探索和突破；既重视韵脚的处理，也很好地体现了字里行间的平仄关系，吟之朗朗上口，有激发和引导情感之功。

还有也是“新月诗派”代表人物徐志摩先生的《再别康桥》：

轻轻的我走了，
正如我轻轻的来；

我轻轻的招手，
作别西天的云彩。

那河畔的金柳，
是夕阳中的新娘；
波光里的艳影，
在我的心头荡漾。

软泥上的青荇，
油油的在水底招摇；
在康河的柔波里，
我甘心做一条水草！

那榆荫下的一潭，
不是清泉，是天上虹；
揉碎在浮藻间，
沉淀着彩虹似的梦。

寻梦？撑一支长篙，
向青草更青处漫溯；
满载一船星辉，
在星辉斑斓里放歌。

但我不能放歌，
悄悄是别离的笙箫；

夏虫也为我沉默，
沉默是今晚的康桥！

悄悄的我走了，
正如我悄悄的来；
我挥一挥衣袖，
不带走一片云彩。

喜欢诗歌的人都知道，徐志摩先生这首诗是新诗中的经典，也是早期新诗的代表作之一，在国内外流传很广。对于这首诗，早在20世纪40年代就有学者认为，可为新诗楷模，欲学新诗者，当从此诗始。而它对后人的主要贡献，就是在充分借鉴古代诗法的基础上，结合时代需要所进行的创新，从而奠定了新诗的基本格式之一。这固然与他所受的教育和时代条件有关，但也显示出他对诗歌内在规律的深刻把握和灵活运用，其古诗文功底是相当深厚的。我们在反复吟诵中不难感受到，这首诗从谋篇布局到起承转合，以及句式句法等，都内含规制，是非常讲究的。其音韵节奏、轻重缓急、比兴托物，都是那么自然、舒畅而优美，真正体现了古风古韵与时代气息的和谐统一，从而使“轻轻的走”这一主题得以灵动而深刻地展现，令人在“意犹未尽”中，体会到诗人心灵的依恋与追寻，确是极其难得的。每每吟之，自愧弗如。

更有意义的是，这首诗开创了中国诗歌三千年之未有的新意境。这种新意境与古代“十里长亭”“灞上折柳”式的告别不同，它是一种留恋中的“沉默”，是“轻轻的”“悄悄的”再别；这种告别，没有语言，没有泪水，没有仪式，也无人相送，他只是“招招手”，“挥挥衣袖”；他留下了无尽的爱，却“不带走一片云彩”。而他的玄妙之处，恰恰是“正如我悄悄的来”。这就把世俗的来与去创造性地融入一种沉默的深情之中，清新而高雅，委婉而平远，吟之如同身临其境，久久不能释怀。这种意境，不仅在古典诗词中极少见，就是在今天的诗坛，也是极难得的，其境界殊为可贵。因为在现实生活中，每个人都会因离家、毕业、工作、调动或退休等而告别。对此，我们早已习惯了相送。或酒宴，或茶话，或执手泪眼，或相拥而别，总之是一定要有个仪式的，似乎不如此便无法表达送别的情意，不如此便无法显示朋友间的友谊。是的，告别固然让人依依不舍，却也是人生的无奈。而“悄悄的来”“轻轻的去”，无疑是对这种无奈最深刻的选择。人生何处不相逢，何须笙箫鼓动中。感谢徐志摩先生，是他的诗让我们知道了人生还有如此妙境：沉默中的放歌、“轻轻的”飘逸，激流无声。

读到这里，你也许认为上述引录的都是“新月诗派”的诗，还不足以说明问题，那接下来我再引录一首戴望舒的新诗：

《寒风中闻雀声》

枯枝在寒风里悲叹，
死叶在大道上萎残；
雀儿在高唱薤露歌，
一半是自伤自感。
大道上是寂寞凄清，

高楼上是悄悄无声，
只有那孤零的雀儿，
伴着孤零的少年人。
寒风已吹老了树叶，
更吹老了华鬓。
又复在他的愁怀里，
将一丝的温馨吹尽。
唱啊，同情的雀儿，
唱破我芬芳的梦境；
吹罢，无情的风儿，
吹断我飘摇的微命。

戴望舒先生不仅是与陈梦家等人同时代的著名诗人，也是我国著名的翻译家和古典文学研究者。正因为他古典文学功底深厚，所以他翻译的外国诗歌至今都是一座难以逾越的高峰。我读他翻译的诗歌与读古典诗词的感受几乎没有区别，都能从字里行间体会到诗人的情感和追求。1929 年 4 月，戴望舒的第一本诗集《我底记忆》出版。当时就有评论认为：戴望舒的诗代表了新诗史上一个重要的艺术流派，为中国新诗开辟了一条新路。他的诗，深刻地反映了一代中国诗人引进西方诗艺、融会传统、创造出具有民族特色的现代诗歌的艺术历程。纵观他短暂的一生，这个评价是恰当的。

这一切再次表明，新诗如唐诗、宋词一样，也是中华民族创造的诗。而它与外国诗歌的主要区别，就在于它是古今融合的产物。

随着抗日战争的爆发，新诗发生了它自诞生以来的第一次重大变化,进入了一个新的发展阶段。在这个阶段中,唤起民众,抵御外侮，救亡图存，收复河山，成为新诗的主旋律。在国统区的进步诗人创作了一大批抗战诗歌，在广大青年尤其是学生中广泛传播，为激发全民抗战激情、团结和凝聚民众力量发挥了重要作用。

另一方面，随着大批进步青年奔赴延安，参加抗战，延安很快便成了新诗的摇篮。我们现在看到的“抗战诗”，大都是由延安诗人创作的。这些诗有的发表在延安的报刊上，有的结集出版，有的则被谱成歌曲，而延安的广播也在播放诗歌。一时间，荒凉的黄土高原成了诗的世界、诗的海洋、诗的天堂。而熟知诗歌的青年们，经过延安的短期学习培训后，又打起背包，奔赴抗战前线，把延安的诗歌带到了祖国的四面八方，融入抗战的滚滚洪流中，成为激发斗志的精神力量。

为了更直观地感受这一点，我们还是引录一首郭小川于1940年发表在延安《新诗歌》杂志上的《我与枪》：

我不当古代高贵的骑士，
我不做英飒的侠客；
我憎恶绞杀人类的刽子手，
我是无数伙伴中的一个——
忠实的枪的爱者。

我枪闪烁毫光，
我枪刺银亮，

我枪七斤半重，
我枪米达二长，
我枪来复线像白色小蛇，
我枪怀着耀眼的胸膛。
我枪扳机一动——
子弹有如雨落雷声响。

枪——
我勇敢的青春啊！
枪——
我生命的卫士啊！
我持枪走向永生，
我持枪通过原野、
河流山岗、
城市与村庄，
我的路是有仇敌的地方，
我的路铺着太阳的红光。
我卧时，枪如巨蟒伏草原，
我立时，枪如野兔飞在禾苗间，
我冲锋，那支枪呀！
就化作一支银色的箭，
奔驰着，奔驰着……
直向敌人的咽喉。

我不当古代高贵的骑士，

我不做英飒的侠客，
我枪击绞杀人类的刽子手，
我是无数伙伴中的一个——
未来的人类幸福的开拓者。

20世纪90年代，我在从事延安精神研究时，曾采访过当年在延安工作的老同志，他们大都还记得这些诗，而且还能背诵出许多我未曾听过或未曾发表过的“延安诗”。虽然他们已白发苍苍，但当他们在吟诵这些诗的时候，那声音分明在述说着延安、述说着抗战的硝烟，那脸上又荡起当年的激情。我至今都在想，他们是幸福的、令人羡慕的，因为他们拥有美好而宝贵的青春回忆。而我们有吗？当我们老了的时候，我们回忆什么？是的，如果你想像这些老人一样幸福，就去努力创造无悔的青春吧！不要让你的老年成为后悔的驿站。

曾有文章说，延安时期的诗歌不过是新诗百年史上的一个瞬间，加之内容比较单一，无法构成新诗史上一个完整的阶段。是的，在已历百年的新诗史上，“延安诗”无论是在数量上、还是在时间上，都不过是一朵小小的浪花。但同样真实的是，这小小的浪花谱写的是民族的呐喊，是救亡图存的抗争，是血与火的洗礼，是生命的呼唤。也正是这小小的浪花，曾卷起滔天巨浪，曾聚起骤雨狂飙，成为民族的骄傲。当然，如何为百年新诗断代，是个学术问题，这并非我所关注的。我想表达的是，“延安诗”同样是中国新诗的一部分。就像我们无法割裂历史一样，任何人也无法割断它与中国诗歌的联系。你可以说它“革命化”，你可以说它不是诗，你也可以不喜欢它，但它依然会存在于中国诗歌历史巨册之中。

中华人民共和国建立后，新诗在总体上继承了“延安诗”的风格，并在题材和诗法上得以拓展和丰富，涌现出一批又一批优秀诗人，一个崭新的发展局面已然形成。与过去的诗人不同，他们不是在书斋中冥思苦想，也不在小圈子里打转，而是打起背包，迈开双脚，深入农村、工厂、林场、矿山，在人民群众的现实生活中汲取营养，采集素材，体验生活，创作出大量与那个时代相呼应的优秀作品。可以说，那是个举国吟唱、高潮迭起的时代。我的少年生活便可以证明这一点。

比如郭小川在小兴安岭林场采风时写的《青松歌》，就是我们小时候所熟悉的诗歌。我的表弟曾是林业工人，他至今还能大段地背诵下来。

《青松歌》（节选）

青松哟，
是小兴安岭的旺族；
小兴安岭哟，
是青松的故土。
咱们小兴安岭的人啊，
与青松亲如手足！
白日里，
操作在密林深处；
黑夜里，
甜睡在山场新屋。

松林啊，
为咱们做帐幕。
绿荫哟，
铺满山路；
香气哟，
飘满峡谷。
青松的心意啊，
装满咱们的肺腑！
而青松啊，
决不与野草闲花为伍！
一派正气，
一副洁骨；
一片忠贞，
一身英武。
……

令人遗憾的是，“文革”的爆发使新诗的发展出现了“拐点”。“口号体”成为当时最为流行的诗体。这期间，虽然也有一些新诗出现，但大都以“打倒”“砸烂”为主题。随着“文革”的结束，便永远消逝在历史的封尘中。“文革”后期，出现了时人所称的“地下诗”，多以手抄的方式在一些城市青年中传诵，但至今保存下来的诗很少。

改革开放初期，中国社会总体上呈现出这样的状态：经济在调整中恢复了元气，并逐步实现增长；改革开放尚处在“摸着石头过河”的阶段。虽然农村改革已初见成效，但更多的改革尚需探索，不同的改革主张相继登场，对改革开放的信心尚未真正形成；社会在各种思潮的碰撞中显得有些迷茫。尤其是青年，面对骤然而至的社会变革和西方思潮，其内心的困惑和选择的彷徨，使他们对过去的反思和对现实的认知变得复杂多样，对人生价值和意义的求索变得日益迫切而强烈。

正是在这种情况下，以反思“文革”为主旨的“伤痕文学”，以及对“伤痕的一代”“荒废的一代”“垮掉的一代”的讨论悄然进行着，其文锋所指正是在“文革”中成长起来的青年。但有趣的是，在这场讨论中，基本上是“客体的评说”，即各方专家学者、作家等评说青年。这其中尽管有不同声音，甚至是截然对立的观点，也大都是他们之间的事。而作为讨论对象的青年要么忙着返城，要么忙着考大学，要么忙着找工作，要么忙着做生意，几乎无暇顾及来自社会的评说。少数参与讨论的青年，则更多地选择在西方思潮中寻找答案，或用诗的语言表达自己的观点。

其间，影响比较广泛的一次社会性辩说，即“潘晓话题”，也不是专家学者们的主观命题，而是来自青年自身的迷茫，“人生的路为什么越走越窄”。而我之所以参与了这些讨论，并提出“伤痕是历史的，人生是未来的”，并以大量实证表明，在人类发展史上从未出现过“垮掉的一代”，过去没有，现在没有，未来也不会有；“伤痕”是可以治愈的，荒草是可以铲除的，“垮掉的一代”是个伪命题，则在于我当时所从事的教学和研究工作。我周围的青年则把更多激情投入到诗的世界，并以此表达心中的困惑，寻找人生的答案。这就是那个时代诗歌得以生成的社会基础。

我看过一些评介八九十年代中国诗歌的著作，其中虽然不乏精品，却也看得出，有些书尤其是外国作者，对这个年代诗歌产生的历史背景和社会条件，要么粗略概述、一笔带过，要么忽略不计，而只就诗歌文本评是论非。我无意在这里论人短长，但我们在评价某一特定诗歌时，如果隐去它的时代背景和社会条件，便无法把它说清楚。因为诗歌是心灵的表达，而每个人都是社会的，是一定时代条件下的人。他们的人生选择、他们的喜怒哀乐、他们的苦闷彷徨乃至他们的诗歌，都不可能离开那个时代所给出的条件，也不可能脱离他们所面临的社会现实，更无法摆脱一个时代所具有的客观规定性。他们必须面对社会、面对现实、面对自身，他们的所思所想、所作所为，无不是时代条件在个体生活的反映，或社会现实在个体身上的某种投射。从这个意义上说，如果离开了具体的时代背景和相应的社会条件，我们既无法搞清楚这样的诗歌为什么会产生于那个时代，也无法知道他们的诗歌究竟在说什么、为什么这样说，尽管你完全可以读懂他们的文字。我指的是诗歌背后的思考以及他们的故事。

我之所以这么说，因为我就是他们当中的一员。我与他们有着相同的经历，也曾有过与他们同样的苦闷、迷茫和彷徨；我也曾用我的诗表达过同样的主题。但随后几十年的实践已经证明，我们这一代人虽有伤痕，却并未荒废更没有垮掉；我们随着改革开放而成长，我们随着经济社会发展而成熟；我们在各自的岗位上勤奋工作，我们的诗也随之更加欢唱。

如果从这个视角来看待八九十年代的诗歌，那我们对其分化、多样、个性的特征便不难理解了。因为正是在那样的时代条件下，才会出现如此多样的诗学主张，才会出现如此众多的诗歌流派，也才会出现那样的“诗歌崇拜”，以及众多的诗歌爱好者。而这一切恰恰是他们所处的社会条件、所面临的困惑和迷茫以及对现实和未来追寻的“文学式”反映。而这种追寻远未结束，而且并不总是以诗歌的形式表现出来。这是我们评介八九十年代诗歌的一个不可忽视，也不能省略的重要前提。

比如，继70年代末的“朦胧诗”之后，整个诗坛便呈现出急速分化的态势，一直到90年代初，先后出现过“先锋诗”“民间诗”“正统诗”“口语诗”“女性诗歌”以及名目众多的“寻根派”“莽汉派”“非非派”“撒娇派”“垃圾派”“下半身诗”等。其形态之多样，不一而足。这其中，有些诗派昙花一现，有的无疾而终，有的一路走到了今天。当然，这些名目繁多的称谓，并非总是真正反映他们的诗歌，其界定也常常是模糊不清的，而且其中有些称谓并不为当事人所接受。这里权作一时之称谓而已。具体如何理解和把握，还得从他们的诗歌中寻找答案。

我们先来看舒婷的《人心的法则》：

为一朵花而死去
是值得的
冷漠的车轮
粗暴的靴底
使春天的彩虹
在所有眸子里黯然失色
既不能阻挡
又无处诉说

那么，为抗议而死去
是值得的

为一句话而沉默
是值得的
远胜于大潮
雪崩似的跌落
这句话
被嘴唇紧紧封锁
汲取一生全部诚实与勇气
这句话，不能说
那么，为不背叛而沉默
是值得的

为一个诺言而信守终身？
为一次奉献而忍受寂寞？
是的，生命不应当随意挥霍
但人心，有各自的法则
假如能够
让我们死去千次百次吧
我们的沉默化为石头
像矿苗
在时间的急逝中指示存在
但是，记住
最强烈的抗议

最勇敢的诚实

莫过于——

活着，并且开口

舒婷被称为“朦胧诗”派的代表人物之一。2000年，人民出版社出版“百年百种优秀中国文学图书”,《舒婷的诗》是其中的一部。这表明，在80年众多的诗人和诗歌中，舒婷的诗无疑是优秀的。而事实上她的诗歌的确广有受众、深受喜欢。古人有个说法，叫读书读诗要“知人论世”。就是看一个人的诗，要知道他的人生经历和写作背景。据媒体报道，舒婷插过队，当过临时工，做过水泥工、挡车工、炉前工等。在这样的青春岁月中,她原本也该属于“伤痕的一代”或“迷茫的一代”,但这些经历也无疑丰富和深化了她对人生的思考，并用她的诗做出了人生选择和理性告白。我读了好几遍《舒婷的诗》，确有古诗所追求的那种“意在言外”“要渺宜修”“意境飘逸”的感受。她的诗确实比同代其他的诗少了些“白”，多了些韵，少了些“说话”,多了些抒发,并因此赢得我们这些诗词“票友”的敬重。

接下来我们再看被称为80年代“先锋诗歌”代表人物的西川和于坚的诗。

《在哈尔盖仰望星空》

西川

有一种神秘你无法驾驭

你只能充当旁观者的角色
听凭那神秘的力量
从遥远的地方发出信号
射出光来，穿透你的心
像今夜，在哈尔盖
在这个远离城市的荒凉的
地方，在这青藏高原上的
一个蚕豆般大小的火车站旁
我抬起头来眺望星空
这时河汉无声，鸟翼稀薄
青草向群星疯狂地生长
马群忘记了飞翔
风吹着空旷的夜也吹着我
风吹着未来也吹着过去
我成为某个人，某间
点着油灯的陋室
而这陋室冰凉的屋顶
被群星的亿万只脚踩成祭坛
我像一个领取圣餐的孩子
放大了胆子，但屏住呼吸

《罗家生》

于坚

他天天骑一辆旧“来铃”

在烟囱冒烟的时候
来上班

驶过办公楼
驶过锻工车间
驶过仓库的围墙
走进那间木板搭成的小屋

工人们站在车间门口
看到他 就说
罗家生来了

谁也不知道他是谁
谁也不问他是谁
全厂人都叫他罗家生

大家常常去敲他的小门
找他修手表 修电表
找他修收音机

“文化大革命”
他被赶出厂
在他的箱子里
查出一条领带

他再来上班的时候
还是骑那辆“来铃”
罗家生
悄悄结了婚
一个人也没有请
四十二岁
当了父亲
就在这一年
他死了
电炉把他的头
炸开了一大条口
真可怕

埋他的那天
他老婆没有来
几个工人把他抬到山上
他们说 他个头小
抬着也不重
以前他修的表
比新的还好

烟囱冒烟了
工人们站在车间门口
罗家生
没有来上班

我和西川、于坚差不多是同一时代人，但对他们的诗读得比较少，缺少评介的必要了解。据报道说，西川的诗大约是“崇高”的美学范畴，于坚的诗大约是“世俗”的美学范畴。在诗观上，西川认为：诗人既是神又是魔鬼；强力诗人点石成金。而于坚则认为：诗人不过是一台语言文字处理器，一个固守在日常现实中的匠人，他让语言从隐喻后退，实际上是作为一种消除想象的方法。[1] 如果大家想更多地了解他们的诗歌，还得从他们的人生经历和写作背景及阅读更多的诗歌来把握。人终究是时代的人、社会的人，诗歌不过是心灵的写照。

从 90 年代中后期以来，诗歌在存在方式上逐步向互联网转移，成为传播的主渠道，纸质传播已难得一见，个性化、小众化、低频化已成常态。同时，随着通俗歌曲和广告业的逐步成熟，一部分诗人的创作开始转向歌词或广告文体，呈现出商业化运作的趋势。但不可否认的是，高质量、时代性的诗歌精品依然顽强地生存并发展着。虽然他们或许只是小众中的小众，或许他们的诗歌从未发表过，但存在就是希望，生存就要成长，有成长就会茁壮，有希望就有未来。

1 [荷兰]柯雷（Maghiel van Crevel）著，张晓红译：《精神与金钱时代的中国诗歌——从 1980 年代到 21 世纪初》，北京大学出版社 2017 年版，第 36 页。

卷五　现代诗体之初探

综上所述，如果说新诗确已到了需要改进和优化的时候，那么又当如何改进和优化，其基本取向和路径是什么？关于这个问题，我们先看看毛泽东同志的看法。

大家都知道，毛泽东同志不太喜欢新诗，一生也没有写过新诗，发表出来的都是旧体诗。然而，他虽然“创作了许多旧体诗，却又不提倡，不喜欢新诗却又予以推广”[1]。他对诗词的基本主张是“格律诗和新诗，都应当在发展中改造”[②]。怎么改造呢？他认为：“新诗的作者，要学习格律诗的含蓄、凝练，格律诗要学习民歌的时代色彩、乡土气息和人民情感”[③]。新诗“应该精炼，大体整齐，押大致相同的韵。也就是，在古典诗歌、民歌的基础上发展新诗。一方面，要继承优良诗歌传统；另一方面，要顺应时代的要求，以求得新诗的发展”[④]。对此，毛泽东同志明确提出了自己的期待：“新诗、格律诗、民歌，会不会取长补短，发展成为中国式的真正的新诗，我希望有那么一天。”[⑤]

“中国式的新诗”，这应当成为新诗创新发展的基本方向。

1②③④⑤　徐四海编著：《毛泽东诗词全编笺译》，东方出版社 2017 年版，第 19—21 页。

我如此认定，并非因为毛泽东是党和国家的领袖，而在于他所揭示的恰恰是古今中外诗歌发展的共同规律，即在继承中发展，在融合中创新，使之更具时代特色和民族风采。我们拥有旧体诗，也有新诗，在实现中华民族伟大复兴的历史征程中，我们也必将拥有“中国式的新诗”。你如果有兴趣,看看中外诗歌史，也必定会赞同这个发展方向。

那么，“中国式的新诗”应当怎样称谓呢？我认为应统称为“现代诗”，而不再用“新诗”来称谓现代的诗。对此，我是这样考虑的：一是“新诗”这个称谓是相对旧体诗而言的。这正如清代文学家叶燮所说：自《诗经》以降，“凡有诗，谓之新诗”。每个时代都有自己的新诗。相对于《诗经》，楚辞是新诗；相对于乐府诗，律诗是新诗；相对于律诗，宋词是新诗，等等。产生于新文化运动的“新诗”也是如此，它所表达的只是新与旧的区别，而无法确切地界定相应的内在特质，且外延过于宽泛，也没有相应的规制，更无法体现多诗体、多要素融合发展的时代空间，以及诗词创新的价值取向。百年来，我们之所以如此称谓，不过是约定成俗而已。

二是新诗已行百年，仅从时间上说，也不好再称其为新诗了。新诗不新已是事实。更为重要的是，我们从新诗发展轨迹中不难看出，其时代性已呈现出日益衰减的趋势，确已到了改进、优化和创新的时候。而改进创新的主要目标，就是在融合的基础上，使其更加符合时代的需要，更加具有中国特色，从而跟上新时代步伐，唱响新时代新声，成为实现中华民族伟大复兴的精神力量。

三是近十几年来，随着文化事业的繁荣与发展，大江南北涌现出一些新的诗体，如“歌诗”（主要形态为歌词）、“新文人词”（配乐的）、“新杂言诗”、“现代格律诗”、“新古体诗”、“现代词”，以及“新歌谣”、“新民谣”等，各具特色，精彩纷呈。毫无疑问，相对于旧体诗而言，它们也是新诗体。这些新诗体虽然大都处在初创阶段，还未成熟定型，也未提炼概括出相应的规制，但它们的共同特征就是既不属于原有新诗的范畴，也不能直接与旧体诗画等号。如果继续沿用“新诗”的称谓，或者仍然以“新诗”的价值标准来对待和评价这些新诗体，那不仅很多问题难以说清楚，也不利于这些新诗体的成长发展。当然，原有的新诗（包括自由体和散文体），作为“现代诗”的重要组成部分，仍然会在改进优化中继续发展。

假如“现代诗”这个称谓可以形成共识，那它又是什么样的诗呢？对此，诗家自有高论。以下仅是我这个“票友”的初步看法。

从宏观层面上说，所谓“现代诗”，就是在新旧融合的基础上，充分吸收时代要素合和而成的诗歌总称。这其中，既有对新诗体的继承，也有对旧体诗法的借鉴；既有对诗体的创新与繁荣，也有对新诗体的改进与优化。而其自身的时代性、多样性和灵活性，必将唤起更多人对诗歌的喜爱，激励更多的人写诗，涌现出更多的新时代诗人，全面复兴“诗歌之国”的历史辉煌，使“现代诗”真正成为“中国式的新诗”，并在继承弘扬中华优秀传统文化中发挥更大的作用。

在具体层面上，我尝试用四句话来表述“现代诗”的样式，以便引发更多人参与探讨和创建。

一是以新诗为基。我之所以这样界定，是因为新诗历经百年的发展，其口语化、长短交错、平仄宽松和自由不拘的特点早已为民众所接受、所喜欢，他们已经熟悉了这样的表达方式，并形成了相应的阅读习惯和心理定势。尤其是当代青年，更是偏好新诗的样式和表达。正因为如此，毛泽东同志主张：诗歌的创新发展“要以新诗为主体”。这无疑是从实际出发的，也是符合时代发展需要的。而我这里之所以说“为基”，主要是就创造新诗体、新诗法而言的，强调的是应以新诗为母体，并在改进优化的基础上，创造出更加丰富多样的新诗体，促进诗法规制更加和谐优化，从而使不同爱好的人都能在“现代诗”中找到适合自己需要的诗体，都能吟诵自己喜欢的诗歌。喜欢诗歌的人多了，诗歌也就会走向繁荣。

二是采古诗之风。中国诗歌经过三千多年的发展，已形成了独特的人文精神和民族风格。旧体体可以改，古风古韵不可废。新诗如此，“现代诗”也是如此。因此，“现代诗”也要充分借鉴古体诗的优良传统，进一步强化对音韵声律的综合运用，并在实践中探索和创造出与现代汉语相适应的韵律规制、与时代语言相协调的用韵方法、与“现代诗”法相融合的声律理念，将“现代诗”的韵律运用提高到新的水平，创作出更多具有古风古韵的“现代诗”。

三是创语言之新。文字语言是诗歌的基本要素，也是所有诗体的“根底”。因为无论什么样的创意，最终都要落实到文字语言上。“落纸为字，吟之为诗”，最是诗歌的硬功夫。因此，“现代诗”要在充分借鉴古诗语言含蓄凝练、简洁生动，尤其是善用比兴的基础上，结合现实生活，努力创造出与时代精神相和谐的“新律句”“新句法”“新典故”和新的比兴方法，以进一步强化“诗眼”在诗歌整体中的作用。逐步改变新诗句子越来越长、语言越来越直白、篇幅越来越大的现状，从而使“现代诗”更加适宜表达和朗读。

四是求时代之境。中国诗歌历来最讲究意境，素有“无意不成句，无境不成诗”的价值追求。无论何种诗体，诗句多么工整华丽，如果缺乏使人联想或想象的意境空间，仍不可言诗。这是自《诗经》以来历代诗人的共同追求，最是不能马虎的。因此，“现代诗”要在充分借鉴古诗“意在言外”“言有尽而意无穷”的意境追求基础上，按照现代人精神生活的需要，努力创造出与时代潮流相呼应的新意象、新意境和新境界，尤其要开发出现代人读得懂、能明白的比兴方法，为广大读者创造出更为广阔的想象空间，使之在联想中追求自身情感的高尚与深刻。

当然，以上不过是我个人的一点心得，是否合适，是否适用，还有待于更多人参与探索和实践。

那么，“现代诗”除了原有的“新诗”之外，还应当包括或创建哪些新诗体呢？依据现有资料和个人所见，大体上应包括以下五种诗体：

（一）现代歌诗

“歌诗”古已有之。《史记·吕太后本纪》载：“王乃为歌诗四章，令乐人歌之。”可见，歌诗就是入乐或配乐的诗，亦即可以歌唱的诗，并以此与不入乐或不可歌的诗相区别。而约定成俗的“诗歌”，就是二者的合称。“歌诗”在中国诗歌史上占有很大的比重。从《诗经》到散曲，其中大部分都可以称为“歌诗”。

从中华人民共和国成立至今，“歌诗”主要表现为“歌词”，即为歌曲创作的词。从本质上说，这与古代的“歌诗”并无不同，都是诗与乐合。对此，也许有人会说，歌词是“词”而不是“诗”。是的，虽然我们不能说所有的歌词都是诗，但就总体而言，可以称之为“诗”的歌词仍占很大比重。更何况，词也是诗的一种，这是自古以来就有的界定。

如果用历史这个长镜头来看，中华人民共和国成立以来“歌诗”的成就最为显著，其数量之庞大、题材之丰富、受众之广泛，堪称中国诗歌史上的辉煌篇章。只是大家更多地把它当作歌曲来欣赏，而忽略了对歌词诗意的关注和体悟，以致只说歌曲不谈歌词。因为一般来说，大家只在意某首歌是谁唱的，唱得好不好，而较少关注歌词是谁写的以及它创建的意境与境界。其实，古今中外无论什么样的歌，曲子都是为表达内容服务的，而内容则是由曲和词共同构成的。尽管有些歌是先有了曲子再去填词，但这个曲子也同样是由内容决定的。可以说，缺乏对歌词的理解和把握，便无法真正听懂一首歌，更不要说心灵的感受了。

就歌词而言，阎肃老师无疑是我们这个时代的杰出代表，如果说他是新中国“歌诗”的开创者之一，应是当之无愧的。不要说五六十年代创作的《江姐》和众多歌曲，就是改革开放以来创作的歌曲也足以让他享有这个地位。我曾仔细琢磨过阎肃老师创作的很多歌词，令我钦佩的是，他对古典诗词精髓的理解和把握，那种化古通今的创造能力，以及炼字“点睛”的奇妙手法，堪为我辈楷模和一代宗师。对此有兴趣的读者，在听阎肃老师作词的歌曲时，先把歌词吟诵几遍，然后闭上眼睛体味一下他带给我们的意境，再去听其歌，效果便会大不一样。这就是“歌诗”的魅力。

这里面需要注意的是，虽然现代歌词也可称为“歌诗”，但也不能简单地把它等同于乐府、宋词和散曲等古代“歌诗”。把握二者作为诗的异同及时代性，对于理解和把握现代“歌诗”是必要的。

一是乐府、宋词和散曲都有相应的乐谱、词调曲调，即词牌曲牌，而且每个词牌曲牌都是“调有定句，句有定字，字有定韵”，是比较严格的。这些严格的规制又大都是由音乐的要求而逐步形成的。而现代“歌诗”虽然不再使用古代词牌曲调了，形式更加灵活多样，但同样也要依据相应的曲调或乐谱而作。或者说，大都有个曲子作为底子，并进行必要的二次创作。现代“歌诗”虽然在句数、字数、句式和音韵上不再像乐府、宋词和散曲那样严格，但也不能像自由诗或散文诗那样自由挥洒，想怎么写就怎么写，因为它必须考虑音乐的需要和规制，就是词的字数、句数、句式要与音乐配得上、合上韵，尤其是所用文字的声调必须合得上音乐的声调，否则唱出来不仅无法表达词和音乐的应有之义，而且一定是不好理解的；虽然现代“歌诗”也可以分段或进行必要的重复，但它不像宋词、散曲那么严格，对音乐的分片变化也没有固定的要求，可以是只重复、不分段。但无论是否分片分段，主要还是看音乐曲调的要求与变化。

二是乐府、宋词和散曲都是要押韵的，而且都有严格的规制。尤其是散曲，押韵更密、且可邻韵通押或换韵，把握起来比较困难。但它们与律诗的押韵方法还是有区别的。律诗通常是偶句押韵，当然也有首句押韵的，而词的押韵位置则多样而复杂，各种词调之间的差别也比较大，无法一体通用，必须依据相应的词牌押韵。而作为歌词的现代“歌诗”,虽然也要押韵，但它既不像散曲那样句句押韵，也不像宋词那样对称用韵。现代“歌诗”用韵的重点是脚韵。此外还有两个地方需要注意：一是起句如何用韵，应按音乐要求而定，但一般要押韵。因为一首歌首句的韵味对听众往往会有很大的心理暗示和引导作用。二是歌曲的转折处、加强处，一般也是要押韵，这是歌曲表达的需要。

三是乐府、宋词和散曲的句式长短不一，但这种长短不一与现代“歌诗”也是有区别的。它不仅必须按词调的规制填写，而且必须切合音乐的曲度和节奏，就是要审音用字，以文字的声调来配合乐曲的声调，以求协律和谐动听。从这个意义上说，宋词散曲虽然长短不一、随乐而变，却无自由可言。

以我个人的体会而言，我是先学填词后学写诗的，也就形成了对词的偏好，填的词比写的诗多，但拿得出手的不多。我填词虽然不是为了作歌词用，却也深知其中的难处。究其原因，主要是现存只有《词谱》而无相应的《乐谱》，也就失去了把握文字声韵的依据。这与写律诗有很大不同。比如，现代“歌诗”虽然大体上也要有曲调作为“底盘”，虽然也有起兴、造境、韵律等方面的要求，但体例、句式、句数和字数等比较自由，用韵也相对灵活，对仗和用典更可依内容或音乐而定，比较适合现代人的写作特点和表达需要。但这里也有一点值得注意，那就是我们可以说某首歌词是自由诗，但如同唐诗、宋词一样，并不是所有的自由诗都是“歌诗”，切不可混淆了二者的区别。因为现代“歌诗”虽然较宋词和散曲自由，但也是有规制的;这些规制有的虽未成文,却也是约定俗成的。归根结底，它是要受乐曲限制的，它的自由只是乐曲规制内的自由。所以，切不可像写自由诗那样来写“现代歌诗”。

俗话说，百闻不如一见。还是让我们从下面引录的几首歌词中，共同感受一下“歌诗”的意境和规制。

我们先来看阎肃老师的两首歌词：

《长城长》

都说长城两边是故乡，
你知道长城有多长?
它一头挑起大漠边关的冷月，
它一头连着华夏儿女的心房。
都说长城内外百花香，
你知道几经风雪霜。
凝聚了千万英雄志士的血肉，
托出万里山河一轮红太阳。

太阳照长城长，
长城啊雄风万古扬。
……
你要问长城在那里，
就看那一身绿军装。
你要问长城在那里，

就在咱老百姓的心坎上。

《敢问路在何方》

你挑着担，我牵着马，
迎来日出，送走晚霞。
踏平坎坷，成大道，
斗罢艰险，又出发，又出发。
啦啦……
一番番春秋冬夏，
一场场酸甜苦辣，
敢问路在何方，
路在脚下。

你挑着担，我牵着马，
翻山涉水，两肩霜华。
风雨雷电任叱咤，
一路豪歌，向天涯，向天涯。
啦啦……
一番番春秋冬夏，
一场场酸甜苦辣，
敢问路在何方，
路在脚下。

再看宋青松作词的《长大后我就成了你》。这是我极喜欢的一首歌曲，却从未完整地唱完一次。因为每当唱到动情处，恩师的音容笑貌和少时的画面便一一闪过，哽咽难继。更因为我长大后，也当了十几年教师，并经历了那个特殊的年代，懂得教师的辛苦与责任。

长大后我就成了你，
才知道那间教室
放飞的是希望，守巢的总是你。
长大后我就成了你，
才知道那块黑板，
写下的是公理，擦去的是功利。

小时候我以为你很神秘，
让所有的难题成了乐趣。
小时候我以为你很有力，
总喜欢把我们高高举起。

长大后我就成了你，
才知道那支粉笔，
画出的是彩虹，洒下的是泪滴。

长大后我就成了你，
才知道那个讲台，
举起的是别人，奉献的是自己。

还有电视连续剧《神犬奇兵》《大秦帝国》《攻心》等主题曲，也是我喜欢的，不仅经常在家里吟诵，而且还推荐给许多诗友，或与朋友饮茶时品赏。每每吟来，总有一份别样的情感在心中荡漾，却又无法说清楚是什么以及为什么。这或许就是诗词的奇妙之处。现引录如下，供大家进一步体会和把握现代“歌诗”的本质。

《神犬奇兵》主题曲

犬魂一缕荡悠悠，
天地亦生愁。
空天阔地何处去，
东西狂漂流。
来世仍为犬，
为国一任刀砍头，
青梦几回眸。
生亦悲秋，
死亦悲秋，
从军飞驰遍九州。
铜头铁尾玉兰蔻，
匆闻犬声传霄汉，
云中也做百犬头。

《大秦帝国》主题曲

知己又红颜，
大河绕青山。
莫道日月长，
只恨相逢短。
春风度关山，
明月照无眠。
两地相思苦，
一世回望甜。

一只孤雁云天外，
万千寂寥写长天。
是谁一曲灞陵柳，
如梦如幻花飞满天。
风华绝代乱世生，
江山不负美，
美人如江山。

《攻心》主题曲

箫声咽，笛声寒，
月上柳梢琴慢弹。
红袖添香烛影暗，
欲说还休且随缘。

情未了，意阑珊，
满腔心思风吹散。
昨夜风雨愁无限，
长路漫漫苦无伴。

对于这几首体例不同的歌词，如果我们暂且把其乐曲抽掉，那么吟诵之间，又有谁会否认它们的诗词属性呢？它们不仅是诗，而且是现代的上品好诗。因为无论从哪个方面比较，都不比古人的歌诗差，由此又有谁会说我们这个时代没有诗人呢！我们看这些歌词，无论是内容还是结构，无论是比兴还是意境，也无论是韵律还是句式句法，都是极好的。虽然这些歌词与宋词、散曲并非一体，但它们对古典诗法的继承，对内容和表达方式的创新，尤其是对新诗的改进和发展，都是极具价值的。这也表明，“歌诗”的发展前途广阔。

（二）现代杂言诗

我对新诗的探索，基本取向就是自由体与古典诗词的融合。这其中，尤以古体杂言诗对我的启示为大。因此，这里有必要对古体杂言诗有个基本了解。

杂言诗属古体诗的一种，最早出自汉乐府。这种诗体的主要特征，是句子字数长短间杂，最短的仅一个字，长句可达十几字，一般以三、四、五、七字相间杂者为多。就其句式句法及音韵而言，也没有统一规制，大都由作者依内容需要而定，这是杂言诗与宋词的主要区别。但就语言文字而言，则以律句和口语间杂为主，表现出自由畅达的艺术风格。而这些特征，恰恰与新诗极为接近。于是，我以古今融合为取向，对这两种诗体进行了比较研究，便形成了对“现代杂言诗”的初步探索。

从总体上说，“现代杂言诗”就是自由体与古体杂言诗融合而成的新诗体，其基本特征是：以新诗为主体，融合律诗要素，使之既有新诗的自由，也有古体诗的韵律；既有新诗的通俗，也有古体诗的意境。在弘扬和传承中华优秀传统文化的时代条件下，这种融合古今的新诗体，也许能为那些既喜欢新诗又不舍古体诗的人提供一种新的样式，写诗的人也许会更多。

那么，这种“现代杂言诗”与古体杂言诗又有何异同呢？应当说，目前这方面的研究极少，相应的作品也不多。依我个人的体会，大体可以从以下三个方面来把握。

首先，从诗体上说，“现代杂言诗”与古体杂言诗大体相同，即上面所说的句子、字数长短相杂，不做人为规定，也不必追求三言四言多少句，五言七言多少句，可继续弘扬新诗自由挥洒的优势，便于更多人创作。同时，也要学习和借鉴古体杂言诗句式的大体工整、错落有致。大体工整是就一首诗的整体而言，即按照内容和表达的需要，来设计一首诗的整体结构，比如分几段（片）写，每段（片）几句，何处用长句，何处用短句，何处用口语，何处用律句等。错落，是指句子之间的结构要参差错杂，长短相照，交错纷呈，口语与律句相间；有秩则是指，句子之间的参差错落并非随意而为，整体有整体的序，结构有结构的序，句子有句子的序，一切以音韵声律为准，即是否具有抑扬顿挫、委婉回环的艺术效果为秩。

这其中，尤以句子之间的承转起合和前后关照最见功夫。一般来说，短起应以长合，长起应以短合；短句为关应以长句相照，长句为关应以短句相照；短句为转应以长句相承，长句为转应以短句相承。如此，方能有抑扬顿挫之感。这正如李白诗云："错落千丈松，虬龙盘古根。"一棵树的枝叶看似杂乱无章，但其由根而干、由干而枝、由枝而叶，却是极为有序的。虽有"旁枝"可生，却不可活，枯枝是也。而诗中失序的句子，便给人以枯枝之感，去之则活，存之为累。这是"现代杂言诗"的基本问题。至于如何错落有致，恐怕难有统一规制，主要靠诗人琢磨把握。这其中的道理，就在于一切都是由内容和表达需要决定的。

其次，从句式上说，"现代杂言诗"应以口语为主并杂以律句。以口语为主，就是要保持新诗语言的基本特色；杂以律句，就是要适当适位地引律句入诗，以缩短句子的长度，凝练语言，含蓄委婉，强化诗的韵味和意境。

那"现代杂言诗"为何要"引律句入诗"呢？是复古吗？当然不是。其实，我们只要用"相反相成"的规律分析一下，自然也就清楚了。百年来新诗对口语化的追求已近极致，所谓的口语化已近大白话、唠家常，从而也就失去了"诗味"以及表达上的优势。在这种情况下，如果继续朝着"求白"的路子走，那还得怎么"白"呢？而世间万物发展的基本规律，则是"物极必反"，新诗"白"到了极致，已经没有上升的空间，就必然会"反求"，以获得自身发展的必要条件。这其中，"引律句入诗"便是"反求"的要素之一，其目的就是增强"现代杂言诗"的韵味和对意境的塑造能力。

当然，“引律句入诗”要适量恰当。所谓“适量”，是指律句的数量要依据内容的需要而定，但无论多少，都不能成为“现代杂言诗”的主体，否则又成了古体杂言诗了。所谓“恰当”，是指律句的位置，要恰如其位。一般来说，律句用于开篇或起兴效果比较好，比口语更具陡峭、深远、振拔、悠长的艺术效果；也可以用于承转的位置，因为诗的承转既不能粘，也不能脱，粘了就会有拖沓之感，吟之不爽；脱了便会失去对意境的把握，影响读者的理解与联想。这个问题用口语表达往往难以避免，而用律句则轻松自如。另外，律句还可以用于收尾。诗的收尾，在古代诗论中是极被看重的，其核心观点就是收尾不是结束，而是“合”。合什么呢？合题合意，就是要头尾相合，这样才能形成“言尽而意未尽”“意尽而情未了”的艺术魅力。同样的道理，这样的效果用口语表达总会有不到位或言尽意也尽的感觉，而用律句收尾则是另一番意境。当然，这只是我个人的体会。

再次，从诗法上说，“现代杂言诗”主要是如何押韵的问题。由于杂言诗是古体诗的一种，其押韵方法与古体诗大体相同，这个问题留在后面说。我这里要表达的是，无论用什么押韵方法，“现代杂言诗”是一定要押韵的，否则又成了自由体诗。但在具体运用中，则可宽松灵活，既不必像律诗那样逢偶必押，也不必只押平韵。可以两句一韵，可以三句一韵，也可以四句一韵；既可以押平韵，也可以押仄韵，或平仄一体、邻韵互叶。一切以内容表达需要而定。

接下来，我们举几个实例，看看“现代杂言诗”究竟是什么样子，以待诗家指正。

先看当代诗人林小仲为母校首都师范大学附中校庆写的一首诗：

百年校庆，京师故地，将军创办学堂。
蒙古高原，铁骑威名远扬。
正志成达，求索民富国强。
附中庭院梧桐叶，教学楼，课桌难忘。
篮球场，谁敢争锋，青春时光。

当初离别秋凉。
十年浩劫，风骤雨狂。
历史长河，域中几人称王。
犹记当年恩师情，古塔边，昆玉河旁。
斜阳里，寻梦如画，游子还乡。

再看当代诗人曾文的《秋·心》：

秋日的落花，午夜的香茶。
是月下把盏时，西窗的情话。

红尘千年，大漠黄沙，
不过是烟雨唐宋，遗留的一幅画。

清风别苑，纸窗竹榻。
宜室宜家，洗去铅华。

只为简约心境，从容的抵达。

林小仲和曾文的写作方法，对我们理解和把握“现代杂言诗”很有启发。比如它的体例、句式、字数和韵位等，虽有古法规制，但又不拘泥，而是根据内容和情感表达的需要进行必要的调整，或创造出新的句式和韵位等。这种方法对于想写“现代杂言诗”的人来说简便易行，容易上手，可为范文。等你写得多了，手法也熟练了，诗法规制已了然于胸，就会创造出更多的“现代杂言诗”体，以及更多更具时代特色的诗法。

还有我的两首“现代杂言诗”习作。这两首诗代表了我的两种探索取向：第一首《背影》更接近自由体诗；第二首《游渝感怀》更接近古体杂言诗。供诗家品鉴指正。

《背影》

烟雨，冥蒙迷漫；
落叶，惊起秋寒。
我看到了孤独的伞，
还是那粉色的伞。
我知道，你选择了。
虽是那么决绝，
但那伞下的热吻，
还留着初恋的青涩，
温润而甘甜。

心彷徨、无语凝咽，离愁千千。

山谷，寂静凄凉；
峭壁，狰狞不堪。
我看到了低垂的裙，还是那白色的裙。
我知道，你要走了。
虽是义无反顾，但那曾经的飘逸，
还依然令我陶醉，悠长而缠绵。
翻凝梦、时事匆匆如许，究竟无缘。
欲唤，犹言却忘；
盼回，难见泪眼。
我看到了消瘦的肩，还是那倔强的肩。
我知道，你要远行。
虽然长发依旧，但那幽玄的深处，
是否会有朝阳升起，再见的依然。
空怀感、最是此情苦，与谁共言。

也许，你不会回头；
只是，春去何山。
我看不见山外的云，也不知道云外的天。
痴情，渐行渐远。
虽是人神无奈，但大海的那边，
是否可有一枝借暖，如旧的家园。
更重重、惊涛骇浪，孤旅何日归帆？

《游渝感怀》

碧空万里，尽展锦绣奇观。
群山星罗，托起桑田如幻。
大江湾处，万家灯火灿烂。

放眼江畔，远绿飘岚。
游人如织，扁舟点点。
网收鱼腾跃，新雨洗江天。

山巅望渝川，翠丛如瀚。
轻雾淡抹，玉带穿山。
千岩竞自秀，奏起松风曼曼。

夕阳斜里，层林尽染。
牧歌唱新月，袅袅炊烟。
梅香寒苦，歌乐忠魂未远。

这两首诗和收录进本集的五十二首现代杂言诗一样，作为一种探索，无疑是不成熟的。但我同样相信，写作的人多了，它一定会在探索中形成相应规制，就如同其他诗体的发展历程一样。假如能有更多的人以我的现代杂言诗为靶子，批评也好，否定也罢，对新诗体的探索与创新都是有益的。

我期待，这是时代的呼唤。是的，古往今来没有谁天生就会写诗，即使是那些被视为“神童”的诗人，也大都有一番“梅香苦寒”的过程；历史上也没有哪种诗体是浑然天成的，它们的形成和探索创新也并非总是顺风顺水、马到功成，也大都会有一番新与旧的碰撞融合，但这并不能阻挡三千多年诗歌变革的步伐。身处这个伟大复兴时代的我们，无疑应当具有这样的精神。这就是我探索现代杂言诗的初心，无论结果是好是坏。

（三）现代古体诗

我们现在所说的古体诗，亦称“古风”，是相对于近体诗（律诗）而言的。其产生的年代早，包含的范围比较广。如古诗十九首及唐代以前的诗歌，大都可称为“古体诗”。即使唐代或之后，古体诗也占有相当大的比重，尤其是李白、杜甫等大诗人的作品，都以古体诗和乐府为多，而律诗较少。古体诗的主要特点，是每首句数不限，可长可短。其字数有五言、七言和杂言之分。其中以五言古体诗最早，也最为普遍。而古体七言诗的形成似乎要曲折一些。

据张伯伟先生介绍：七言“文人之作早见于汉代的柏梁体，是句句用韵；以后张衡《四愁诗》又夹用骚体句式；曹丕的《燕歌行》也是句句用韵”。这种七言体“虽然颇为流行，但汉人不名之曰诗，而称之为‘七言’。即使到了傅玄，他仍然保持着这样的看法，代表了当时人对七言的轻视态度。一直到鲍照出现以后，他吸取北方民歌的形式，在用韵方面更加自由灵活，以适应表达慷慨激越、跌宕奔放的感情的需要，才标志了七言诗体的成熟，并进一步影响了唐代的诗人”[1]。

我们探索“现代古体诗”，除了上面说的诗体之外，比较现实的问题，就是平仄、用韵和对仗问题（用典可以忽略不计）。以我看过的古今论著和相关古体诗来说，都认为“古体诗不求对仗，平仄和用韵也比较自由”。不求对仗好理解，平仄和用韵就比较麻烦了。因为“诗者，韵文也”。我们从张伯伟先生的上述介绍中不难看出，古体诗无论怎么自由，都是要用韵的，区别仅在于与律诗用韵方法的不同，否则何以为诗？所以，越是规制自由的诗，越难写，也难以把握和评鉴。

为了搞清楚这个问题，我曾逐字逐句地参研过一些古体诗，尤其是陶渊明的诗。因为陶诗为历代所推崇和喜爱，后人写古体诗也大都以陶诗为范式。大家都知道，陶渊明生活的年代，真正意义上的律诗尚未形成，所以他写的诗都是古体诗，成就极高，并开创了名垂史册的“田园诗派”，被后世视为古体诗的典范而加以追捧和效仿。那么，陶渊明的诗是怎样用韵的呢？下面我们引录两首不同用韵方法的诗，来具体感受一下。

先看陶渊明的五言古体诗《归园田居》（其一）：

少无适俗韵，性本爱丘山。
误落尘网中，一去三十年。
羁鸟恋旧林，池鱼思故渊。
开荒南野际，守拙归田园。
方宅十余亩，草屋八九间。

1 张伯伟主编：《中国典籍精华丛书·文苑明珠（第一卷）》，中国青年出版社 2000 年版，第 6 页。

榆柳荫后檐，桃李罗堂前。
暧暧远人村，依依墟里烟。
狗吠深巷中，鸡鸣桑树颠。
户庭无尘杂，虚室有余闲。
久在樊笼里，复得返自然。

再看他的五言古体诗《桃花源诗并记》：

嬴氏乱天纪，贤者避其世。
黄绮之商山，伊人亦云逝。
往迹浸复湮，来径遂芜废。
相命肆农耕，日入从所憩。
桑竹垂馀荫，菽稷随时艺。
春蚕收长丝，秋熟靡王税。
荒路暧交通，鸡犬互鸣吠。
俎豆犹古法，衣裳无新制。
童孺纵行歌，斑白欢游诣。
草荣识节和，木衰知风厉。
虽无纪历志，四时自成岁。
怡然有馀乐，于何劳智慧！
奇踪隐五百，一朝敞神界。
淳薄既异源，旋复还幽蔽。
借问游方士，焉测尘嚣外。
愿言蹑清风，高举寻吾契。

这两首诗被历代视为陶诗的代表作，可基本上反映陶渊明的诗法。其中，《归园田居》用的是平脚韵，而且一韵到底，中间既无换韵也无互叶。每联出句的尾字，以意为主、可平可仄，这与律诗是不同的。而每句中的平仄虽较为自由，亦有抑扬错落之法。从语言上看，虽有文言，但口语化或白描特征鲜明，几无用典；虽是一千多年前写的诗，但我们很容易看得懂。对仗的位置虽不像律诗那样严格，也有其内在的规制。而《桃花源诗》用的是仄脚韵，其基本方法是：以一韵为主，中间根据内容的需要，应意换韵，并非一韵到底。这种处理方法，在以后的古体诗中是比较常见的。即以意应韵，平仄交错。体现出以内容为主、意境主导的基本理念。在语言上则以文言为主，多用典故，与上一首是有区别的。从总体看，陶诗多用平脚韵，而李杜的古体诗则仄脚韵较多。

那么，我们所说的“现代古体诗”，又应当如何把握，或与古体诗有何区别呢？对此，除了内容的“时代性”之外，主要应从三个角度来把握。

一是从诗体上说，古体诗虽然也有四言、六言，但以五言、七言最为普遍，亦称“五古”“七古”，而且互不相杂。一首诗是五言就得全用五言，七言也是如此（偶尔有变的除外）。对此，“现代古体诗”无疑是要继承和坚持的，不可失其体。这其中，尤以“互不相杂”最为重要，以便与“现代杂言诗”相区别。

二是在押韵上，在继续沿用古体诗可平可仄、可转可通的基础上，可以不用考虑去声、入声的区别。因为这无论是从现代汉语的实际运用看，还是从情志表达的实际需要看，都无伤总体。过于讲究，反成束缚，实无必要。而就大多数读者来说，也没谁会在意这二声的区别。在此基础上，还可以按照现代汉语的规范，对句子的平仄关系进行创新，使之更适合现代人的理解和吟诵，不必拘泥于古体诗字句的平仄运用。

三是“现代古体诗”应尽量使用现代普通话，不用或少用文言俚语。喜欢诗歌的读者都知道，如果用普通话读古体诗，很多本该押韵或区分平仄的字，既不和谐，也不顺畅；既押不上韵，也吟不出韵味。这就是古今语音不同造成的。更为重要的是，所谓“现代古体诗”，首先就是要追求语言的现代性，用现代词、说现代话。尤其是对口语规制的探索，应下更大的功夫。比如如何以口语起兴，如何以口语对仗，如何以口语比喻等，都有很大的创新空间。对此，我们应有这样的信念，我们的先人能做到的，我们同样也能做到。因为这是诗歌时代性的必然要求。

老百姓说得好：话好说，事难做。还是拿我手头的两首古体诗，看看是否具有“现代古体诗”的味道。一首是当代诗人陈永健写的《读〈静心集〉有感》,在诗法上比较接近陶渊明的《桃花源诗》，即平仄互换，且入文言用典故。另一首是我写的《堆雪人》，在诗法上比较接近陶渊明的《归园田居》，即用平声韵，且一韵到底，多口语，不用典。

先看陈永健《读〈静心集〉有感》：

少小凌云志，鹏飞九万里。
百折不回头，愿为诗书累。
轩室吟哦久，蟾光云牖深。
春秋甘苦渡，壮岁鬓霜侵。

竹正钦高节，梅斜怜影沉。
诗朋章什酌，文友巧拙斟。
物我融天地，遐思系古今。
清风舒广袖，皓月静尘心。
散淡何曾我，纷嚣抱朴真。

从诗体上看，这是一首比较规范的五言古体诗，但在诗法上又不拘泥于古法，有自己的创新，这也是他一直的追求。比如叙事与哲理的结合、口语与律句的错落、平仄音韵的转换，又有恰当的对偶和用典等。为“五古”新写提供了一种范式。

接下来再看《堆雪人》：

飞絮漫京城，疑似雪故乡。
孩时每逢雪，聚童相戏忙。
团雪浑开仗，风吹透心凉。
堆雪成小人，黑粉画眉长。
蚕豆点杏眼，胡萝做鼻梁。
红墨涂双腮，樱桃坐中堂。
白头怕说老，折巾帽儿香。
惊呼缺双臂，嘻哈互推上。
乱中见小妹，宛若雪衣娘。
黑发气蒸腾，刘海结莹霜。
睫毛挂绒花，秀目雾里藏。
妈妈呼开饭，未食鼾声扬。

当然，古体诗新写绝非只有这两种格式，更多人的创新仍在进行中，值得期待。

（四）现代格律诗

在古人的界定中，格律诗是近体诗的一种。它包括五言、七言绝句和律诗，但又不限于此。因为对于那些在字数、句式和押韵上，都有一定规格要求的词、曲，也可以称为格律诗。因此，所谓格律诗，应当包括五言、七言绝句和五律、七律，以及有一定规格的词和曲。那么这里的“格”,就是指诗的格式；这里的“律”,就是指相应的规制,包括平仄、押韵、对仗、字数、句式等。每一体、每一句都有相应的格式和规制，不可缺、不可废，也不可越，是相当严格的。

那么,冠之以“现代”的格律诗,与古典律诗有何异同呢?我想除了内容上的区别、这是古典与现代的主要区别之外，还有以下要素值得探讨。

先说它们的相同之处。我们虽然称之为“现代格律诗”，但它在本质上还是格律诗。既然是格律诗，就必须讲究格式、讲究规制，就要符合相应格律的要求。这一点与古典格律诗是一样的。如果改变了相应的格式或规制，那你就不能称之为“格律诗”了，无论是古典的还是现代的，都是如此。为了便于理解和把握，我们引证几首现代诗人写的格律诗。

先看当代著名诗人阿袁写的七律《夜思》：

两端谁叩总空空，月下长安童子鸿。
鸦噪心惊汴堤柳，凤栖指顾蜀山桐。

驱霾天畔知无术，祸枣风前敢有功？

一字三缣服持正，怜才我更服裴公！

再看当代著名记者、诗人戴袁支的七律《秦淮怀古》：

淮水东边晋月斜，严妆商女弄琵琶。

桨声常伴权门宴，灯影时遮楚馆茶。

兵护乌衣王氏府，屋藏朱雀谢庭花。

长嗟当数诗豪老，吟燕终飞百姓家。

还有当代诗人陈永健的七律《读〈思维之翼〉有感》：

思维有翼翱八方，遍历兴衰共夜长。

神往羲皇参大易，经连孔圣辨阴阳。

笔挥东海波涛涌，情染南山草木苍。

若问丹心何所似，依然万顷任汪洋。

细心的读者可能已经感觉到了，上述三位当代诗人的作品，无论是在规制上，还是在诗法上，尤其是在韵律和意境上，与古典律诗并无多大不同。这表明，现代人不仅可以写格律诗，而且也会写得很好。这方面的作品还有很多，作者群也不小。毫无疑问，这种律诗应当成为现代格律诗的一体，而且尤为珍贵。至于现代格律诗在分格、每种格式的字数、句数和句式等，也同古典律诗一样，是不能随意改变的。

再看二者之间的相对区别（内容除外）。总的来说，现代格律诗在规制和诗法上，比古典律诗宽松些，只要不影响作者情志的表达，有些非本质的规制可以忽略不计，或作相应的变通。比如，大家都知道律诗有个口诀，第一句叫作“一三五不论”，这是就七言说的，如果是五言，那就应该是“一三不论”。就是说，七言的第一字、第三字和第五字，五言的第一字和第三字，可以不论平仄。其实，在古典律诗中，还是要论的。如果不论，就会出现拗句或孤平等病句，同样是古代诗人不能原谅的。但对于现代格律诗来说，就真的可以不论了。比如平起的句子，可以用仄声字替代，然后在后面适当的位置用一个平声抵偿。只要不影响内容的表达，也是可以的。这就使规制严格的律诗，在写作上变得容易一些，满足了广大诗词爱好者写诗的需要。第二句叫作“二四六分明”。这个无论是古典格律还是现代格律，都是要讲究的，否则就成了“顺口溜”或“打油诗”了。但在内容需要的时候，也还是有相应解决办法的，比如在对粘上做些调整等。关于这些问题，王力先生有专著讲得很详细，感兴趣的读者可以找来看看，必有收益。

还是让我们再看两首现代诗人写的七律，来进一步感受现代格律诗的样式。

一首是当代著名诗人徐向中的七律：

散淡襟怀作砚游，诗情画意记春秋。
神交四海丹青客，心贮九州翰墨俦。
亦史亦文人可鉴，或师或友韵堪讴。
一番花信一番趣，留取他年味小楼。

一首是谢宏志的七律：

仲夏思乡署日长，水迢路远两茫茫。
独溱老酒梳狂发，闲看高天挂紫阳。
款款凉风难快爽，淅淅爽雨未清凉。
蝉声穿树炊烟起，尺素随心度远航。

在古典格律诗中，还有一种叫作“排律”，以五言、七言为多。所谓“排”，就是律诗定格加以铺排延长，每首至少得十句以上，长的也有达百韵的，皆以内容和情志表达的需要而定，但不能少于十句，否则就不能称其为“排律”了。“排律”句式和押韵等规制同样是严格的，尤其是对仗，除了首联和末联之外，中间各联的上下句都要对仗，至少也得隔句相对，古人称之为“扇对”。可见，要写一首几十韵乃至百韵的“排律”，是相当不容易的。所以，即使在古代这样的诗体作品也不多，其中大部分又是“试帖诗”，即为科举考试而作的诗，限脚韵，内容必须切题；以及“应制诗”，即皇帝出的“命题作文”。即使在唐代，“排律”作品也很少。

那么，这样一种高难度的律诗，对现代格律诗有何借鉴意义呢？我主要是从两个方面考虑的：一是“排律”没有五律、五绝、七律、七绝在句数上的限制，只要十句以上即可。这就具有了与自由体诗一样的延展空间。同时它又保持了律诗的规制，尤其是在音律和平仄上，比自由体诗更有韵味。二是从主题上说，这种具有广阔延展空间的诗体，尤其适于对宏大题材的表达，比如国家重大纪念活动、民族重大节庆、地区盛典等。对于重大题材，一首七律或七绝，很难达到应有的效果，往往显得过于单薄，因而也就少了些与国家盛典相和谐的恢宏气势。现在一些地区的盛典，大都用赋体或自由体诗来表达，当然也是很好的，但总让人觉得无法尽兴。鉴于这两点，我时常在想，能不能创建一种古今结合、更具时代特点的新体“排律”，以满足我们这个伟大时代的需要。遗憾的是，这类作品极其少见，而我至今也没有写出来，只能期待更多人的创作。

（五）现代词

现代词是相对于古体词而言的，如宋词、清词等。我在前面已经说过，词也是诗的一体，也有着极严格的规制，尤其是入乐的词，还有个合乐的问题。因而，在失去音乐支撑的今天，填词的人越来越少，精品则更少。即使在清代，除了纳兰性德等少数几人外，其整体上已无法与宋词相比。正是在这种状况下，一些人开始探索写“现代词”。这其中首先要说到的，就是当代著名青年诗人宇文珏。

宇文珏是当代“新文人词”的首创者。他 6 岁能诗，12 岁时与乡里诸贤长赛诗，便有“清风数梧叶，明月画芭蕉”之绝句，令众贤长刮目，称之为神童。宇文珏对诗词的执着与追求，目的就是要实现诗的“三种合”：一是古典诗词与现代诗词的合，二是诗与乐的合，三是诗歌与生活的合。于是便有了他二十多年的不懈追求与创作。2008 年，宇文珏出版了第一部原创古典诗与现代抒情诗的合集《诗解毒》。2009 年，他的第一部原创诗歌流行音乐专辑《诗の歌》问世了，并在北京大学百年讲堂举办了试听会，发布了《诗歌宣言》。也正是在这一天，“新文人词”宣告诞生了。2012 年 12 月，随着宇文珏《十恋・诗歌的绝境》的出版，“新文人词”得到了广泛认同。

下面我们引录其中两首，与大家共同品赏。

《月下笛》（节选）

梦似流云，情犹逝水，生如浮叶。
相思易老，像繁花褪了颜色。
你回眸时的光耀，照亮这、无边旷野。
我孤独吹断，一行旧曲，代表一切。
玉裂，音尘绝。
短暂是因为，必须残缺。
而凄美也，是因为太过纯洁。
你垂首时的微笑，温暖这冰凉世界。
我不会伤心，只是笛声，有些呜咽。

《蝶恋花》（节选）

花易飘零人易瘦，百丈楼台，明月空盈手。
独立清秋风雨骤，伤心只在诗成后。
一霎欢逢难再有，缘许三生，石畔堪回首。
乱红满坡香满袖，无情梦里春依旧。

对于何谓“新文人词”，宇文珏解释说：“所谓‘文人词’，不过套用了古人的叫法。凡有这四性：独立性、文学性、原创性、流行性，便可称作文人词。”也就是说，宇文珏首创的“新文人词"，正是对乐府、宋词和散曲综合运用的一种创新，而且全是入乐的。读过宋词散曲的人都知道,这两首"新文人词"，无论是诗体诗法，还是比兴音韵，都既有扎实的继承，又有时代的创新，是极为难得的。而它的真正价值和意义则在于，不仅为古老的宋词清词创造了一种新体，也为"现代词"开创了新的发展空间。抑或说，"新文人词"本身就是属于我们这个时代的"现代词"。其中第一首用白话填古词牌，第二首直接填古词牌，还有以诗入词等。无论如何，都是现代人古词新写的首创之作。与时下乐坛翻唱古人诗词不同，与另一种拼贴式古风也不同。

至于这"文人"二字，如按古人的说法，是相对于民歌民谣而言的。而今这两个字虽说也有此意，但更多地应理解为继承基础上的创新。

对于更多的人来说，他们写现代词既不是为歌作词，也不是为创新诗法，甚至也不是为了发表。他们的写作大都是"缘事而发"，有感就写，无感也不勉强为之，潇洒自如，一切都是那么自然。而他们的作品也鲜为人知。因为他们所追求的，只是某种情志的自我表达，以及由此产生的情感体验。在当代，这样的诗人并非个案，无论是人数还是作品都相当可观。

这里再引录一首林小仲写的现代词：

《读〈静心集〉有感》

知青岁月，草莽关东，铁路飞车竞少年。

两地书，相思臆断。
追往事，几多劳燕。
征尘远，才俊犹阑珊。
重聊赤壁怀古，看兴衰决战。
宋词婉约，最是多情千余遍。

人悄悄，画卷灯前。
中青报别过，世间冷暖，得失淡去。
朝与暮，豪情依旧未晚。
怎记得，急流勇退，范蠡西施轻舟游江南。
问何时痛饮，回首征战话悠闲。

林小仲和我一样，都是诗词爱好者。他的词内容丰富、情感细腻、跌宕起伏、意境深婉。仅以这首词来说，虽以《大石调·倾怀乐》为底子，但又有诸多创新，是相当见功力的。这使我看到了“现代词”的希望，期待有更多的人参与探索和创建。

还有当代著名诗人阿袁的词：

《双调忆江南·次韵文新兄》

花残夜，魂梦忍悠扬？
寒日偏嗟明太祖，雄风徒问楚襄王。
何处觅投枪。

潸皂白，心为赵高伤。
三两谈情春送目，百千成事卷撑肠。
回首月苍茫。

再看郑琳的《水调歌头·读〈东钱湖〉有感》：

文公轻引袖，椽笔下明州。
远山孤云如见，烟波染山头。
低许沉醉春深，陶公田园夕阳柳，岿然笠翁舟。
春雨霏微里，沉沉雾迷幽。

夜如岁，伴沧海，月如钩。
扁舟帆起，素纱普陀轻悠悠。
遥思山外何处，华发松风欣闻，清歌荡舟游。
沙山春空卷，辞香漫小楼。

以上引录的这些现代词虽然体例不同，但其句式句法都非常工整，韵律和谐舒畅，意境明澈深远，尤其是情志的表达，给读者创造了广阔而深邃的想象空间，都是难得的“现代词”。同时，这些词也再次表明，“现代词”前景广阔，广有受众，大有作为。因为大家读得懂、听得明白，又与我们的现实生活密切相连，便于吟诵和使用，对于调节生活情趣和情感，也有很好的效用。所以说，填写“现代词”，并非一定要用于歌曲创作，利用微信朋友圈、社交网站或网络直播，或结集出版、自己印个小册子等，都可以收获“奇文共欣赏”的效果。这应当是大多数人写诗填词的基本态度。

总之，上述诗体无论是作为探索，还是创新，抑或是否成熟，对创建“中国式的新诗”都是有意义的。更为重要的是，这些探索也绝非某些人的主观偏好，而是当代人精神追求的客观需要。这正如赵宪章先生在《美学精论》中所指出的“艺术的文本，作为实体、存在、形式被固定下来之后，必然受一定时空条件的限制，是有限的；但是，审美主体，作为感受、意会、想像（象）、虚幻，不受时空条件的限制，是无限的，并且具有多向多维的自由度，是审美主体对审美文本实现超越之后所形成的一种空灵的效应场”[1]。古人如此，今人亦然。

1 赵宪章主编：《中国典籍精华丛书·美学精论》，中国青年出版社2000年版，第28页。

卷六　现代诗法之古鉴

上一卷，我对“现代诗”的部分诗体谈了自己的看法，其基本取向就是古今融合。也就是说，“现代诗”并不是对新诗的否定，而是对新诗和古体诗的继承和融合；发展“现代诗”也不是另起炉灶，一切推倒重来，而是在改进新诗并借鉴旧体诗法基础上的创新和发展。在这个过程中，新诗作为“现代诗”的一体，不仅会继续存在和发展，而且必将开创出更广阔的空间。

其实，“现代诗”的诗法也是这个道理，我们说不复古、不泥古，不等于不要向古代诗歌学习和借鉴。因为几乎全世界的人都知道，中国三千多年的诗歌，是一座巨大的文化宝库，无论什么时代，都可以从中找到相应的诗法元素，都有相应的规制和经验可供借鉴。所以，“现代诗”法的基本价值取向，同样是在继承中创新、在创新中发展、在发展中完善。而这又必然是一个漫长的过程，绝非某个人甚至某代人所能独善。因为它不仅是个理论问题，更需要大量的创作实践。

从我个人的体会来说，要把“现代诗”写好，有两门功课是必须做的：一是要认真学习和充分吸收现代文学的新成果、新元素和新方法；二是要从古代诗歌中寻找营养和借鉴。这里仅就后一个问题谈谈自己的体会。

第一，充分借鉴古典诗法的相关规制和要素，进一步规范“现代诗”法，更好地为内容服务。

所谓“诗法”，就是诗歌创作的审题、立意、布局、造语、遣词、比兴、押韵和协律等。在古代，每种诗体都有相应的诗法，无论是因文成制，还是约定成俗，都各有各的规制。这些诗法虽各不相同，或几经变化，乃至相互矛盾，但其中仍有很多要素值得我们学习借鉴。

先说审题立意和谋篇布局。在这个问题上一直有个误解，那就是只讲“感于哀乐、缘于事发”，这固然是极重要的，但也不能忽视诗词创作的另一面，即审题立意和谋篇布局。只讲前一面，很容易让初学写诗的人以为，诗都是即兴而作，无须“审立”，况且一首诗不过几十字、多的也不过百字，何须谋篇布局。其实写诗与写文章的道理是一样的。无论写什么体的诗，首先都有个写什么、怎么写，以及你要表达的意境是什么、你要告诉受众的是什么等问题。抑或说，正因为诗歌短小，所以审题立意最见功夫。比如有些古诗没有题，只标明某年某月为谁而作，有的甚至直接标出“无题”。这不是诗人不想标题，而是实在没有合适的题来反映诗的内容和意境，宁可不题，也不能“妄题”。由此可见审题的重要。正因为诗歌字少，所以它的结构布局就更加重要。比如句与句的关系、联与联的关系、片与片的关系、段与段的关系、开头与结尾的关系等，都得有个统筹考量和设计，是不可偏废的。

对于这些关系，古代诗家大都主张“意在笔先”“以意谋篇”，这与古代山水画理念是一样的。“意在笔先”，强调的是立意的统领性和基础性，即每首诗在动笔之前，大都有个观察、感发和抽象的过程，以立其意，而意成则笔行；“以意谋篇”，说的是如何达意。意即立，怎样才能把它表达出来呢？这就有了以立意为主旨的谋篇布局，包括上面说的各种关系，以及为之服务的比兴、音韵和用典等。都是不可或缺的。比如古人追求的“曲折三致意，而气自流贯”。即是说无论是抒情的诗词，还是叙事的诗词，尤其长调词和排律乃至新诗，都要既曲折跌宕，又能一气贯通，不能断也不能岔。还有像“情波层深”，说的也是要曲折抑扬，起伏跌宕，使诗词的意境像波浪一样层层涌动，而且要层层深入，一转一妙趣，一折一境生，一扬一情致，一抑一情状。写过诗词的人都知道，我们要达到这样的艺术效果和意境塑造，没有审题立意和谋篇布局是不行的。

还有个误解也是需要注意的，就是某些讲诗体诗法的书，只讲“不拘不限”这一面，而不讲另一面。即“不拘不限”不等于随便，也不是任意而为，想怎么写就怎么写。还有，“不限一格”是说可以按内容的需要选择相应的格式，无须都按某种格式写，但同样不能理解为“无格”。再如“长短不拘”、整散自由，强调的是形式服从内容的需要，一首诗多少行，每行多少字，如何过片，如何转承等，都应以内容需要为依据，至少要大体整齐。而不能理解为天马行空、无拘无束。

其实，自古以来诗人奉行的基本守则，就是“诗必有体”，否则便无以为诗；“有体必有制”，否则便无以为体；“有制必有法”，否则便无以成制。这里的“法”既有“规”的含义，也有方法的含义。没有了这“规法”，制也就空了。从这个意义上说，无论是古体诗还是新诗乃至“现代诗”，大体如此。

都离不开对审题立意和谋篇布局的把握。

次说押韵。对于古典律诗来说，无论是绝句、律诗还是排律，都必须押平声韵，且一韵到底，不能押仄声韵或邻韵通押。从整体上说，一般是逢双（二、四、六、八）押韵，即通常所说的“脚韵”。但在七言律诗中，首句押韵也是一种格式，这就会出现一诗五韵。对于现代格律诗来说，押平声韵且一韵到底，这一条是不能随意改变的，否则就不能称其为律诗了。我们常在一些诗集中看到，标的是七律，用的却是仄声韵，这也许是受方言发音的影响，但无论如何都是不可以的。至于一首律诗是用平仄脚、仄平脚，还是仄仄脚、平平脚，则主要取决于你用的是哪种格式，可根据内容的需要灵活选择，不拘一格。关于每句中字与字的平仄音韵，已在前面的“一三五不论，二四六分明”中讲到了。

此外，古典律诗所讲究的换韵、叶韵、分韵、分题、进退格、轱辘格、葫芦格等问题，对于现代格律诗来说，除非必要，则不必追求。因为这些专业性规制，对内容的影响不大，过多讲究反而会束缚内容的表达。

对于古体诗来说，虽然“平仄和用韵比较自由”，但同样不能理解为不用押韵，也不能理解为不讲平仄；总体上没有统一规制，更不等于具体一首诗没有规制，如何规制要靠内容表达的需要来把握，是不能不管不顾的。与律诗相比较而言，古体诗的自由度仅在于既可押平声韵，也可押仄声韵，而且在同一首诗里可以换韵，也可以邻韵（以韵部为依据）通押。但无论如何，都是要押韵的。至于句子中字与字的平仄关系，古体诗虽然不像律诗那样，每个字平仄都有固定的位置，但也有约定成俗的自觉，仍需十分注意平仄的把握，既不能不讲，也不能不求。比如一句五个字，既不能都用平声，也不能都用仄声，而应当平仄交错，至于具体位置则是自由的。还有首句是平声韵的，下一句第一个字尽量用仄声，以达抑扬顿挫之感。当然，这并非规制，只是应尽力追求的。

但对“现代古体诗”而言，有一点是可以忽略不计的，那就是古体诗押仄声韵时，原本是要区别上声、去声、入声的。也就是说，在古体诗中这三声虽都视为仄声，但有时又要区别开来，不同声调一般不相押或不同押，只有上声韵和去声韵，在情志表达所需要的时候，偶尔可以通押，但仍不可视为惯例。这对于写“现代古体诗”的人来说，可以不必考虑。因为我们使用的是现代汉语，而不是古汉语，二者毕竟是有区别的，至少已没有了阴平与阳平之分。

对于词的音韵把握相对容易一些。因为每个词牌的平仄都有相应的位置，照着词谱填写即可。但有一点需要特别注意，那就是在“可平可仄”（一般用“+”标注）的位置容易出错。而这个毛病恰恰出在我们自以为：既然是可平可仄，那就随便用吧。其实并非如此。“可平可仄”的意思，是让你依据前后字句的韵律而定，也是有规律可循的。比如，在“可平可仄”的位置之前是平声，之后也是平声，那这个“可平可仄”的位置就应当用仄声，反之亦然。因为词的韵位大体上是由音乐的韵律决定的，而每个词调的音乐节奏不同，韵位也就不一样了。其妙处，则在于作者的修为及意境的把握。应当说，这是个很普遍的问题。包括我填的词，从整体上看音韵不错，但若仔细品味，大都是在“可平可仄”的位置上出了毛病，这确是一个需要精心处理的问题。

三说对仗。对仗也叫对偶，即律诗中间两联（三四句和五六句）必须对仗。这在古典格律诗中是不能马虎的，不仅句型要一致，主谓宾等都要对得上，而且词性也要相对，名词对名词，动词对动词，形容词对形容词，副词对副词，以及数目、颜色、方位等，都要相对相成。这就是古代诗人所追求的“工对”，是一种极高的水平了。客观地说，无论是古人还是今人，这都是极难的事，即使是名扬海内的大诗人，其律诗作品中能对出“工对”的，也不是很多。五律中有三个字对的工整，七律中有四五个字对的工整，就算是“工对”了。更何况早已不懂文言的我们，能对出“工对”就更难了。所以，在“现代格律诗”的创作中，能对出“工对”更好，对不出也不必强求。因为强求不仅会束缚作者的思路，也会影响内容的表达。对仗无论多重要，都是为内容服务的。

对于有此追求的现代诗人来说，古人有些对仗方法还是可以借鉴的。比如可以用“宽对”，即只要词性相同，便可相对，不必追求句型的一致，这就容易很多。如果你觉得这也不好把握，那还可以用“借对”的办法，即借词的意思或字音相对，这虽然算不上“工对”，但也是有史可鉴的。如果你觉得这样也不行，那还有一种办法，就是“散对”，即只要句子的意思相反相成也算对上了，不再追求两句字字相对工整。至于“对与粘”，即出句和对句的关系，则只要是平仄相成也就可以了，不必过多在意是否“失对”或“失粘”。需要注意的是，绝句（包括五言、七言）原则上不用对仗，不可与五律、七律相混，当然如能“有对”就更好了。更具体的对仗方法，可以看看清代李渔的《笠翁对韵》。

对于古体诗来说，虽然有“不求对仗”的说法，但同样不等于不要对仗，更不能理解为不能对仗。比如前面引录陶渊明的《归园田居》，不仅起句对仗，揭示主旨，示人本性，而且接下来连续使用对仗,几乎一对到底。如“羁鸟”对“池鱼”“开荒”对“守拙”“方宅”对“草屋”“榆柳”对“桃李”“暧暧”对“依依”“狗吠”对“鸡鸣”“户庭”对“虚室”等，是古今难得的“工对”。这不仅极大地强化了诗的意境，也增强了诗的表达力和感染力。这表明，古体诗不仅可以对仗，而且可以连续对仗。但对于现代古体诗来说，具体要不要对仗、在哪个位置对仗，主要应由内容决定，既不强求，也不生搬硬套，更不能视为可无。

四说用典。在旧体诗中（包括古体诗、律诗、绝句和词）用典是普遍的，目的是“所以言不可言之言，讽不可讽之讽”。从而使诗“不拂其意而恤其情”。也就是说，用典与诗体关系不大，主要是由内容表达需要决定的。在一首诗词中，有些话必须说，但直接说出来又不太好，于是就借用典故以道心声，读者知道了这个典故，也就懂得了你的用意。抑或说，用典就是以隐约的言语抒发心中感慨，表达隐深的情愫或难以明言的痛苦和期盼，从而使诗词意境婉曲深沉，给人以厚重朦胧的美感。可见其作用是很重要的，其用法也大有借鉴之处。

对于“现代诗”来说，能用典也会用典当然更好，但不会用也不必勉为其难。即使想用典也尽量少用古代典故，因为很多典故及历史背景现代人不熟悉，即使加入注释也很难把握。为了搞清楚典故的意思，就不得不去翻书，反而影响了诗词的效果。当然诗人之间的唱和，则另当别论了。对于“现代诗”来说，适当用一些大家熟悉的成语或当代的“流行语”等，也可以起到用典的效果。当然，这还得取决于内容和意境的需要，不可画蛇添足。

但是，这里面有个问题需要注意，那就是用典作比兴的时候，它的意义就有所不同了。大家都知道，比兴在诗词中是极重要的，而无论是以典比兴、以景比兴，还是以物比兴、托物寄情，都与比喻、借喻、比附乃至意境的塑造密切相关。这时的典故已不仅仅是它原有的意思，而更多的是借意中的创意，即诗人赋予它新的意境。从这个意义上说，在借鉴古人用典方法的基础上,积极探索并创新现代用典方式方法,对于“现代诗”的完善和发展，同样是重要的。

比如，当你创作的诗词不用典便无法达意的时候，有几种方法似可尝试。一是明用。明用就是直接用，而且用其原意。但直接用不等于全用，也可以根据内容的需要，选取其中的某种意向或某些要素。这在古典诗词中是个普遍的用法，多读些古典诗词,便可体会其中的奥妙。二是暗用。暗用就是不直接用，而是按照意境塑造的需要，对原典加以适当的改造，从原典中翻出新境，使之与诗词内容更加契合，字句更加通俗，“望而知其所言，吟之畅达之意”。这样用典，不仅可以达到暗示的作用，也会增强诗词婉曲朦胧的效果。当然，对原典的改造不能脱意，翻新也不是弃旧，而是在原典基础上的“赋新”。我在诗词写作中用典，大都是用这个方法。三是融合而用。通俗地说，所谓“典故”就是经典故事，而是故事就必然有人物情节，而这些人物情节所表达的意向并非总是唯一的。也就是说，典故虽可分类，但很多典故的内容又是相通的。出于诗词意境塑造的需要，我们可以把几个典故或几类不同典故的相同要求融合起来，并用现代词汇表达出来，创造出一种既有古韵古风又有现代风格的新意境。这样的“典故”对于大多数读者是容易理解的。

第二，要在口语化的基础上，学习和借鉴古典诗词锻句炼字的硬功夫，进一步提高“现代诗”的表达力和感染力。

我之所以说这是个硬功夫，因为无论是意境、声律还是音韵，最终都要落实到每个字和每个句子上。这正如王力先生所言：“所谓声律只有两件事：第一是韵，第二是平仄。其中尤以平仄的规则最为重要；可以说没有平仄规律就没有诗词格律。”[1] 而平仄的根本就在每个字每个句子上。只有每个字和每个句的平仄用好了，整首诗才能具有抑扬顿挫、低回婉约、激昂高亢的效果。所以，古人特别讲究锻句炼字的功夫。

南宋严羽在《沧浪诗话·诗法》中强调：诗歌“下字贵响，造句语贵圆”。所谓“响”，就是字与字之间不可平入平出，不可拖沓，不可弱起；所谓“圆”，就是句与句之间不可“嘎止”，不可硬承硬转，要有回旋、环绕和承意转合的效果，也就是不可太白、不可太直。明代诗人谢榛在《诗家直说》中则认为：“句分平仄，字关抑扬。”“夫平仄以成句，抑扬以合调。扬多抑少，则调匀；抑多扬少，则调促。”这段话仅就诗法而言，是很有价值的。但如果从字意句意上说，也不可绝对。比如，一首诗究竟是抑多好，还是扬多好，主要是由内容决定的，与诗人追求的意境或境界密不可分，并不是没有区别的抑多扬少或扬多

1 王力：《诗词格律十讲》，北京出版社 1978 年版，第 2 页。

抑少就好。像悲凉之诗以抑为主，激昂之诗以扬为上，叙事之诗则以抑扬回环为佳。还有“句分平仄”固然不错，但首先是字的平仄，无字则无句。这一点应给予特别强调。因为只注重句的平仄，而忽视乃至完全不讲究字与字的平仄，在当代诗歌中是非常普遍的。虽然可以“不拘一格”，但不等于不讲平仄。尤其是有些现代格律诗，只押脚韵、甚至连脚韵都不要了，更不要说句和字的平仄了。这便有了“顺口溜”“打油诗”之说。当然，大家在一起“缘事而发”，随口吟来，无论平仄，本也无可非议，不过是个娱乐。但切不可以为这就是现代格律诗或古代律诗的规制。

对于这个问题，明代诗人李东阳则越过内容和形式，从更高的层面对锻字炼句提出看法。他在《洗句亭》中说：“洗句复洗句，洗句先洗心。心清绝尘滓，句清无哇淫。洗白尚可浅，洗心须用深。所用有深浅，水哉何古今。有句莫太清，太清寡知音。知音苦不遇，独和沧浪吟。”[1]很显然，这番话已超越了一般意义上的锻句炼字，核心直指诗人的修养、即“洗心”。应当说，李东阳的这一见解，无论古今都是很有针对性、也是很有现实意义的。因为写诗填词固然要锻句炼字或字斟句酌，但我们对锻句炼字，也不能仅仅理解为“刀笔”之功，也不是刻意雕琢而取巧，更不是寻古用奇以达晦奥。这些不过是表面功夫，翻翻古诗、查查词典也就可以了。锻句炼字的关键在于净心，即净心以求自然之声。如高山之水，顺势而下，遇阻则旁，遇洼则盈，遇浊则清。此为自然之心声。于是“得于

---

1 ［明］李东阳著，李庆立校释：《怀麓堂诗话校释》，人民文学出版社 2009 年版，第 313 页。

心而发之乎声……或益而为波，或变而为奇，乃有自然之妙”。然后以自然之声统字，字八句而诗成。可见，李东阳这个“洗”字用得确实恰当，心不净，则洗之，故可意境高妙无穷。

南宋姜夔在《白石诗说》中指出：“雕刻伤气，敷演露骨。”所以说，锻句炼字说到底是个素质和修养问题。这与诗法归根结底是为内容服务的一样，锻句炼字要在“洗心”。写诗人不注重提高自身素质和修养，既无法得到自然之声，也无法使你的诗具有“三化”之功，那锻句炼字也只能是“刀笔”之技了。当过老师的都知道“一桶水和一杯水”的关系，不断学习和提高，备课以求新求深，断是不可少的。如果说一个人不读书不学习，就可以写出千古绝句，恐怕是无人相信的。

从具体层面说，锻句炼字还有个句式句法的问题。即通过一定的句式句法，使诗句节奏明朗、音韵顿挫，开合呼应，悠扬婉转，有操有纵、有正有奇，以达到吟诵或朗读的艺术效果。其道理正如王力先生所言：诗不是用来看的，而是用来吟的。这也是诗与文的区别之一。

那么，作为“用来吟”的句式句法与“用来看”的句式句法，又有哪些区别呢？这方面的书很多，这里侧重说两点体会。

一是诗的句式句法要形象、含蓄、凝练。形象，是说写诗要用形象思维，不能像写文章那样概念化或逻辑化表达。也就是说，句式句法要有动态感和画面感，以达形而像之的目的。正因为这样，古人主张字意贵含蓄而忌白，句意贵深而忌浅。这里面需要注意的是，诗歌中虽然有白描的手法或赋的铺陈，但白描不是“白话”，而是要“白而不露”；铺陈也不仅是直说，而是要“陈而不浅”，二者都是为塑造意境服务的。对此，毛泽东同志曾分析说：“如杜甫之《北征》，可谓‘敷陈其事而直言之也’，然其中亦有比、兴。”[1] 从另一方面看，贵含蓄、深远也不是雕琢晦奥、极尽华丽，让人看不懂、读不通，云山雾罩，不知所云。这同样无法准确表达诗的意境与追求，也就无法去感动读者，这样的诗也就没现实意义，只能是“小圈子”里把玩的道具了。应当说，这两个方面都是锻句炼字的重要问题，不可忽略不计。

这其中，尤以含蓄最为古代诗家所推崇。他们大都强调：意藏于内，而迷离其言以出之；或意不浅露，语不穷尽，句中有余味，篇中有余意；或含吐不露，深婉蕴致，突然而来，悠然而去；或揉直使曲，令读者郁伊怆快，于言外有所感触；或含蓄无穷，其妙不外寄言而已。其意原本说情，全篇却不露一丝情意，而吟诵之间却句句是情、字字关情。也就是古代诗家所说的，既不粘也不脱。那么诗词为什么要有这样的追求呢？这主要在于，诗词如果对所描绘的物象太真切、对情感表达得太直白了，就会因某种束缚而失去联想和想象的空间，没有了余味和余意。或者吟诵之间只见其形，而无神似神韵，更无法体现诗人的寄托和个性。所以，对于古典诗词多用因果倒装法、反比法、拟人法及“从对面写起”等，也就好理解了。

这些在长期实践中形成和积累的理念、规制，无疑是极其重要而宝贵的。但对于“现代诗”来说，则需要具体分析和灵活运用了。因为无论怎样，诗词都是给人家吟诵的。所以无论你怎么写，首先都得让人家读得懂，这是个基本前提。如果你的诗词只是一味追求“含蓄”，就像清代诗家刘熙载说的“天

1 徐四海编著：《毛泽东诗词全编笺译》，东方出版社 2017 年版，第 19 页。

上人间，来去无迹”。那又有谁能读得明白呢？人家读不懂，再“含蓄”的诗词也就失去了它的价值。因为今天的人毕竟与古人不同了。

此外，在字意句意问题上，还有个实字、虚字、倒句，以及古字古音的问题。一般来说，诗用实字相对比较容易，因为实字的意思是明确的，而虚字则难以把握，因为虚字本身没有明确的意思，需与前后字统而用之，不可凑数。倒句主要是依韵律而用，在律诗中是常见的，而新诗则极少。如以律句入新诗,则应当把握好这一点。至于古字古音（包括典故等）的使用,则应当发乎已心,顺其自然,以协律为要,不可强求,更不要“抖包袱”。

二是句子的结构要特别注意音节和节奏的协调，这样吟诵起来才会有抑扬顿挫、低回转合的味道。如果音节和节奏失衡，声调和音韵就会不协调，吟诵时就会拗口或失去意味，也就和读一篇文章差不多了。从这个意义上说，诗歌的句子不宜过长。旧体诗以五言、七言为主，乐府、歌行和散曲虽偶有长句，也不过十几个字。因为句子太长了，人们吟诵时就要换气，而换气次数多了，音节和节奏就不好把握。而一个句子如需要多次开合，就意味着情绪的散失或中断；如不用开合调控，声音必定平直，没了诗的韵味，其情感便无法充分表达，就和平时说话差不多了。

在这方面，古体诗、律诗等，都有惯例可循。比如，三言句一般是上 2 下 1 或上 1 下 2 结构；四言句一般是上 2 下 2 或上 2 下 1—1 结构；五言句一般是上 2 下 3 结构；七言句一般是上 2 下 2—3 或上 4 下 3 结构；当然这并不绝对，也不是没有其他结构方式，只要能够充分表达诗的意境，都是可以尝试的。但总的原则是“意不可断”“气不可绝”。这还是应当遵循的。

就已行百年的新诗来说，句子越来越长、句意越来越直白，是个普遍的状态。当然，并不是说长句都不好，根据内容和意境的需要，有些长句也可以使用。这里面的关键，是看句子的结构和音韵节奏如何处理。如果结构和音韵节奏处理得好，吟诵时的感觉也会很和谐。但这种长句子也会给朗读者出难题，那就是如何断句、如何把握节奏。而朗读者的处理，并不一定与作者设定的节奏相一致，对音韵的理解也不可能完全相同。尤其是古代诗歌，你总不能把李白请回来问问吧，《将进酒》的节奏是怎么设计的，只能靠自己的理解和把握。所以，如果对长句子断得不好，诗的意境就表达不出来，或过于平淡，甚至由于节奏的错误而把诗意弄反了。这在现实中也是常有的事。

从这个意义上说，新诗的句子还是以凝练为好。写新诗的人，如能学习和借鉴一些古代诗歌的句式句法，应当会有所助益的。或者在新诗中适当地引用律句，也会缩短句子的长度。其道理就在于，任何一个意境的表达，肯定不是只有一种方式，这和我们平时说话一样，总会有一种较好的表达方式，但它需要锻句炼字。如何用生动凝练的句子表达复杂深刻的情感，无疑是诗人的一门硬功夫，来不得半点马虎。但愿这能成为写诗人的共同追求。

第三，学习和借鉴古典诗词对“感发空间”的塑造方法，不断增强“现代诗”的“三化”之功。

关于这个问题，除意境和境界的塑造之外，还有以下三个方法值得探索。

一是“画面”。所谓“画面”，或称之为“画面感”，就是当人们在吟诵一首诗的时候，随着字句在声音中的流动，脑海中便会浮现出相应的画面，或清晰，或朦胧，或抽象，或具相，而相应的情绪、情感就会随画面而生发，或爱或恨，或忧或愁，或远或近，或淡或浓。当此时，诗即是画，画即是诗。比如，“姑苏城外寒山寺，夜半钟声到客船”。吟诵时你的脑海中便会闪现出山、水、船、寺、人所构成的画面，而且是有声的，你就会由此生发出种种向往之情，或如身临其境。在古代诗词中这样的案例举不胜举，有兴趣的读者尽可尝试。而没有或较少“画面感”的诗词（无论古体诗、新诗），注定是苍白的，也就无法感发人的想象和情感，从而丧失诗歌的“三化”之功。

那么，如何在诗词中构建这种“画面感”呢？我们在吟诵古典诗词中至少可以体悟到两种方法：一种是“还原”，即“实写”，也就是王国维先生所说的“写境”，山还是那座山，水还是那个水，人还是那个人，事还是那件事。很显然，这类作品虽然有，或也可生成相应的“画面感”，但它终究是初级的、非主流的。这种写法的好处是易懂，毛病是空间太窄，感发力有限，多为我们这些“票友”所为。第二种是对赋比兴一体运用的升华，即“实写与虚写”的结合，也就是王国维先生所说的“造境”。诗中的那座山那个人虽然还是原来的那座山那个人，但已融入了其他人的相关共性和诗人的情感，并进行必要的综合提炼，乃至夸张，使之得以升华，“画面感”便更加鲜明开阔。比如，“国破山河在，城春草木深”，“白头搔更短，浑欲不胜簪”。画面远近结合，推拉自如，清晰委婉，形象可见。这类作品在古典诗词中占有很大比重，也是古代诗人最常用的创作手法。

二是“创境”。所谓“创境”,就是基于某人某事某物的真实，并按照“人皆如此”“事必因然”的逻辑和规律，去创作一种新的形象和意境，展现出新的境界。因而，“创境”的画面时空感是最广阔的，今人可以写今人今事今物，也可以写古人古事古物;你认识的、经历的、接触过的可以写，不认识、未经历、没接触过的也可以写。在这方面，李白的《蜀道难》最为典型。所有读过这首诗的人都认为“非亲历者无以壮其言”。但据王青先生在《〈李太白文集〉评介》中介绍，实际上李白一生从未到过诗中描述的地方，可以说是完全凭传说和想象创作的。所以，古人称此诗为“奇之又奇，自骚人以还，鲜有此体调也”。我们看诗中的“蜀道之难，难于上青天！”“剑阁峥嵘而崔嵬，一夫当关，万夫莫开”等描述，是真实存在的，但李白并未止于或满足于对真实的描述,而是基于“蜀道之难”这一基本事实，展开了丰富而奇特的想象，使读者更深刻地感受到了蜀道的险峻，无疑是一种全新的“创境”。

王维曾写过不少边塞诗，如《使至塞上》:“单车欲问边，属国过居延。征蓬出汉塞，归雁入胡天。大漠孤烟直，长河落日圆。萧关逢候骑，都护在燕然。”这首诗看上去是诗人在现在的内蒙古自治区居延海一带的情景，但据后人考证，王维在写这首诗时,并未到过这个地方。然而,他塑造的“大漠孤烟直，长河落日圆”，无疑是沙漠戈壁的真实写照，并成为千古传诵的名句。

还有朱彝尊的《高阳台》词。朱彝尊是清代人,而《高阳台》写的是宋代的人和事，那他肯定是没有经历过的，但他把一位单相思的女子写得如同己见，靠的也是“创境”手法。古典诗词中的怀古忧思之作、羁旅思乡之作、夫妻相思之作，大都属于这类作品，都是对已知中的“不知”“未经”的“创境”。比如一位奔波于旅途的人想家了，但他并不知道家里的真实状况，也不知家里人是否有和他一样的思念之情。此时，他要想抒发这种情感，只能靠想象来塑造一个相互思念的场景，以慰孤独寂寞之心。像这样的诗词，从古至今历代不衰。

三是“留白”。所谓“留白”，就是一首诗给人留下的联想空间和想象空间。正如钟嵘所言：“言在身目之内，情寄八荒之表。”因为诗词最忌讳的是“尽”和“极”。“尽”就是把什么都说明白、都说到了，有开头有结果，是生是死，是合是离，清清楚楚，那这肯定不是诗词了，而是文章了。古人讲文章贵在明白透彻，而诗词贵在朦胧迷离，其目的就是引导人们去联想、去想象。一首诗可以有多种联想，也可以产生与诗无关的想象，而这恰恰是诗词的真正魅力。“极”就是把人和事说到底、说到顶了，上下左右都写满了，没有想象空间了。极则致反，也就失去诗的味道了。因此，古代诗家大都推崇“清与空”。清者，不染尘埃之谓；空者，不著色相之谓。清则丽，空则灵；清空灵动，言近情遥，清醇真挚，朴质无华；句中有余意，篇外有余味，这就使意象与意象之间留有恰当的空白，这个空白就是读者联想、想象的空间。

我们从古典诗词中不难看出，“留白”的方法很多，各有各的特色。比如“只问不答”，像苏轼的“明月几时有”，以问起兴，按思维逻辑下句应回答了，但诗人把这个问题交给了天，“把酒问青天”；不仅没有回答，反而接着再问：“不知天上宫阙，今夕是何年。”有趣的是，不仅上片没有回答，通篇都没有回答。

这就给读者留下了无限的联想和想象空间。万古长河，明月相伴，但月下的故事各不相同，你有你的故事，我有我的故事，在“几时有”“是何年”的引问下,你我都可以按照自己的经历，去联想、丰富和延续诗中的故事，从而获得心灵的慰藉。

再如，“引而不发”。如北宋词人周邦彦的《金陵怀古》，本是一首怀古感伤、欲说兴亡的词，却以“佳丽地，南朝盛事谁记”起兴发问，接下来便只引不说，“酒旗戏鼓甚处市？想依稀、王谢邻里”，又以“燕子不知何世，入寻常、巷陌人家，相对如说兴亡”为喻,发出了“古今兴衰道不尽”的感叹。由此，读者便可以按照自己的阅历去感知那些兴亡的故事。

还有“言而不尽”。比如只说姻缘不说结果，只说巧合不说必然，只说分离不说相见，只说羁旅不说归乡等。这样的诗词太多了。虽然每一首都有自己的“化机”，但目的只有一个，那就是让读者在自己的想象中自由翱翔。道理很简单，诗词不求结果,也没有结局,它的最大功效就是引导你去联想、去想象，并在联想和想象中“化生”“化淤”“化醇”。

说了这么多，其实还是《红楼梦》里的那句话说得明白：“诗的好处，有口里说不出来的意思，想去却是逼真的，有似乎是无理的，想去竟是有理有情的。”这就是古代诗法的精髓所在。

卷七　现代诗之意境追求

我们说诗体，谈诗法，归根结底都是为内容以及它塑造的意境和境界服务的。这是个根本问题，也是个不能本末倒置的问题。

三千多年的中国诗歌创作史告诉我们，凡诗必有象，有象必有意，有意必有境，有境必有界。象新意深，境高界远，不仅是历代诗人的共同追求，也是诗之所以为诗的生命线。无象无意，无境无界，便不可称其为诗。现代诗也是如此。

也就是说，无论是什么体的诗，也无论是近是远、是浓是淡，甚至是好是坏，每首诗都会形成一种意境，用以表达诗人的情志。其实,这和平时说话的道理一样,每句话总要有个意思，否则就是废话，而废话是没有用的。但二者又是有区别的。诗词的意象可以是客观的，也可以是主观的；可以是实在的，也可以是虚拟的；其主体或许是人、或许是物、或许是景。无论怎样，它都是诗人通过形象思维所创造并融合了主观意趣的意象，或者是诗人创作的第二自然和艺术形象。而说话则必须是真实的、具体的，否则便是谎言假话。

先说“意境”。关于这个问题，历代诗话多有论述。比如唐代诗人王昌龄认为：“诗有三境：一曰物境。欲为山水诗，则张泉石云峰之境，极丽绝秀者，神之于心，处身于境，莹然掌中，然后用思，了然境象，故得形似。二曰情境。娱乐愁怨，皆新于意而处于身，然后驰思，深得其情。三曰意境。亦张于意而思之于心，则得其真矣。”风文学先生在阐述这一界定时指出：“所谓意境，是指文艺作品中所描绘的生活图景和表现的思想感情融合一致而形成的一种艺术境界，是心与物、情与景、意与境的交融结合，主客体相统一的产物。”就二者的关系而言，“境是基础，意为主导，主体的情意要通过对景物的描绘来表现，景物中熔铸了主体的情意。融情于景，景中含情，情景交融，是意境的特点”。“就是说，山水诗描写泉石云峰，要经过诗人的细致观察和体味，抓住它们的‘极丽绝秀’的特点，描绘出形相，‘故得形似’；而在描绘其形的时候，‘张于意而思于心’，熔铸进诗人‘娱乐愁怨’的独特感受和情思，情与景交融，才得山水之‘真’，这样的山水诗才有意境。”[1]我理解，风文学先生所强调的是，诗虽可分为三境，但在创作中则常常是交融结合、一体而用，且以意境为重。抑或说，物境情境都是为创造意境服务的，都是为表达意境的。

那么，古代诗人对意境的价值追求又是怎样的呢？南宋严羽在《沧浪诗话·诗辩》中评价说：“盛唐诸人唯在兴趣，羚羊挂角，无迹可求。故其妙处，透彻玲珑，不可凑泊，如空中之音，相中之色，水中之月，镜中之象，言有尽而意无穷。”明代诗家王廷相对此解释说：“夫诗贵意象透莹，不喜事实粘着。故谓水中之月，镜中之影，可以目睹，难以实求是也。”而明

1 赵宪章主编：《中国典籍精华丛书·美学精论》中国青年出版社 2000 年版，第 330 页。

代诗人李东阳则以杜诗为例，对诗的意境进行了概括：如清绝、富贵、高古、华丽、斩绝、奇怪、浏亮、委屈、俊逸、温润、感慨、激烈、萧散、沈著、精炼、惨戚、忠厚、神妙、雄壮、老辣等。他认为："诗贵意，意贵远不贵近，贵淡不贵浓。浓而近者易识，淡而远者难知。"对此，李庆立先生在《怀麓堂诗话校译》的按语中指出：意，"应就诗的意味和境象而言。此所谓'远'，主要指境象幽深邃远，言有尽而意无穷；所谓'近'，主要指直寻眼前景、身边事，真切自然，绝无补假；所谓'淡'，主要指淡泊世务，信手拈来，脱口而出，似不经意；所谓'浓'，主要指境象绚烂、含蕴丰foot"。但这"并不是要排斥'近'和'浓'，而是主张淡而愈浓，近而愈远"[1]。

综上所述，何谓意境以及意境的基本特征，已大体清楚了。接下来我们重点探讨的是，历代诗家颇有争议的问题，即诗的意境是以对真实的追求为主，还是以对"虚拟意境"的追求为主？很显然，上述所论均以后者为主。这也是历代大多数诗家的主张。但若进一步分析，这里面仍有值得探讨的问题。比如意象意境的主观真实与客观真实。也就是说，诗的意象意境虽然来源于客观实在，但它不可能、也没必要一定要符合客观真实，每句每字都要与事实相符合，或者某种意象意境必须与某种实在相对应，这就不是诗了，也不是现实主义的应有之意。但同样重要的是，我们也不应因此而放弃对主观真实的追求。无论是空中之音、相中之色，还是水中之月、镜中之影；也无论是大漠孤烟，还是风花雪月，它们作为一种意象意境，在诗

1 ［明］李东阳著，李庆立校释：《怀麓堂诗话校释》，人民文学出版社 2009 年版，第 16 页。

人的主观追求中则必须是真实的。抑或说，现实中可能有景无情、有象无境，经过诗人的创作，景有情了，意有境了。此时虽然景已不是原来的景、象也不是原来的象，但由此形成的意象和意境，却是诗人的主观真实。而这种主观真实，恰恰是诗人长期生活实践和求索思考之必然，最终还是离不开诗人的人生阅历和情感追求，以及对客观真实的观察、体验与思索。如果我们否定了意象意境的主观真实，就等于抽掉了诗歌的灵魂；如果我们放弃了意象意境的客观真实，剩下的不过是满纸荒唐言。

再如意象意境虚拟与情感真实。诗歌的意象意境可以是虚拟的，也可以是夸张的，尽管它们同样来自对客观实在的观察和体悟。这是历代诗人的共识，无须赘述。但无论怎样虚拟、如何夸张，其表达的情感必须是真实的、可以共鸣的。这同样是不可忽视的。也就是说，虚拟不等于虚情，夸张不等于“假意”，虚情则必假意。一首虚情甚至无情的诗，其意境也必定无真实之感；而一首情真意切的诗，其意境则必定是如言我心、如言我事，即古人所说的那种“情之切而意之真”。比如屈原的《离骚》《九章》《九歌》和《天问》等，不仅充满了丰富的想象、大胆的夸张、奇特的幻想，而且还大量引用神话传说、历史人物和千变万化的自然现象，并将之巧妙地结合在一起，构成了一幅色彩瑰丽、雄奇鲜活的人生画卷。几乎所有人都知道，屈原诗中的想象、夸张、幻想大都是不真实的，也没有谁真正有过如此经历，但古往今来没有任何人对此提出过质疑。因为屈原的情感是真实的，他对人生理想和境界的追求是真实的，他对国家的热爱、对国政的忧虑、对腐朽的痛恨等，也同样是真实的。所以，屈原的作品不仅奠定了我国诗歌的浪漫主义基础，而且还于1953年被世界和平理事会定为世界四大文化名人之一。

还有古今中外浩如烟海的情爱诗，也是如此。其中很多情爱诗中的人物、情节或故事，虽然有生活原型或相应经历等因素，但它并非一定是诗人的亲身经历，同样是可以虚拟的，或集中多个案例进行的概括和升华，或对某个案例深度挖掘之后，进行某种程度的夸张与想象。而它们的共同特点是，无论是虚拟的、还是夸张的、抑或是想象的，其表达的情爱必须真实，是可以引发读者同感和联想的，是可以促进读者情感变化的，甚至可能会使某些经历相似的读者，感觉到诗中的人就是我。这才是情爱诗的真正力量。至于诗中的某些情节是否真实存在过，已经不重要了，也没见谁对此叫过真。当然，也有一些情爱诗是写自身经历的，如南宋陆游、清代纳兰性德等。但即使这样，他们的诗中仍不免虚拟和夸张。这是由诗歌本质决定的。所以有人说：人类真正美好的情爱只存在于诗歌之中，也只有在吟诗的过程中才能体验。这也是诗歌的真正魅力之一。其中的道理就在于，情爱中的感觉、体验乃至激情等，大多是无法用生活语言来表达的，尤其是一些深度思念和缠绵，更是如此。即使你想说、也善于表达，但你一定会感到：人类的语言原来如此贫乏。大多数人终其一生，都无法把内心的情爱完全表达出来，能说一句“我爱你”“我想你”，已是难得了。而这一切通过诗歌的表达，却变得轻而易举。一首情感真挚的诗歌，足以让你爱的人感动、至甚流泪。

在古代诗人中，对诗词“禅境”的追求，也一直是个热门话题。尤其是唐代以后，人们对诗与禅的结合更加自觉和明确。据赵宪章先生在《美学精论》中介绍："到了宋代，'以禅喻诗'成为风尚。苏东坡云：'每逢佳处辄参禅。'范元实云：'识文章当如禅家有悟门。夫法门百千差别，要须自一转语惊人。如古人文章直须先悟得一处，乃可通于他处。'韩子苍云：'学诗当如初学禅，未悟且变参诸方。一朝悟罢正法眼，信手拈来皆成章。'陆放翁云：'学诗大略似参禅，且下功夫二十年。'……其中，严羽将这一倾向推向了极端，'以禅喻诗'在其《沧浪诗话》中不再是只言片语，而成为自觉意识，自成体系，从诗学方法论的高度进行了系统阐说。"而严羽并非出家之人，也不精于禅道，那他为什么力主"以禅喻诗""以禅论诗"呢？赵宪章先生认为："其个中真伪是十分明显的：禅与诗，禅法与诗法、学诗与参禅，在思维方式和基本规律方面确有某种共通性、可比性，二者有着异质同构的关系。例如，诗与禅都通过情感、想象和形象直观世界。再如，文艺与禅同把虚幻缥缈的境界作为理想追求的极致。'千古诗中若无禅，雅颂无颜国风死'，'禅而无禅便是诗，诗而无诗禅俨然'。有禅之意境而无禅理禅语者便是诗；有诗之意境而无诗之形式格律者便是禅。"[1]可见，古人对诗词"禅境"的追求，是相当执着的，其论说也是非常深刻的。正因为如此，魏晋以降尤其是两宋以后，产生了大量的"禅诗"。有兴趣的读者，可以看看洪丕谟先生的《禅诗百说》，以便更好地体验诗词的"禅境"。

但这里需要说明的是，正如严羽并非出家人却提出了"以

1 赵宪章主编：《中国典籍精华丛书·美学精论》，中国青年出版社2000年版，第25—26页。

禅喻诗”的主张一样，所谓“禅诗”，并不等于“佛教的诗”，写禅诗的人也并非都是出家人。同样，所谓“禅诗”也不等于“玄诗”，虽然它与魏晋“玄学”有某些相似理念，但毕竟不是一回事。比如南宋豪放派词代表人物辛弃疾，官至大理寺少卿、湖南等地安抚使，善于治军、有气节。他的《青玉案·元夕》后三句就极具禅意：“众里寻他千百度，蓦然回首，那人却在灯火阑珊处。”有学者研究后认为：无论辛弃疾是有意还是无意，这三个主要情节：千百次寻找、回头看、突然发现，正是禅宗悟道的三部曲。有意思的是，这首词到了清代王国维那里，便成了“古今成大事业、大学问者，必须经过的三种境界”的第三境。在王国维看来，第一境是晏殊《蝶恋花·槛菊愁烟兰泣露》里的“昨夜西风凋碧树，独上高楼，望尽天涯路”；第二境是柳永《蝶恋花·伫倚危楼风细细》中的“衣带渐宽终不悔，为伊消得人憔悴”。好在诗词本就可以从不同角度来理解，正所谓“一样元宵两样看”。王国维先生的概括，也不失激励人生的作用，用他自己的话说，也是相当有境界的。这表明，很多诗词都暗含禅境和哲理，尽管作者的初衷并非如此。

南怀瑾先生在《禅与生命的认知》里面，也引用了一些禅诗。既有洞山禅师的“净洗浓妆为阿谁，子规声里劝人归。百花落尽啼无尽，更向乱峰深处啼”。也有宋徽宗的“有情身不是无情，彼此人人定里身。会得菩提本无树，何须辛苦问卢能”。宋徽宗虽然皇帝当得很失败，但这首诗禅意浓厚，是相当深刻的。《续传灯录》卷三十五，记载常华藏伊庵的有权禅师，用诗描述了禅的境界：“黑漆昆仑把钓竿，古帆高挂下惊湍。芦花影里弄明月，引得盲龟上钓船。”许兴宝先生在《文化视域中的宋词意象》一书中解释说：这四句诗，“一言断绝思维路，在混沌中寻求，二论蓦然发悟，三谈悟后通体透明，物我为一境界，四说将无明之心引回本初清净无染状态”[1]。作为嗣汉三十代天师的张继先，在他的《雪夜渔舟》中，也有“愧怜鄙劣。只解道、赴炎趋热。停桡失笑，知心都付，野梅江月”的悟道禅意。可见，禅诗的作者是非常广泛的。

而我最喜欢的“禅诗”。一首是北宋苏东坡的《琴诗》：“若言琴上有琴声，放在匣中何不鸣？若言声在指头上，何不于君指上听？”如果单从字面上看，这首诗为纯白描，几近口语、又没用典，似乎很好理解。所以，后人多认为这不是诗，而是苏东坡的一首偈子。其实，如果从内容上说，是诗是偈并不重要。其重点在于，若问你这首诗是什么意思，你肯定似有感悟，又无法言表；总是想不明白，又不忍放下。我喜欢这首诗的原因就在这里，每次读都似有体悟，可反复琢磨，又觉得不能尽意。因为我知道，以苏轼的才学，怎么会不知道琴声就是用手指拨弹琴弦发出的呢。如果是这样，那这首诗不就全是废话了吗？很显然，这肯定不是苏轼写这首诗的用意。如果再仔细分析下去，就会发现他似乎在自问自答，而自答中又有自问，最后什么也没回答。这表明，其诗恰恰是他对某种矛盾或困惑的追问，反映的是那种明知不可为而为之，又为此迷茫痛苦的人生考问。这是只有禅诗才具有的功效。

另一首是宋代《鹤林玉露》记载某尼的悟道诗：“尽日寻春不见春，芒鞋踏遍陇头云。归来笑拈梅花嗅，春在枝头已十分。”书中没有说她的法号、在何处出家，抑或文人托尼而作，

1 许兴宝：《文化视域中的宋词意象》，中国青年出版社2002年版，第249页。

已难分辨。但无论如何，这都是一首极佳的禅诗。而这首诗与苏东坡《琴诗》不同，此诗既无设问，也没自答，而是以造境的手法，白描般地道出了她悟道的经历，既通俗易懂，又在字里行间闪动着少女的顽皮，画面感极强，读来倍感亲切，如自身经历，催人回味与深思。其实，我们每个人何尝不是如此，一生都在千辛万苦的外求，殊不知人的命运恰恰就在自己手里。世间一切喜怒哀乐、是非恩怨，皆源于我，由我缘起、由我承受。不去提高自己的人生境界，外求而得之物，又何来自在之趣。

我也尝试写过一些“禅诗”，大都缘于现实中的困惑和思索。其中有一首《自迷》，虽然与上述某尼的悟道诗不可比肩、视角也不同，但追求的意境是接近的，说的也是上述“禅理”。“遍踏河川觅我禅，牧童笑指眼前山。浊溪自道清如许，映照虚身即本然。”同时，我也尝试过用词来表达“禅境”，意在突破清代诗家“理不入词”的历史局限。现引录一首现代词《踏莎行·垂钓》，供各位品鉴。

春雨霏微，沉沉雾幕，
烟波满目锁深处。
笠翁垂钓独岿然，
翠柳依依静持护。

鹊鸭游疑，鱼潜水暮，
缘何枉自费心度。
引颈欲问雾中人，
湖岸深幽在远麓。

这首词源自我在东钱湖边看一位老者钓鱼。我顺着鱼竿望去，白雾茫茫的湖面上，没有一丝波纹，鱼漂静静地竖在那里，好久没有鱼儿光顾它，但老者依旧岿然不动。不远处，只有一只小野鸭游荡着。它一会儿游开去，一会儿又游回来，一会儿扎入水中，一会儿又引颈向老者望来，煞是有趣。我恍若意识到，老者身在钓鱼，而心并未在鱼上；小野鸭身在水里，而心却在岸上。他们在交流、在对话。我似乎懂得了他们的用意，但又说不出来；我似乎明白了小野鸭为何游而不去，却又说不出它为何留恋。比如那位垂钓的老者，表面上看他是在钓鱼。我们一般认为他的目的一定是想钓到大鱼、钓到更多的鱼。就像我们平时见到钓鱼的朋友，总是会问：今天收获几何呀。这是因为我们已经习惯于“目的性思维”，并总是用有目的的思维去评价别人的行为。当时我想，那位老者的目的并非一定要钓到多少鱼，如果他真的想吃鱼，在东钱湖这个鱼米之乡，又何必如此辛苦来冒雨垂钓。我觉得，老者是在一种看似有目的的行为中，体验着一种无目的的享受。这享受或许是钓鱼的过程，或许是那份难得的宁静，或许是亲水的惬意。如果我们当面去问那老者，他自己也未必说得清楚。但那种“禅”的意境无疑是真实的，而老者也肯定得到了他不曾追求的东西。这就是“不可得中的终可得”。

而小野鸭的“游疑”正是当下某些社会心态的写照。它的问题是，我在水里看得最清楚不过了，这里已经没有鱼了，可你为什么还在那里稳坐不走呢？你究竟想得到什么呢？它伸长脖子，很想问问这位老者，但它知道，这或许是没有答案的。

也就是说，我们以有目的之心，去度无目的之为，许多问题不仅无解、反而添惑。因为目的就是我执。就像一位出家人，如果他出家的目的、修行的目的、行善的目的就是为了成佛，并始终坚守着这个目的，那他注定终生成不了佛。

小野鸭的游疑，还给我们另一个启示，那就是遇有疑惑或问题，不要总是外求，或总是从外部或别人身上找原因，什么都是别人的错。而应当学会向内观照，善于反思和自省，主要从自己身上找原因、找问题。因为既然是涉及你的问题或困惑，那必定缘你而起，由你而生。如果单纯从外部寻找，那又怎么会有答案呢？还有，假如你能拿自心比人心，或拿人心比自心，多站在别人的角度反观自省，出现这样的困惑和问题，是我无意中伤害了别人吗，或者在无意中让别人误解了呢？假如我是他，我会怎样，假如他是我，又会怎样，等等。如果凡事争强斗狠、自视清高、一贯正确，出了问题，又总是怨天尤人，都是别人的错，那你便无法找到问题和困惑的真正原因。

当然，古今诗人对“禅境”的追求，并非仅仅是为了诗法的提高。无论是自觉而为，还是无意之功，客观上对诗词的“三化”之功，都是一种极大的助力，其功效往往比那些单纯的叙事诗、情爱诗更胜一筹。对此，洪丕谟先生在《禅诗百说》一书中指出：“通过诗的含蓄，诗的隽永，诗的韵味，诗的非逻辑思维，将使您在细细的咀嚼回味中渐次进入佳境，并由此而窥觑到禅的观照，禅的净明，禅的超脱，禅的穿透。”如此说来，那么禅诗中的“禅”又是什么呢？我们可以从禅宗的意义去理解，也可以从诗歌的哲理来感悟。而我的体会是，“禅”就是一种意境、一种富有哲理的意境，就是心灵的境界；抑或说就是“三化”的高度、深度和广度。它的作用，就是使人“在花繁柳密处拨得开，于风狂雨急时立得定。自净其意，超然物外”。就是宠辱不惊，泰然自若，犹如一座磐石，任凭风吹浪打，“我自闲庭信步”。即使有人当面侮辱你几句，又岂不是在帮你修德，何来气愤呢？如果我们能以这样的境界来对待人生、观察人事、透视人性，也就“获得了精神上的大解放、大逍遥、生活上的大机趣”，明心见性，“化醇”心灵，你也就获得了人生的新高度、新思维，得往来自在之趣，岂不美哉！

更为重要的是，这个以“禅境”化育心灵的过程，同样也有个不可或缺的条件，那就是个体的需求和自觉。如果没有这种发自内心的需求和自觉，抑或你自甘堕落、自寻烦恼、自酿苦果，那任凭多好的禅诗，也是没有用处的。千百年来，《诗经》还是那本《诗经》，唐诗还是那些唐诗；宋词还是那些宋词，禅诗还是那些禅诗，包括新文化运动以来的那些新诗，也都摆在那里，可如今又有多少人看过。没有了这种主观自觉，也就随之淡化了对境界和美的追求。

接下来我们再探讨一下“境界”问题。苏保华先生在《〈人间词话〉评介》中认为，境界“作为美学范畴，在唐代开始形成，从内容上大约有三个来源：其一是《老庄》《易传》和魏晋玄学中逐步发展起来的‘意象’说。其二是儒学中强调的‘六义’说，即风、雅、颂和赋、比、兴。……其三是以佛学为基础从唐代开始兴起的‘诗境’说”[1]。这是从整体而言的。具体到各个朝代，其内容和来源界定，则会有所侧重或不同。从历史

1　赵宪章主编：《中国典籍精华丛书·美学概论》，中国青年出版社2000年版，第330页。

上看，对“境界”加以系统阐释的，当是晚清诗词评论家王国维。他虽以词为例，亦可通诗，因为从广义上说，词也是诗的一体。可以说，“境界”是王国维《人间词话》中的核心观点。《人间词话》开端就提出了“境界”的范畴：“词以境界为上，有境界，则自成高格，自有名句。五代、北宋之词所以独绝者在此。”[1]在此基础上，王国维先生还对“写境”“造境”“隔与不隔”“有我之境与无我之境”等问题，进行了阐释和分析，形成了相应的理论体系，对中国诗词理论做出了重要贡献。对写诗填词者而言，似应必读。

那么，什么是“境界”，我们又应当如何理解和把握呢？我们先看看彭玉平在《人间词话》前言中所做的概括和分析。所谓“境界”，一是从情与景的关系而言的，词人拥有赤子之心，才能将其真感情、真景物表现出来；二是有境界的作品要能表达出景物的动态和神韵；三是有境界的作品往往通过寄兴的方式，使作品包含着深广的感发空间，词人的眼界须开阔，寄托的主旨须深远，从中体现出词人的高格调；四是情景之真和感慨之深，要通过自然真切的语言来加以表达。彭玉平认为：自然、真切、深沉、韵味堪称是王国维“境界”说的四要素。[2]

很显然，这是就词人和词作而言的，如“赤子之心”“眼界须开阔”和寄兴表达等。这固然是首要的，没有境界的诗词，也就没有了读者的感发空间，没有了感发空间，其“三化”之功必将大打折扣。但若进一步探讨，似乎尚有未尽之意。从一般意义上说，所谓“境界”，就是事物所达到的程度或表现的

1 赵宪章主编：《中国典籍精华丛书·美学概论》，中国青年出版社2000年版，第330页。

2 彭玉平编著：《人间词话》，中华书局2010年版，第6页。

状况，亦即它所达到的高度、广度和深度。如果仅就诗歌而言，它所达到的程度，虽然首先取决于诗人的修为和诗法，但也并非仅仅如此就能实现。因为就大多数诗人而言，诗词毕竟不是写给自己看的，而是写给读者吟诵的，即使无缘发表，其本意也是如此。所以，一首诗词是有境界还是无境界，以及境界之高低远近等，还要靠读者在主观自觉条件下的感受体悟，才能生发出来，并形成相应的价值和意义，本质上是诗人与受众心灵互动的过程。而读者并非是清一色的人，也不可能具有一样的人生经历和审美格调，更不可能都是圣贤。因而便有了同首诗词不同的人读，总会有不同的感受和领悟，你认为有境界的诗词，他不一定能感受到。应当说，这主要不是诗词本身的问题，而是与每个人的阅历、际遇和价值取向、意义追求密切相关。所以，读者对境界的感受也必然是多样的。对不同的人来说，高远是一种“境界”，近低也可能是一种“境界”；素淡是一种“境界”，浓艳也可能是一种“境界”。

当然，这样说并非是无原则、无底线的，它所表达的不过是一种实际，即社会的多样存在和人的多样性需求。因为从读者的角度而言，所谓“境界”就是意义，或人们对意义的追求。而这种意义及对意义的追求，要么表现为人生的高度，要么表现为情感的深度，要么表现为价值的广度，要么表现为对某种生活的渴望，要么表现为对未来的向往等，同样是多样而有差异的。但在这种多样或差异中，又有着共同的本质，即无论是富人还是穷人，也无论是干部还是百姓，更无论有何人生经历或何种遭际，其人生追求总是向往着更高、更深、更广的明天，这既是诗歌“境界”所具有的普遍意义，也是诗歌“境界”得以发挥作用的社会基础。因此，我们可以在古代诗论的基础上，再补上一句：凡是能够给读者以感发力、冲击力和想象力的诗歌，大都是有“境界”的，而诗的境界就在读者的渴望、向往和追求之中。这就要求写诗填词的人，不仅要熟练掌握诗体诗法，更要了解和掌握时代特征、社会价值、人生意义和百姓对生活的追求，并从中挖掘和提炼出时代的共性，作为构建诗歌境界的基本依据。

那么，我们在诗词创作中，又应当如何构建境界呢？除了上述基本问题之外，还应当对王国维的“写境”与“造境”有所了解和把握。他认为，诗“有造境，有写境，此‘理想’与‘写实’二派所由分。然二者颇难分别，因大诗人所造之境必合乎自然，所写之境必邻于理想故也”。苏保华先生对此解释说：“所谓‘造境’，指主观虚构创造的境界，也就是指用浪漫主义方法所造之境。所谓‘写境’，指的是真实描写客观现实之境，也就是以现实主义创作方法所写之境。”[1]这表明，写境与造境虽然是“境界”得以形成的两种途径和方法，但在实际创作中，大都是二者的和谐统一，单纯“写境”或“造境”的作品是极少的。切不可人为地分割，这是由诗词本质所决定的。

如果就诗法而言，又要说到赋比兴了，即诗之“三义”。对此，历代诗家多有论述。虽侧重点不同，但大体上可以形成以下认知。所谓“赋”，就是直书其事，寓言写物，或叙物以言情。这个比较好把握。所谓“比”，通俗地说就是比喻、打比方，或因物喻志，索物记情，以情附物。古代诗家认为，比之为义，

1　赵宪章主编：《中国典籍精华丛书·美学概论》，中国青年出版社2000年版，第343页。

取类不常。就是说，比的要旨在于义，而类别是多样的，或喻于声，或方于貌，或拟于心，或譬于事，或比于理，或以响比辩，或以容比物，或以物比义。总之，“比类虽繁，以切至为贵”。所谓“兴”，就不太好把握了。一般来说，主要是指托事于物、或触物以起情，即先言他物以引起所咏之情，或以诗词中部分形象来暗喻作者所要寄托和表达的意思，或借一件事物来引起所要表达的事物。从具体层面上说，还得多读诗词，才能真正把握“兴”的妙用。

那诗歌为什么非得用比兴之法呢？明代诗家李东阳的理解是：“盖正言直述，则易于穷尽，而难于感发。惟有所寓托，形容摹写，反复讽咏，以俟人之自得，言有尽而意无穷，则神爽飞动，手舞足蹈而不自觉。此诗之所以贵情思而轻事实也。”[1] 而钟嵘在《诗品・序》中则进一步解释曰：“弘斯三义，酌而用之，干之以风力，润之以丹彩，使味之者无极，闻之者动心，是诗之至也。”[2] 而诗词的意境和境界，便在这当中自然而然地生成了。对于赋比兴三者的关系，钟嵘强调要综合考量，酌而用之，不可孤专。“若专用比兴，则患在意深，意深则词踬。若但用赋体，则患在意浮，意浮则文散，嬉成流移，文无止泊，有芜蔓之累也。”[3]

应当说，在古代诗家关于赋比兴的众多论述中，钟嵘的见解是深刻而有价值的。尤其是对写新诗的人，其意义更为现实

---

1 [明]李东阳著，李庆立校释：《怀麓堂诗话校释》，人民文学出版社2009年版，第81页。

2 [明]李东阳著，李庆立校释：《怀麓堂诗话校释》，人民文学出版社2009年版，第81页。

3 [明]李东阳著，李庆立校释：《怀麓堂诗话校释》，人民文学出版社2009年版，第81页。

而重要，值得我们反复参研和领会，以把握综合运用的精妙之要。也就是说，无论是何种题材的诗歌，也无论是旧体诗还是新诗，从古到今虽然不断革新、不断变化，但诗歌的本质并没有变，古今同理。理解了这一点，也就把握了赋比兴对新诗的价值意义了。

因此，李庆立在《怀麓堂诗话校释》按语中说："比兴是受客观事物的启发或借助于客观事物抒写主观情志的一种艺术思维方式，是创造诗歌意象和意境的重要手段，它能使诗情景交融、虚实相生、余味曲包，具有鲜明生动的形象美、委婉幽深的含蓄美和浓郁强烈的抒情美。而赋也是诗歌创作不可或缺的表现手段，贬低甚至将其排除于诗歌创作之外，未免极端。"[1]

这就清楚地告诉我们：从本质上说，比兴是一种艺术思维方式，即我们通常所说的"形象思维"。它是我们在认识和把握客体对象、选取素材、塑造意象过程中一种特殊的、创造性的思维活动，也是所有诗人必须具备的思维能力。而相对于意境和境界的塑造来说，它又是一个重要手段，或是一个不可缺少的手段。而手段是为内容服务的，是为内容的价值和意义服务的。因为所有的意境、境界都是一定内容的意境和境界。切不可本末倒置，为了比兴而牵强附会。这样的诗虽可华丽，却必然空洞，也就无法达到形象美、含蓄美和抒情美，以及情景交融、虚实相生、余味曲包的艺术效果。

更为重要的是，赋比兴虽可分述、却不可割裂。古人作诗轻视甚至贬低赋的作用，与今人新诗轻视比兴的作用，同样是

---

1 [明]李东阳著，李庆立校释：《怀麓堂诗话校释》，人民文学出版社2009年版，第83页。

不可取的，甚至是极端的。而事实上，它们总是交替使用、一体存在的。赋是比兴的基础，比兴是赋的升华。如果一首完全没有赋而只有比兴的诗，又有谁能读得懂呢；而一首完全没有比兴而只用赋的诗，又怎么会有意境和境界呢？又何谈感发和诗味呢。因为无论什么诗体，要塑造出你想达到的意境和境界，都离不开赋比兴的综运用。这一点，对于新诗同样是非常重要的。

当然，如果就某一首诗而言，赋比兴也并非等量平分，而是根据内容的需要有所侧重。一般来说，比兴在古诗中占的比重较大，尤其是对“兴”的作用看得很重，认为“‘兴’是诗歌审美创造的枢机，也就是审美直觉的过程。因‘兴’而萌生审美的诗情，因‘兴’而迸发灵感的火花，因‘兴’而神理凑合、自然恰得”[1]。说到底，如何用得好还在于诗人词家的自身修为和意义追求。

1　赵宪章主编：《中国典籍精华丛书·美学概论》，中国青年出版社2000年版，第62页。

卷八　现代诗的融合发展

对于“现代诗”的创新与发展，我的基本主张是融合。这个融合，既有新诗与古典诗歌的融合，也包括诗歌与其他艺术形式的融合，并在融合中创新、在融合中发展。比如京剧等戏曲与现代歌曲融合而成的“戏歌”，既有戏曲的韵味，又有歌曲的通俗，极受人们的喜欢，我就是其中的“铁粉”。这是一种非常成功的融合创新。为此，我曾拜访过京剧名家、歌唱家、舞蹈家、书法家和画家等。在交流中，我更强烈地感到，融合一定是诗歌未来发展的大趋势，并由此为自己开拓出广阔的空间，找回自己的舞台，确立诗歌在新时代文化大发展大繁荣中的应有地位，发挥应有的作用。

那么，诗歌能与哪些艺术形式融合呢？根据古今的尝试和经验，大体有以下六种融合。

第一是诗与乐合。这是最普遍、也是最富成果的融合，如前面所说的“歌诗”等。诗作为一种语言艺术，不仅本身就有与生俱来的音乐性，而且早已创造出诗与乐合的成功范例，其历史之久远，成果之辉煌，独步于世界民族之林。而我这里想要探讨的，是在如今的社会条件下，如何进一步促进诗与乐合，使之成为新时代诗歌发展的主要取向和不懈追求。具体说，至少有以下两种方式：

一个是诗入乐。即以乐为主体进行相应的诗词创作。这方面宋词比较典型，所以历来都称之为填词、而不叫作词，就是按已有的词调词谱逐字填写。元明两代的散曲也大体如此。但这里面有个条件，那就是诗人对音乐和所填之词的声律音韵等，要有个很好的把握，从而使文字的音韵与音乐的声律和谐相融。而不能只顾诗词本身的抑扬顿挫，不管音乐的规制和要求。从这个意义上说，诗人也要有些音乐知识。如果不能满足这个条件，那诗与乐就难以合和。即使勉强合起来，也是两张皮，诗词不能充分表达音乐的内涵，音乐也无法表现诗词的意境，甚至会相互拧把。在我收藏的音乐作品中确有这样的。单看诗词是一个意境，合着音乐听又是一个意境，无法达到诗与乐合的艺术效果。应当说，现在的音乐创造是很丰富的，尤其是一些具有古典音乐特征的乐曲，非常有艺术价值，但为之写诗填词的少得可怜。这就需要有更多的诗人与更多的音乐家合作，创作出更多适合新时代需要的“诗乐”大作。

同样的道理，诗词不仅可入乐，也可以入戏，包括京剧及各种地方戏。比如由孟广禄先生等京剧名家演唱的毛泽东词《沁园春·雪》，就是一种成功的实践，非常好听，凡是熟悉毛泽东这首词的人，都能随着唱上几句，普及率是比较高的。

另一个是乐配诗。即以诗词为主体进行配乐，就是我们通常所说的“配乐诗朗诵”，为已有的诗词配上合适的音乐，以增强诗词的艺术效果。其实这种形式古已有之。比如宫廷的重要仪式、民间的朋友聚会，乃至婚丧嫁娶等，都是少不了的。与第一种形式所不同的是，这种形式的诗与乐是“分离”的，它们是两个独立主体的合成，这就引发出一个问题，那就是配乐的人对诗词的韵律也要有所了解和把握，而不能只顾音乐好听，更不能以自己的偏好为标准，尤其是音乐的高低缓急与诗词抑扬顿挫的和谐，更是一件极困难的事，并不是只懂音乐的人就能做得好。其中的关键，还在于作曲家或配乐人对诗词创意和内容的理解把握。

在这方面，当代最值得关注的，当首推我前面提到的著名青年诗人宇文珏。他于 2014 年首创的“诗词文乐画五艺并观”的《十恋·诗歌的绝境》,就是当代绝无仅有的一部“五合之作”，把“诗入乐”和“乐配诗”推到了时代的新阶段,开创了新空间，打造了新样态，拓展了新思路，为新时代增添一抹亮丽，也因此受到广大青年尤其是大学生的喜爱和追捧。一直到今天，仍有不少“粉丝”沉醉于他所创造的“五艺并观”之中。

应当说，宇文珏的尝试，无疑给我们以信心和希望，这也是我之所以要写这一段的目的。他的作为尤其是“五艺并观”的创制再次告诉我们，诗词不仅可以入乐不仅可以与音乐复合，而且还可以与其他艺术形式融合发展。尤其是他首创的“新文人词”、引入律句的新体诗以及与音乐的结合，更为新诗的革新与发展、为“现代诗”的构建与形成,开拓出一条崭新的思路。这在诗歌陷入低迷的条件下，是非常有价值的。感兴趣的读者，可以看看他的诗集。相信你会有新的感悟。

更为难得的是，宇文珏并非专业诗人，他有自己的工作，而且非常繁忙。但他为诗、为诗的融合发展，投入了大量业余时间，义无反顾，锲而不舍。正如他在其作品《风》中所说:“这样烂漫的时光里也有斑斓的我，只不过多染上了一种疾病：写诗。此病无药可救，药即自身。奇异而深邃，高贵而沉重。”

同样值得致敬的是年近五十的高旗。有媒体报道说，这位中国摇滚乐编辑和制作人，开始为宋词谱曲，童声演唱，并推出专辑《宋词辑壹》，如《苏幕遮·碧云》《临江仙·夜归临皋》等。无疑也是一种极具价值的探索与创新。期待能有更多的音乐人投身此中，共创新时代诗乐合和的历史画卷。

第二是诗与画合。诗与画合，或题或跋，古已有之，经传不绝。至今我们依然可以从众多古画中，领略其当年的风采。现如今，此类作品虽然少了，但仍然有人在不懈探索。比如宇文珏的《十恋·诗歌的绝境》，其“五艺并观”中的一艺就是画。其效果不仅使诗词更加形象灵动，而且也为读者的想象开拓出更为广阔的空间。

据考证，诗与画合也叫题画诗，最早出现在唐代，而它的首创者就是“诗圣”杜甫。清代诗人沈德潜在《说诗晬语》卷下中指出：“唐以前未见题画诗，开此体者老杜也。其法全在不粘画上发论。如题画马画鹰，必说到真马真鹰，复从真马真鹰开出议论，后人可以为式。又如题画山水，有地名可按者，必写出登临凭吊之意；题画人物，有事实可拈者，必发出知人论世之意。本老杜法推广之，才是作手。”那么，杜甫的题画诗是什么样呢？我们来看他的《画鹰》：“素练风霜起，苍鹰画作殊。㩳身思狡兔，侧目似愁胡。绦镟光堪擿，轩楹势可呼。何当击凡鸟，毛血洒平芜。”陈书录先生在《〈杜工部集〉评介》中说：“开头起笔突兀，先声夺人，先写矫健不凡、风霜肃杀之气，然后再点明‘画鹰’，此为倒插法。”“显然，这首诗不仅‘老笔苍劲中时见灵气飞舞’（《杜诗详注》卷一仇兆鳌评语），而且寓意深远，具有理想主义和浪漫主义的色彩，堪称题画诗中的杰作。”[1]

而最早将诗画并论、并提出“诗画同构关系”主张的，当数宋代诗人苏轼。他认为：“诗画本一律，天工与清。”更为难得的是，苏东坡不仅提出并阐述了这一主张，而且身体力行。此后南宋诗人张舜民也认为：“诗是无形画，画是有形诗。”诗中有象有意有境自有画，画中有形有意有境必有诗。诗画原本就是同律同存的。元代杨继祯对此评价曰：“东坡以诗为有声画，画为无声诗，盖诗者心声，画者心画。”强调的也是诗画同源、互为表里、相推相就的道理。可见这是中国诗和画的共同传统。

令人遗憾的是，现代以来诗画逐渐分离，各行一边。写诗的只管写自己的诗，作画的只管画自己的画，两厢互不交涉、互不来往。偶有题诗的，也大都用古诗或自说自话。这与古人“画不自题”的传统有所不同。虽然古人作画也有自题的，但实际上他们更希望由别人来题写。如果是名人题写，那就更显珍贵了。这其中的道理就在于，题诗既是对画意的描述，更是对画作的评价。描述还好自己题作，而评价就不好自题了。说画得好，显得不谦虚，且有违于古人的道德自觉；说画得一般，就成了废话，既然不好又何必拿出来呢。因此，大多数画家还是希望由别人、特别是名人题诗的。

现如今诗画分离之所以日趋严重，我想主要有两个原因。一是新体诗大都太长，根本无法入画。即使从中抽出几句题于画作之上，又因是口语，其意境也无法与画融合。现在虽然也

1　张伯伟主编：《中国典籍精华丛书·文苑明珠（第二卷）》，中国青年出版社2000年版，第96页。

有人写格律诗，但又少有人懂画，且作品多为自意之作，也是很难入画的。二是当代诗人大都与书法无缘，有些虽能写几笔，但是楷是行是草，也有个与画境吻合的问题。书法是个硬功夫、苦功夫，虽有十年八年的日夜苦练，尚不敢说自己是书法家，更何况那些闲里偶尔为之的诗人。再看书法家，自己会写诗的也不是很多，平时就练那么几首古诗或几句名言，写出来也确是大家之作。但你若让他根据画境的需要自作自题，或换首诗写，那也许就难为他了。至于说，平时忙着做生意赚钱、闲下来写上几笔的人，又怎能为画作题诗呢？

说来也巧，我这个“票友”也曾有过一次诗与画合的经历。那是 2011 年，我为老友朱至珍的摄影集配诗。其中有一首七古（后两联）：“扁舟孤帆樵风起，渔家鸣榔催人归。我自画柯饮清酒，遥望一叶彩云飞。”美籍华人杜巽先生在网上看到这首诗后，便以此诗的意境作了一幅画，并把这四句诗题于画上，回国参加画展。有趣的是，我和杜巽先生虽然无意中合作了一次，但以前从未见过面，至今也无缘相识。这首诗虽然不是我题写的，但像杜巽先生这样的著名画家，能用我这个“票友”的作品，自然是很高兴的。这幅画如落入别人之手，自是心有不甘。于是与画展举办方几经沟通，终是把这幅画买了回来，挂在客厅，以时常激励自己。我之所以说这件事，就是想以亲身经历证明，诗与画合的运作空间是很大的。相互之间认不认识、是否同处一地等并不重要。关键是诗画意境的和谐。著名大画家用“票友”的诗，也同样是可能的。

其实能与诗合的，也不仅仅是画，还有书法，这也是有传统的。现在书法家用的诗词名句大都是古人的，尤以唐诗为多。包括对联也大多用成联。这固然没有什么不妥，大家都是这样做的。但如果看看古代书法家的作品，却是以用同代人或自己的诗词为多；如果你再看看他们所处的历史条件，就会感觉到其作品的时代感非常之鲜明、非常之强烈，互动性和体验性也就随之强化。一幅字挂在家里，大家一看写字的和作诗的人，都很熟悉或有所耳闻，自然就会有个亲切感，或许就会喜欢，从而形成新的需求。也许有人会说，现在能用于书法的古体诗太少，好诗更是凤毛麟角。其实也不尽然。在我认识的诗人中,很多是写古体诗的,其中不乏“高古”之作。现在的问题，一是大家这方面的意识比较弱，二是缺少一个社会化互动平台，书法家不知道有什么新的诗词作品，诗人也不知道谁会用他的诗，大家都在自己的小圈子里“打转转”，自然也就少了许多融合发展的机会。如果能有这么个平台，大家都把自己的作品或需求放上去，充分互动，那就会像我和杜巽先生一样，万里之外或识与不识，都可以合作了。如果这个平台有了影响力或形成了品牌效应，那这些作品的社会效益和经济效益，也自然都有了。

第三是诗与扇合。我读沈从文先生《古人的文化》一书，里面专有一节讲“扇子史话”,对我启发很大。中国的扇子文化，不仅历史悠久，而且非常丰富，涉及的领域很广，绝非仅仅是“招风纳凉”之用。这其中,尤以“素扇”与诗词绘画最为契合。所谓“素扇”，就是扇面空白的，什么都没有。买回来后，请自己喜欢的名家题诗或作画，随身携带，时时把玩，是一件很体面、很雅致的事，就和现在有部好手机的感觉差不多。有些还作为“传家宝”，传承至今。现在扇子上的字画都是印刷品，不仅没有了亲切感，也失去了应有的珍贵，随手而用，随手扔掉。也许有人会说，现在都用空调了，谁还用扇子。其实，中国人的扇子和英国人的手杖一样，都是一种文化象征。用手杖的人并非是腿脚不便的人，用扇子的人也并非只为纳凉，都有一种文化意义在里面。比如唐代就已盛行的“歌扇”，就没有了纳凉功用，而成为一种文化元素。现在我们仍可通过戏剧来感受它的文化样态。

那么，一把扇子对人生又有何昭示呢？我是从古代人家中堂挂屏中的装饰感悟的。一是这种挂屏装饰大都由圆形、扇形和方形三个部分组成，圆形为天，方形为地，中间的扇形为人。这就明确无疑地昭示出易经的“三才”观，而得天地养育的人，自当有敬天法地的谦卑和持中而用的慎重，中而正，正而后可行。它所反映的恰恰是古人的自然观。二是这个扇形装饰也昭示出人生有缺，既不可能像天那样圆满，也不可能像地那样方正，更不可能像天地那样永恒，人总是有缺点的，人生总是有缺憾的，人总是要死去的。因而，人的一生就应当惕厉而为，不断追求和不懈奋斗。这不仅是古人对天地自然的基本态度，也是他们的人生观和价值观。三是扇子亦昭示出古人对道与德的追求。我们看，扇子可折可开，折者为合，合为静，静者可思，思后可用；开者为风，风为动，动者有用，用必持中。这一开一合、一静一动，恰当地表现出人生有为有息、能屈能伸、能上能下、能富能贫、贵而不骄、富而不淫、贫而不贱的道德品格。这不仅是古人对“中和”的追求，也反映出古人的道德观。

应当说，促进“素扇文化”的复兴，对于创造性传承中华优秀传统文化，普及诗词绘画作品，是很有前途的。希望有更多的诗人、画家和书法家投身其中，促进新时代文化的发展繁荣。

第四是诗与茶合。诗与茶合古已有之，自隋唐已降，尤其是陆羽《茶经》问世后，世代相传，代有创新。据《中国茶情》一书介绍：仅《全唐诗》收录的与陆羽唱和的诗人，就多达五六十人。如位高权重的颜真卿、权德舆；有天宝年间的状元皇甫冉；有大历年间十才子之一耿讳；有高僧皎然、灵澈、道标；有名扬千里的大诗人孟郊、刘长卿；还有自称“烟波钓徒”的隐士张志和等。[1]

接下来我们引录几首古人的“茶诗”，具体感受一下诗与茶合的境界。

先看唐代皇甫冉的《送陆鸿渐栖霞寺采茶》：

采茶非采菉，远远上层崖。
布叶春风暖，盈筐白日斜。
旧知山寺路，时宿野人家。
借问王孙草，何时泛碗花。

再看唐代皎然的《饮茶歌诮崔石使君》：

越人遗我剡溪茗，采得金芽爨金鼎。
素瓷雪色缥沫香，何似诸仙琼蕊浆。
一饮涤昏寐，情来朗爽满天地。
再饮清我神，忽如飞雨洒轻尘。
三饮便得道，何须苦心破烦恼。

1 林治编著：《中国茶情》，中华工商联合出版社 2001 年版，第 20 页。

此物清高世莫知，世人饮酒多自欺。
愁看毕卓瓮间夜，笑向陶潜篱下时。
崔侯啜之意不已，狂歌一曲惊人耳。
孰知茶道全尔真，唯有丹丘得如此。

还有白居易的《谢李六郎中寄新蜀茶》：

故情周匝向交亲，新茗分张及病身。
红纸一封书后信，绿芽十片火前春。
汤添勺水煎鱼眼，末下刀圭搅麹尘。
不寄他人先寄我，应缘我是别茶人。

说到“茶诗”，就不能不说白居易的好友元稹。他在回朝担任尚书左丞时，白居易将去东都洛阳任职。元稹知道白居易爱茶至深，特地写了一首极有趣味的“宝塔诗”《一字至七字诗·茶》相赠。

茶，
香叶，嫩芽。
慕诗客，爱僧家。
碾雕白玉，罗织红纱。
铫煎黄蕊色，碗转曲尘花。
夜后邀陪明月，晨前独对朝霞。
洗尽古今人不倦，将知醉后岂堪夸。[1]

1 林治编著：《中国茶情》，中华工商联合出版社 2001 年版，第 70 页。

从纵向看，“茶诗”最多的也许当数清朝乾隆皇帝，从小写到老，而且参悟颇深。在他执政的六十年里，“始终把茶道深层次的文化精髓融入了治国方略之中。同时把茶礼、茶仪作为示恩驭臣的一种手段，把品茗作为自己修身养性的一种途径”[1]。他的健康和长寿，与他的饮茶方法及感悟密切相关。

先看他青少年时期写的《烹茶》：

> 梧砌烹云坐月明，砂瓷吹雨透烟轻。
> 跳珠入夜难分点，沸蟹临窗觉有声。
> 静浣尘根心地润，闲寻绮思道芽生。
> 谁能识得壶中趣，好听松风泻处鸣。

再看他第二次南巡时，在杭州云栖寺一带的茶区视察，感于民间疾苦而作的《观采茶作歌》：

> 前日采茶我不喜，率缘供览官经理；
> 今日采茶我爱观，吴民生计勤自然。
> 云栖取近跋山路，都非吏备清跸处。
> 无事回避出采茶，相将男妇实劳劬。
> 嫩荚新芽细拨挑，趁忙谷雨临明朝；
> 雨前价贵雨后贱，民艰触目阵鸣镳。
> 由来贵诚不贵伪，嗟哉老幼赴时意；
> 敝衣粝食曾不敷，龙团凤饼真无味。

1　林治编著：《中国茶情》，中华工商联合出版社2001年版，第218页。

近代以来，名人大师如林语堂、周作人、梁秋实、朱自清、老舍、郭沫若、冰心、林徽因等，多有“茶诗”传世。有兴趣的读者可寻来一观。

接下来我们还得说说瓷器和紫砂壶。以我看到的实物而言，至少从明代开始，瓷器就已经与诗词、绘画和书法融合了。尤其是清中期至民国，瓷器作品配画片和诗词，紫砂壶上题绝句，已成常态。包括老百姓生活用的坛坛罐罐、今天被视为文物的，也都是如此。值得庆幸的是，这个传统一直延续至今。但问题是，如今瓷器和紫砂壶上用的诗词绝句，以古代作品为多，画片也大都仿古，看上去千篇一律，没有特点。因而其作品的“定制功能”也就比较弱。你用的诗词或画片不是我喜欢的，我喜欢的诗词或画片你没有，也就降低了购买的动因。如果把其中一部分作品改为“个性化订制”，那情况就大不一样了。你喜欢什么样的器型，你喜欢谁的诗词、谁的书法、谁的画作，你提要求，我来为你制作。如果你要求仅此一件，我就销毁模板，收藏传世的价值也就形成了。比如，我的一首诗就曾被朋友请人刻在紫砂壶上，然后送给我。我对这把壶十分珍惜，因为无论怎样，全世界就这一把，理当传世。尽管我经常买紫砂壶送茶友，但这一把是绝对不肯送人的。可以说，“文化订制”，大有可为。

诗与茶合的另一个意义，就是可以改善和优化人们的饮茶方式。现在人喝茶大都是一泡一天，不仅无趣，也不利于健康。而遍布大街小巷的茶馆，真正有文化内涵的不多，所谓的“茶博士”，更无法与古人相提并论。我们这个“茶源之国”和“产茶大国”，今天反倒是不会喝茶了。反观古代，我们的祖先创造了举世无双的茶艺和茶文化，比如品茶、别茶、分茶、斗茶等，其中尤以“分茶”最为高雅，是一种技巧极高的烹茶艺术，被历代誉为“水丹青”，用今天的话说就是“茶画”。宋代人把茶制成团饼，称为龙团、凤团。冲泡时，“碾茶为末，注之以汤，以筅击拂”，而随着击拂技巧的不同，汤文水脉和鱼眼蟹眼便会幻化出各种图案来，或山水云雾，或花鸟鱼虫，皆细乳幻化所致。在这个过程中，人们或以乐、或以诗配之，从而使“茶画”进入某种声韵的意境，令人忘我。当“水丹青”出来后，便会赋诗以歌之，众人唱和而论。也就是说，大家比的不仅是“茶画”，也比诗词。我看一本书上说，到民国时还有此类茶馆存在，如今却难得一见。大约在 15 世纪，“分茶”传入日本，名之为“点茶”，后又发展为“茶道”，极盛一时，至今不衰。

当然，促使我探讨诗与茶合，并非仅仅是出于对古代茶文化的喜欢，更重要的是我的一次经历。2009 年，我去某地调研，当地人听说我喜欢诗歌，便告诉我此地有个“茶诗会”，每周一聚，十分兴盛，以致一票难求。这对于我来说，自然是不能放过，托朋友购得一票。那天晚上的情景令我至今难忘，人们对茶对诗之虔诚，会场之宁和，茶汤之香逸，诗词之高雅，均为平生所仅见。我静静地坐在角落里，品茶听诗，那种潜心静气的感受，如果不是身在其中，是难以相信的。

后来，我把所见告诉一些企业家，其中感兴趣的便在企业中组织尝试，也有请我去参加的。虽说还无法与上述“茶诗会”相比，却也是极好的。而“茶诗会”更为广泛的意义，则在于可逐步替代酒会、宴会，或可成为机关、企业的文化活动样式之一。虽为小众，却既可普及健康饮茶的理念和方法，也可让诗歌走得更远、传播得更宽。为此，应有更多的诗人、茶人与茶馆合作，或与机关企业合作，量身订制，按需构建，突出特色，使之更好地融入机关企业的文化建设之中，为新时代增添一抹亮丽。

第五是诗与舞合。大家都知道，舞蹈作为一种肢体语言，早在四千多年前便与诗乐密不可分。因为它们都来源于生产劳动和祭祀活动，所以即使在民间，它们的关系依然非常紧密。

我的妻子是专业舞蹈演员，年龄大了便当舞蹈老师。我从她的经历中感受到了舞蹈的兴衰。现在的舞蹈大都是为歌配舞，除芭蕾舞之外，很难见专场舞蹈演出。尤其是民族舞专场，虽偶尔有之，却也难见其精彩。究其原因，固然有市场的制约，喜欢舞蹈的人少，门票卖不出去，经营者自然没了动力，转而去做那些有市场、能赚钱的演出。这无可厚非，他们毕竟也要养家糊口，也要生存发展。但从另一方面看，也与舞蹈自身发展有一定关系。

也就是说，舞蹈是一种肢体艺术，是用肢体表达的，是用肢体与观众交流的。因而，舞蹈的每个动作都是一种语言，每个舞蹈都是一个故事。那么你的肢体语言，观众明白吗？看懂了吗？进一步说，你用肢体语言所表达的情感和倾诉，以及所讲述的故事，观众能体会到吗？这便是问题的症结所在。是的，你的肢体在述说，可是观众并不知道你在说什么；你的情感在迸发、在奔流，但观众并没有感受到，而心灵没有了碰撞，情感没有了交互，那再好的艺术形式，也就只剩下形式了。这其中的道理就在于，肢体语言虽可作为表达方式，但肢体毕竟是肢体，而不是语言本身，其“达意性”和“感发性”终究是有限的，非舞蹈大师而无法“尽其意”。事实上，舞蹈演员毕竟无法人人都能成为大师，我们的观众也无法人人都是舞蹈鉴赏家。这其中的“空白环节”，便与生俱来地呈现出来，成为古今中外舞蹈家终生探索的课题。

毫无疑问，舞蹈家们的探索是极具价值的。但探索方向既不应局限于舞蹈本身，也不能单纯依赖灯光等舞台技术的提升，而应在融合上多下些功夫，使舞蹈艺术更具综合性。即以舞蹈为主体，广泛吸纳多种艺术形式，创造出更具时代特色的舞蹈综合艺术，以进一步增强舞蹈的“达意能力”和“感发能力”。这其中，舞与诗合便是可供尝试的方式之一。对此，我们可以想象一下，在舞台综合艺术塑造的氛围中，伴着曼妙的音乐，舞者以肢体在倾诉着，或独或群，尽情挥洒。此时，如能有一首诗伴舞而起，或告白、或述说、或解意、或塑境，无疑会强化舞蹈的内涵，增强舞蹈意境和美的表达，实现舞乐诗的一体融合。而观众通过诗的强化，便会更真切、更深入地感知舞蹈含义和讲述的故事，就会随着舞者的一举一动而进入他们塑造的意境之中，得到美的享受和心灵的升华。

更为重要的是，这种形式的舞蹈与歌伴舞不同。歌伴舞是以歌为主，观众的焦点在歌不在舞，无论你编排得多好，除了为歌者烘托气氛之外，其自身的表达和塑造作用是很有限的。而舞乐诗的融合创新，则是以舞蹈为主体，音乐和诗词是为舞蹈服务的，配什么乐、配什么诗，都应以舞蹈的表达需要而定。当此时，观众的焦点在舞而不在乐、也不在诗。心理学研究表明，由于关注焦点的不同，人们感知的强度和持续性会有很大差别。至于说，一首诗在舞蹈中是前起、中起，还是后缀，或通或间、或短或长，或用自由体、或用律诗，抑或是词是曲，都应以舞蹈表达需要而定，这其中的选择空间是很大的。内容为王，对于诗与舞合同样是应当遵循的原则。

当然，诗与舞合也并非只有这一种形式。比如以诗为主、配之舞乐，更适合小型活动和演出，像过去常见的诗歌朗诵会、企业内部的联欢会等，这种形式更有优势。总之，无论以何种形式为主，诗乐舞的融合空间都是很大的，也一定会打造出适合新时代的全新样式，我期待着。

第六是诗与影合。这里的“影”主要是指摄影。现在的摄影爱好者众多，好作品更是层出不穷，设备也越来越先进。但诗与影合尚未普及，其融合发展空间依然巨大。比如很多摄影家和爱好者出影集，大都采用题名或注解的方式，来说明图片的内涵和意境。而对大多数欣赏者来说，不可能像专业人士那样来感知一幅图片，这就很容易造成审美上的差距，甚至是误解。

如果用易经的观点来分析这个问题，无论我们称之为照片也好，还是图片也罢，也无论其设备多么先进，摄影技术多么高超，它的本质都是一种“象”或“形”，而且是相对静止的“象”或“形”。那么构成这种“象”或“形”的“数”，以及这种“数”所反映的“理”，乃至它所昭示的“义”，则隐藏在“象”或“形”的背后。尽管“象”或“形”本身也是表意的，也能告诉欣赏者一定的“理”和“义”，但毕竟是不充分的。尤其是对那些审美意识相对较弱的人，其感知会更为困难。假如在每幅或每组图片旁加一首诗，让静态的图片动起来，让图片的内涵和意境通过诗的语言展现出来、流动起来、鲜活起来，那图片本身的艺术效果和魅力就大不一样了。

2011 年，我与老友朱至珍曾合作了一本摄影集——《诗影东钱湖》，朱至珍的摄影图片，我配的诗。现在看，这部诗影集虽非精品之作，却也颇受游客喜欢，现在已是一本难求。这对我们两个业余爱好者来说，已是始料不及的效果。而我这里真正想要表达的是，像我们俩这样的业余爱好者且工作都十分繁忙的人，尚且能有所尝试，想必这是一件很多人都可做的事，但前提是你必须真正喜爱，附庸风雅的事就没什么意思了。

我收藏了不少摄影集，包括20世纪五六十年代的黑白片。其中有很多照片至今爱不释手，每次看，心中都会涌起为其配诗的冲动。但我知道自己不过是个“票友”，生怕亵渎了大师们的作品，故每每提笔又止，至今心中仍有不甘，只能期盼更多真正的诗人，大有作为。

假如上述六类或更多要素的融合是可行的，那它的实际运作就必须有相应的社会化平台。这正如前面所提到的，融合的基础和前提是个信息问题，无论谁与谁融合，都得首先知道对方或几方的存在，以及对作品或构想的充分交流。因为我们很难想象，在信息不对称的状况下，融合会成为可能，即使有也只是个别人的事。更为重要的是，这种社会化运作平台，不可能是诗人或某个组织单方面行为，而一定是集政府文化机构、文化团体乃至企业之力的综合体，且必须是市场化运作的。如此才能真正吸引相关资源和要素向平台聚集，并实现相应的互动，产生融合的可能。现在虽然也有不少诗歌、书画等单一要素网站，但其凝聚力、整合力和品牌力，尚难以形成真正的平台功能。不过，他们的探索和创造，依然为我们提供了宝贵经验。

我想，创建一个以“融合发展”为主旨的文化平台，应当成为新时代文化大发展大繁荣的必要之举。

卷九　诗歌作用之古今

我们要真正把握诗歌的作用，就得先搞清楚诗歌的对象是什么，也就是诗为谁而作、为谁而歌、为谁而用。中华五千多年的文化史告诉我们，诗歌同其他文艺形式一样，它的对象从来都是人，包括诗人的自我倾诉和对受众的感发，而非诗词本身，为诗而诗。从古至今，无论是写景写物，还是吟山诵水，也无论是怀古还是颂今，更无论是何种诗体和诗法，归根结底，都是为人而作、为人而歌、为人而用，都是为人服务的。人既是诗歌的主体，也是诗歌的对象。更为重要的是，这里的人不是抽象的人，而是具体的人、社会的人、时代的人，是人的情志，是人的喜怒哀怨，是人的求索与追求。这是中国诗歌的本质特征。把握了这一点，也就把握了诗歌作用的根本。

从具体上说，诗歌的作用又可分为艺术层面的和社会生活层面的。关于艺术层面的作用，前面几章多有涉及，这里侧重探讨诗歌在社会生活中的作用。应当说，这个问题虽为古今一脉，但因时代的不同而呈现出相应的差异。

首先，我们来看诗歌在古代社会的作用。

从总体上说，古人对诗歌作用是极为看重的。孔子不仅强调："不学《诗》，无以言"，而且以《诗》教人，即古人所说的“诗教”。《论语·子路》就记载了孔子对此的一些观点。子曰：“诵《诗》三百，授之以政，不达，使于四方，不能专对，虽多，亦溪以为？”朱熹注曰：“《诗》本人情，该物理，可以验风俗之盛衰，见政治之得失。其言温厚和平，长于风谕，故诵之者，必达于政而能言也。”孔子还进一步强调：“《诗》可以兴，可以观，可以群，可以怨。迩之事父，远之事君，多识于鸟兽草木之名。”（《论语·阳货》）可见，孔子对《诗经》的资政和教化作用是很看重的。

我们从中国诗歌史中不难看出，从周朝到隋唐之前，诗歌主要有三种社会功用：一是用于祭祀和重大盛典活动，大都属于部落和国家行为。《毛诗序》说：“颂者，美盛德之形容，以其成功，告于神明者也。”用现在的话说，就是通过诗歌来歌功颂德。在《诗经》中，颂是一大类别。而这类诗的主要特征，就是既要配乐又要有舞蹈。尤其是对音乐的要求很高。按照春秋吴国大音乐家季札的话说，就是要“直而不倨，曲而不屈，迩而不逼，远而不携，迁而不淫，复而不厌，衰而不愁，乐而不荒，广而不宣，施而不费，取而不贪，处而不底，行而不流。五声和，八风平，节有度，守有序，盛德之所同也”。也就是古人所反复强调的“中和之声。”比如《诗经·周颂·清庙》，就是周公率领诸侯祭祀文王的颂。

於穆清庙，肃雍显相。
济济多士，秉文之德，
对越在天，骏奔走在庙，
不显不承，无射于人斯！

《笺》曰："清庙者，祭有清明之德者之宫也，谓祭文王也。天德清明，文王象焉，故祭之而歌此诗也。"

二是资政作用。据《礼记》载：在周朝，各地大都设有"采诗官"，专门负责采集民间诗歌。周天子每到一处巡视，都要"命大师陈诗"。就是将他们采集来的诗歌呈给天子看，或吟给天子听，目的是为了"观民风、知厚薄"，了解"风俗之美恶，政令之得失"。以便进一步改进和完善周王朝的统治，其资政作用是显而易见的。比如《诗经·周南·汝坟》，就是一首反映世风化行的诗。

遵彼汝坟，伐其条枚。未见君子，惄如调饥。
遵彼汝坟，伐其条肄。既见君子，不我遐弃。
鲂鱼赪尾，王室如毁。虽则如毁，父母孔迩。

《毛诗序》曰："《汝坟》，道化行也，文王之化行乎汝坟之国，妇人能闵其君子，犹勉之以正也。"

据王长发先生在《〈乐府诗集〉评介》一文中介绍，在秦朝，中央政府已经有"乐府"的建制，其主要职责是采集民歌民谣以及文人诗赋，并经过其加工修改、"增删润色"，"以协律吕"，供朝廷使用。而汉朝沿袭秦制，不仅保留了"乐府"，而且还进一步充实、扩大了乐府机构，强化其职能。后来，将这种由官署名称演变而来的诗歌，统称为"乐府"。这一时期诗歌的资政作用已开始弱化，而供皇家娱乐的作用得到强化。

三是教化作用。前面说朝廷设"采诗官"乃至专门官署收集民间诗歌，主要是为了知“风俗之美恶，政令之得失”，但其中已经具有了“教化”的意义，即知“风俗之美恶”，乃实施“教化”的前提和依据。而根据“风俗之美恶”修改创作的诗歌，则既是“教化”的内容，也是“教化”的形式。到后来，这种“教化”形式就不仅是诗歌了，还有逐步演化形成的戏曲等。当然，这种“教化”的内容和目的是要具体分析的。

我时常在想，咱们国家古代的文盲率是极高的，图书也是极为稀缺和珍贵的，能有书、会看书的人是极少数的。那么这一代又一代的老百姓，尤其是那些大字不识的人，他们的是非观、善恶观和价值观、人生观，从何而来，又是怎样形成和传承的呢？历史告诉我们，这其中诗歌、戏曲等发挥的作用，是不可忽视的。我小时常听老人们说“听书看戏”什么的，觉得奇怪：为什么不是看书而是听书呢？书可以听吗？长大了，才明白其中的道理。对大字不识或识字不多的老百姓来说，他们既买不起书，也看不懂书，更不要说什么诗词歌赋了。他们的唯一选择，就是去听人说书，而且乐此不疲。尤其是到了“且听下回分解”的时候，仍不甘散去。即使到了改革开放之初，一家人围着半导体收音机听书的场景，依然是很普遍的。对于今天的年轻人来说，这似乎很难想象。但我要告诉你的是，几千年来，我们祖先正是在这些听得懂、看得明白、甚至参与其中的文化活动中，才逐步懂得了什么是善、什么是恶，什么是美、什么是丑，什么是好人、什么是坏人，而且代际相传。一直到今天，这些文化形态在一定层面和地区依然发挥着重要作用。而这种作用是那些鸿儒巨著所难以直接实现的。

自隋唐以降，诗歌的作用又多了一个“重头戏”，那就是成了科举考试的主要内容，即考你写诗的功夫了，并据此成绩决定是否录取。但这种应试诗与平时写诗不同，不是你想写什么就写什么，也不是你擅长写什么就写什么，而是“命题作文”。就是从古人的子集经书中抽出一句作为题目，并冠以“赋得”二字。所以这种用于科举的诗也叫“赋得体”或“试帖诗”。这种诗是相当难写的，一是“命题”，且内容必须切题；而考生们事先根本不知道是什么题。二是格式统一，大都为五言六韵或八韵的排律。三是限韵脚。虽然唐代有相近的韵可以通押的惯例，但写过律诗的人都知道，韵脚一旦被限定，就会反过来对用字用词、比兴用典乃至内容的发挥，产生极大的制约。四是规定声律标准，“违之受责或不取”。我们可以想象一下，在规定的时间内、且无任何参考资料、又有上述限制的情况下，要写出一首好诗、或符合朝廷要求的诗，是多么不容易。尤其是到了清代的科举考试，其规定和限制比唐代更加严格。

正因为如此，自唐至清的很多著名诗人，虽然给我们留下了不朽诗篇，但其科举考试大都坎坷曲折、仕途多难。李白杜甫的事大家比较熟悉，这里就以唐代著名文学家韩愈为例吧。据王载源、李鸿健在《〈昌黎先生集〉评介》中介绍：他七岁读书，日记数千言，言出成文，十三岁就能写文章，初有才名。并自称“前古之兴亡，未尝不经于心也，当世之得失，未尝不留于意也”。而这样一位优秀青年，自十九岁赴长安准备应进士考试，历时六年，参加了三次科举考试，虽然多方求人推荐，但均以落榜告终。由于生活困难，只得回了老家。直到韩愈二十五岁时，经第四次科举考试、且在翰林学士梁肃的推荐下，才算被录取了。但在接下来连续三年的“博学鸿词科”考试中，又三次落榜。

四次科举、七次考试，直到二十九岁才谋了个地方小官。而今天我们再读韩文韩诗的时候，对上述经历是难以想象的。能够写出如此壮美诗篇的人，竟会在科举考试上有如此遭遇。但说起来，韩愈还算是幸运的，无论怎样，总算是成功了。而那些从青年考到老年，考了一辈子也未“得中”的人，就只能终老山野了。可见以诗应举，实在是大有问题的。

自近代以来，诗歌的社会作用在总体上呈逐代弱化的态势。这其中虽有几次小高潮，如新诗的兴起、中华人民共和国成立之初、改革开放之初等，但其总体弱化的趋势并未改变。时至今日，已经很少有人关注这个问题了。而由于诗歌社会作用的日益弱化，价值日趋衰减，写诗的人也就越来越少；诗歌作品少了，读诗的人也就少了；慢慢地喜欢诗歌的人也少了，差不多就是写诗人的自娱自乐了。这反过来又会极大地削弱诗人的创作动力，不想写也不愿写了，有些人则干脆“投笔从商”，更不要说把写诗作为一种人生追求了。可以说，如果现在谁想成为职业诗人，那不要说养家了，能自己吃饱肚子已是不错，更不要说房子、车子、票子了。

其次，我们来看诗歌的“三化之功”。

要理清这个问题，还得从“文化”二字说起。在古汉语中，“文”与“化”是两个相对独立的单音节词，文是文，化是化，并不具有名之某物或某种形态的意思，诸如今天所说的文化、文化产品、文化事业等。当把文与化连起来使用时，则表示这是一个能动的过程，即“以文化人、以文化物”的过程，其目的就是“以人文化育天下”。用今天的话说，“文”就是某种思想、价值观念及相应形态，而“化”，则是用这些思想、价值观念去影响人、引导人的能动过程。“化”既是“文”的过程，也是“文”的结果。从这个意义上说，诗歌也是一种“文”的形态，因而它的主要社会作用，就在这个“化”字上。抑或说，诗歌对人的影响是一种“化”的过程，即我们通常所说的“潜移默化”“细雨润物”“滴水石穿”等，是一种慢功夫。诗歌可以使人激动、可以使人感伤、甚至可以使人流泪，但它的真正作用，永远不会是“立竿见影”。从具体层面说，诗歌对人的“化”，主要有以下三种功效，即“三化”之功。

一是“化生”，即“物生谓之化”。这里的“物”，不仅是指世间万物，也包含人的感觉、情感和思想等。因此，所谓“化生”，就是在诗歌的影响下，你会生发出一些原来没有的感觉、情感和思想，以及相应的意境体验。当这种影响持续进行时，这些新生的感觉、情感和思想，就会转化为稳定的思维模式、情感方式和审美意识，人的思想境界也就相应地提高了，从而获得更为丰富的人生体验和更高的生命质量。这其中，尤以对情感的净化和提升作用最为显著。

这种功效的道理就在于，诗歌同其他文学形式一样，都是按某种情感或意境创造出来的“主观真实”。它来源于生活，又高于生活；它是现实的，又是理想的；它是世俗的，又是浪漫的。这种“主观真实”不同于“客观真实”的地方主要在于，你对某种意境、情感或美的向往与追求，是真实的，即你的“主观真实”。但你在现实生活、即“客观真实”中却难以感知它、体验它。你若想获得这种感知和体验，就需要另一种“主观真实”作引导，帮你进入某种意境或境界之中。而诗歌的真正力量或奇妙之处，就在于那种超越了现实的意境、情感和美感，给人以无限的联想或想象空间，把人带入一种既熟悉而又陌生、既需要而又没有、既想表达而又无语、既想追求而又无奈的精神体验之中，从而使人化生出从未有过的情感意识，或早已生疏的情感追忆，或热血沸腾而又欲爱不能的情感碰撞。而这其中很多意境，恰恰是在现实生活中难以体验的。比如我比较喜欢的乐府诗《西洲曲》（节选）：

置莲怀袖中，莲心彻底红。
忆郎郎不至，仰首望飞鸿。
鸿飞满西洲，望郎上青楼。
楼高望不见，尽日栏杆头。
栏杆十二曲，垂手明如玉。
卷帘天自高，海水摇空绿。
海水梦悠悠，君愁我亦愁。
南风知我意，吹梦到西洲。

还有宋代聂胜琼填的《鹧鸪天·别情》：

玉惨花愁出凤城，
莲花楼下柳青青。
尊前一唱阳关曲，
别个人儿第几程。

寻好梦，
梦难成。

有谁知我此时情？
枕前泪共阶前雨，
隔个窗儿滴到明。

各位读完这两首诗，如能闭上眼睛细细品味一番，这是一种怎样的思念之情；再问问自己，对你所爱的人是否有过这样的情感？如此对诗歌的“化生”之功，体会得就会更深刻些。如能有所感悟，次韵一首，当然是更好的。

这表明，诗歌的本质就是一种精神境界的创造，而不具有任何意义上的“功利性”。对于今天的人来说，诗歌既不能教你怎么做事，也不是要把你教育成什么样的人；既不能帮你升官，也不能助你发财；它既不能被灌输，也不是我说你听、我教你做。诗歌只能以它的情感和意境给人以影响。当这种情感和意境与读者内心某个敏感点相碰撞、或相融合时，就会擦出某种瞬间的火花，或生发出某种心声。这火花和心声也许一闪而过，但你的心里一定会有别样的感觉，熟悉而陌生，甜蜜而痛楚，强烈而短暂。如果你读的诗歌多了，思考得深了，感受也积累起来了，那火花就会慢慢地燃烧起来，那心声就会放歌，从而化生出一种强大的正能量。这时你再去看外面的世界，你再去看那早已熟悉的山和水，你的感受将会有很大不同；你再去和同事朋友接触，你的举止、你的笑容、你的语言等将更有魅力，人也更加可爱，正所谓“腹有诗书气自华”。“以诗美容”比“化妆美容”来得更深刻、更持久。因为诗化生出的是气质，是内在的改变，是精神世界的升华，而化妆只是面容的暂时优化。

更为重要的是，诗歌的“化生”作用，主要在于它创造的情感和意境是生活的、普遍的，但又是超时空的、朦胧的。比如春天、秋天、冬梅、夏柳、离别、旅途等，有谁没见过、没经历过，习以为常，也就没了感觉。但诗人创作出来的春天、离别等意境，已经不再仅仅是春天或离别的“客观真实”，而是赋予它某种情感与追求的“主观真实”，美感由此化生。再如失恋和相思，很多人都经历过，却很少有人能说清楚个中滋味。说不清、道不明，反成压抑。而诗歌所独有的意境与深刻，会让你如遇知音，一泻而空，化抑为扬。事实上，也只有诗歌的这种“化生”作用，才能给人以更深刻的感受、更丰富的想象、更强烈的震撼，并进而激发出生命的活力，让人活得更阳光、更高尚、更深刻。

二是“化淤”。人生在世，五谷杂粮，七情六欲，柴米油盐，事业追求，总会有些不顺心、不如意的事，甚至恩恩怨怨、爱恨情仇等。这是任谁也不能完全避免的。当这些东西在一个人心里积累多了，就会形成“气淤”“情淤”，甚至是“血淤”。轻者情绪低落、神志萎靡、焦躁不安、燥气盈心；重者便由“淤”而病，至少也是个心理疾病，如失眠抑郁什么的。这其中，尤以“情淤”对人的伤害大、持续的时间长，且难有药物可以有效治疗。

那么，对于业已成“淤”的人怎么办？喝闷酒、耍酒疯，那不仅是“借酒浇愁愁更愁”，而且会极大地损害身体。时间长了，还可能形成酒精依赖，不仅“淤”没有化去，反而成了众人不齿的“酒鬼”，解决不了任何问题；唱卡拉 OK，心情不好了去喊两嗓子，似乎可以把“淤气”排除掉。其实，这不过是一时宣泄，或暂时的心理安慰。当你回到家里，万物寂寂，夜深人静，那些被暂时压下去的东西，又会在你的心中蒸腾起来，甚至比以往更强烈。当然，如果你能对音乐和歌词有所感悟，而不仅仅是“牛喊”，也许会有些效果；直接去找当事人“理论”，或大闹一场，且不说人家是否愿意和你“理论”、和你闹，即使愿意，其结果也大都是“公说公的理，婆说婆的理”，极少有能“理论”清楚的事。虽然古人有“相逢一笑泯恩仇”的说法，但现实中又有几人能有如此胸怀。如此而为，轻者是怨上加怨、恨上加恨、淤上加淤，重者真闹得动起手来，必将受到法律的制裁，到头来只能是两败俱伤。

事实上，人们要真正化去这种“气淤”“情淤”，关键的或根本的办法，还得从知性、心境、境界上下功夫，而不是纠缠于一事一利之得失。对此，我们在现实生活中不难感受到，一个人的心境平和了，人生的境界高远了，生活的情趣高尚了，对人性的认知深刻了，原本那些让你“气淤”“情淤”的事，也就算不上什么事了，更没必要为此生气耗神。比如谁说了你的坏话，谁使阴招整治了你，谁坏了你的好事，谁抢了你的生意，谁争了你的风头，或原本海誓山盟的情侣或夫妻，又爱上了别人，等等。这些原本就是人生大剧中的小插曲，其中有些也是人生的必要经历。你遇上了、经历了，你长了见识、丰富了人生，事情也就过去了。因为人性本欲，人生原本就是如此，又何必在意和计较呢。

而人生要达到这样的境界，学诗读诗是重要途径之一。如前所言，诗歌本身就是一种精神载体，就是对人生境界的塑造，就是对人生情感的探寻，更是对人性的揭示。因此，当你读的诗多了，而且又能不断有所感悟，人就会在这个过程中发生变化，那些“气淤”“情淤”，就会随着人生境界的提高而化去，得之以高尚与深刻的充盈。当然这是个慢功夫，而这种慢功夫恰恰是“化”的本质特征。要想“化”，就不能急于求成，更不可争一时之功。读诗就是人生。下面引录李白的两首诗，来共同感受一下诗歌对人生境界的塑造。

《行路难》（其一）

金樽清酒斗十千，玉盘珍羞直万钱。
停杯投箸不能食，拔剑四顾心茫然。
欲渡黄河冰塞川，将登太行雪满山。
闲来垂钓碧溪上，忽复乘舟梦日边。
行路难！行路难！多歧路，今安在？
长风破浪会有时，直挂云帆济沧海。

《将进酒》

君不见黄河之水天上来，奔流到海不复回。
君不见高堂明镜悲白发，朝如青丝暮成雪。
人生得意须尽欢，莫使金樽空对月。
天生我材必有用，千金散尽还复来。
烹羊宰牛且为乐，会须一饮三百杯。
岑夫子，丹丘生，将进酒，杯莫停。
与君歌一曲，请君为我倾耳听。

钟鼓馔玉不足贵，但愿长醉不复醒。
古来圣贤皆寂寞，惟有饮者留其名。
陈王昔时宴平乐，斗酒十千恣欢谑。
主人何为言少钱，径须沽取对君酌。
五花马，千金裘，呼儿将出换美酒，与尔同销万古愁。

读古诗，尤其是读李白的诗，切不可望文生义，而必须透过文字，去感受他的内心世界和精神追求，以及由此生发的人生境界和情志。比如，我们如果把李白看作是一位纵酒放歌、恣意宣泄的诗仙，或以此来理解他的诗歌，那必然不会有大的收获，甚至只会看消极的一面。事实上，他一生的真正追求，并不是写出千古传颂的好诗，而是通过仕途来实现自己的抱负和志向。但不幸的是，他的仕途实在太过坎坷。可以说，人生的那些苦难，李白大都经历了。“行路难”，就是人生之路难；“多岐路”，就是心茫然；想渡黄河，“冰塞川”；想登太行，“雪满山”；“今安在”，就是人生无路怎么办？既是问天，也是自问。虽然无人能答，但李白对未来依然充满希望，“会有时”“济沧海”，心态是积极有为的，境界是高远的。而李白在几经磨难后，依然能写出如此境界的诗歌，又恰恰在于他的人生经历和实践感悟。我们从他的诗歌中不难看出，他的内心是充满矛盾的，追求与无奈，放弃与不甘；虽然“天生我材必有用”，却也只能是“但愿长醉不复醒”。但终其一生，他从未放弃自己的理想与追求。而正是这种不懈追求和抗争，成就了这位伟大诗人。可以说，李白经历过的事，有些我们今天依然还在经历着；李白曾经面对的人生矛盾，又有谁没有过呢？所不同的是，李白能用自己的诗或他人的诗，不断地化去淤气，乐观地面对人生的苦难，一路向前。毫无疑问，在复杂多变的人生旅途中，我们同样需要这样的诗歌、这样的境界来化去人生“淤气”，让人生更健康、更幸福，活得更明白。

三是“化醇”。所谓“化醇”，就是使人生在原有的基础上更深刻、更高尚、更纯粹、也更有意义。也就是说，你的人生已经很顺利了，要风有风，要雨得雨，家庭幸福，事业有成，有钱有朋友，有车有房有运气，一切称心如意。但请注意：人生并未就此停下脚步，一切都在变化之中。你要想持续你的人生充盈，就得去追求更高的境界，就要去优化和完善更多的东西。因为大人生，就要有大格局；高品质，就要有高境界。你大富了、首富了、做官了，但这不仅不能代表你的思想道德境界的必然提高，反而是在表明，你必须比以往更加努力地拓展人生格局、提高人生境界，以适应你的富、你的官。即厚德方可载物，不息方可健行，人生永远处在不懈的奋斗之中。哪怕你已经厌倦了物质享受，但精神依然需要鲜活、需要充实，更需要新的价值和意义，直到你“驾鹤西去”。而“化醇”与“化生”“化淤”一样，也是个慢功夫。

历史表明，精神的“化醇”与现实的生活方式密切相关，具有鲜明的时代性。比如现在，大量的新技术被广泛应用于经济社会和生活领域，而且日益强劲。这对经济社会发展无疑是件大好事。这些新技术，不仅改变了生产方式、交易方式和发展方式，也改变了人的认知方式、交往方式和生活方式。这其中最为重要的，就是这些新技术压缩了时间而放大了空间，即通过压缩事物过程的时间性，来放大效果（或结果）的空间性。

这是一切技术的本质与追求。从生产过程和经济运营而言，这同样是大好事。但对于人的精神世界和人生境界来说，有些问题则需要具体分析了。

例如，从社会心理学意义上说，效果（或结果）空间性的放大，不仅会激发人的更大欲望，即在更短的时间内得到更多，以最小的付出获取最大的利益，以最便捷的方式实现价值的最大化，诸如一夜暴富、一举成名、一步登天等，而且也提供了更为现实的渠道和手段。但真正的问题是，一方面是日益增长的欲望和追求，另一方面，则是真实而严酷的可能性。于是，紧张、焦虑、浮躁和压抑便成为很多人的精神常态。就像有人说的那样：人们就像上满发条的钟表，或像在烧红了的轨道上赤足奔跑，不知停息，不知满足，而永远沉浸在物欲的渴望之中。但令人费解的是，当他们真正得到了些什么，又不觉得幸福，几天的满足或炫耀之后，便又开始了新的焦虑，因为他需要更多。

是的，人生就是一个不断追求、不断努力、不断付出以获取生存发展物质条件的过程，这是任谁都无法否认的客观实在。但同样不能否认的是，无论是追求、付出还是获取，都离不开精神的支撑和道德的力量，并进而规范、调节、优化或提升你的追求和行为。更为重要的是，无论何种人生追求，其幸福和快乐的体验，只能发生并存在于追求的过程之中，而不是结果。而过程的压缩，很容易使人失去对结果的珍惜，即得到太快、太容易，便少了一份珍惜，幸福感也就随之下降了。在这种状态下，无论是住别墅的，还是住平房的；无论是自驾车的，还是挤公交的；无论是腰缠万贯的，还是“月光”的，大家都嚷嚷有压力、不幸福、不快乐。其实，根子就在自己身上，说到底还是个人生境界问题。

还有，时间性的不断压缩，一切变得太快了，这就使人际空间既缩小又拉大了。说它缩小了，是现代技术使人与人之间的联系变得极为便捷，即使人在大洋彼岸，一个电话、一个视频，什么话都说了，随时随地，任意而为，确实是非常方便。说它拉大了，正是这方便快捷的联系，弱化了人与人之间谋面的意愿，以及因距离和过程而产生的心灵体验和情感依赖。即使是热恋中的情侣，也会在这种“技术性交流”中，少了些恋意缠绵的相思之感，从而使原本醉人的爱情变得苍白。现在的师生关系、朋友关系，乃至与父母的关系也大都如此。“技术性交流”已成为人际交往的常态。

这其中，如果从技术的原本属性而言，其本身并不存在什么值得讨论的问题，压缩时间为空间服务，是古今中外一切技术的本质追求。而真正的问题，是人们在追求方便快捷中逐步形成的“工具依赖”，而“依赖”的时间长了，便会弱化人相应的自然能力，并进一步改变人的思维方式、心理结构和情感模式，直白、浮浅、唯利以及人性中原本就有的惰性等，也就逐步显现出来了，以致一日三餐都得依赖网络，人的“社会性交往”及相关实践日益减少。而这一切又会反过来进一步强化人的“工具依赖”。久而久之，人的情感便会随之冷漠。因为无论多先进的工具及产品，都不需要情感。

比如曾热闹一时的“网恋”“网婚”等，虽然也有成功的案例，但绝大多数难如人意。原因就在于无论多先进的网络软件，都不具有验证情感和动机的功能，更无法对当事人的心理活动进行分析和判断，因而网上注定不是谈恋爱的地方。但令人费解的是，有些人宁肯相信网上从未见过面的人，却不相信现实中相识的人。当然，那些所谓“一夜情”什么的，并不在我的讨论范围，因为他（她）们并不需要感情，更谈不上什么爱。

我们必须承认，未来新技术及产品的社会化应用，必将比现在更加普及而广泛，并进入个人生活的方方面面，这是个不可阻挡的大趋势。在这种条件下，试图劝阻人们减少或拒绝新技术应用，无疑是有违时代潮流的，因而注定是徒劳的。从这个意义上说，“工具依赖”必将长期存在。我们为此应当做出努力的，不是去阻挡新技术的应用，而是要努力探讨如何在新技术的应用中，不断增强“以文化物”“以文化人”的能力，如何通过新技术更好地“化醇”人的情感和心灵，提升人的思想素质。在这方面诗歌具有独特的功用。

那么，什么样的诗词最具“三化”之功呢？应当说，绝大部分诗词如“田园诗”“山水诗”“情爱诗”等，都具有这种功用。如果从“主观自觉”的角度说，问题的关键并不在于是什么体的诗，也不在于是古体诗还是现代诗、或何人写的诗，而在于诗词的内容，以及它所塑造的意境和境界。正是这种精神的力量,才可能形成“三化”的功效。当然,如果你没有这种“主观自觉”，那无论什么样的诗，都无法发生应有的功效。

其三，我们再看诗歌对创造性思维的作用。

可以说，写诗既是一种创造，也是一种创新。纵观三千年，几十万首诗词中几乎没有一首是重复的，也没有一位诗人重复写同样的诗，即使内容有重复，题材、意境和表达方式也是不同的。

这表明，每一首诗都是一个创新，每一种诗体的产生都是创新，每种诗体的变革更是创新，写诗就是创新。诗人如不停下他的笔，那他的人生就是在不断地求新、创新，因为他无法原谅自己重复写过的诗，那是一种极其痛苦的感觉，大凡写过诗的人都会有这样的体会，无论他是否做得到，都是如此。所以，诗人必须不断创新。从这个意义上说，创作一首诗与写一部小说、编一部电影，乃至发明一项新技术、新产品，其内在机制是一样的。但我们通常只把新技术、新产品视为创新，几乎没谁把写诗写小说看作是创新。事实上，它不仅是一种创新，而且是一种更具基础性意义的创新，即对创造性思维的培养。

那么，写诗对于培养和增强创造性思维，究竟有什么作用呢？

大家都知道，创造性思维是创新的基础条件之一，没有创造性思维，便难以形成创新的构想。而联想、想象又是创造性思维的基本要素，没有联想、想象同样难以产生创造性思维活动。这其中的道理就在于，一切新东西都是在旧的母体中孕育产生，而此时的它往往很弱小，也很难引起应有的重视，更不会成为人们关注的焦点和社会时尚。创新者要想在旧体中发现它、认识它、懂得它，并把它系统化、理论化，进而成为一种创新行为，首先就要有某种联想和想象。联想，就是这个新要素与哪个领域有关、与哪个群体有关、与生产生活哪个环节有关；想象，就是这个新要素会成为什么，会转化为什么，会有什么用？在这个过程中，尽管这些联想和想象并非都是理性的、真实的、可行的，但没有这种联想和想象，则肯定是不行的。因为没有这些感性的东西，你对某种新要素的认识，便无法上升为理性的高度，创新便不会发生。古今中外的发明创造，几乎无一例外地证明了这一点。比如苹果落地与牛顿的万有引力等等。

那么，这种联想和想象的能力又因何而来、因何而强呢？条件固然是多方面的，但写诗读诗对培养和增强这种能力的作用，无疑是显著的。大家都知道，写诗和写文章是不同的，它主要不是为了还原某人某事某景，也不是为了说理辨物，更不是为了证明什么，而是借助某些自然景物或人情世故来表达某种情志，或通过某种意境的塑造，为人们提供一种境界空间。因而它不一定都是真实的，也不可能每句话都是有证有据的。诗人要想实现这个目的，他在确立了主题和立意之后，主要是靠联想和想象来完成诗的写作。比如春水象征什么，与什么有联系？秋水象征什么，与什么有联系？冬雪象征什么，与什么有联系？等等。诗人只有找到了这种象征和联系，才可能把想要表达的情志，转化为相应的比喻，写成诗句。这是写诗人都有体会的。

我们可以设想，假如你写的诗或读的诗多了，这种训练的时间长了，相应的联想和想象能力也就自然形成了。而这种能力一经形成，同样可以适用于其他方面的创新。你的思维结构优化了，能力提高了，那你在单位的地位和所发挥的作用，也就大不一样了。你如果抽空多看些人物传记，你就会发现，在古今中外的政治家、科学家、军事家中，很多都是杰出的诗人或坚定的诗歌爱好者。他们的领导艺术、军事艺术和科学发明等，都与他们的联想和想象能力密切相关。当然，相反的例子也同样是存在的。那些在大学原本很有文采或创造性思维能力很强的人，几年后再见他，除了疲惫的面容和苍白的语言，几无华彩可见。因为在他们的生活中，不要说诗歌，连书都无暇翻翻。如此人生，除了机械式的工作，又哪来创新能力呢！

其实，吟诵或朗读诗歌也具有同样的功效。也就是说，诗虽然不是你写的，但你在吟诵时，只要能“入戏”，同样会达到思维训练的目的。因为差不多每首诗都会“留白”，即由人联想和想象的空间，都会有“欲言未尽”“意在言外”的余地。所谓“入戏”,就是朗读者要沿着这些“留白”“未尽”和“言外”，去充分地联想、想象，从而形成原诗之外的新思考、新意境和新境界。而这个过程不仅让你收获美的享受，也训练了你的思维能力。如此而为，由少而多，由浅而深，你的思维结构也就优化了。可以说，这种作用是其他阅读无法实现的。

大家都知道，我们正生活在一个全面创新的时代。创新决定生存，创新决定发展，创新决定实力，创新决定未来，已成为社会共识。在这种条件下，无论你是做什么的，也无论你是富是贫、是官是商，大家都面临着一个不可选择的共同课题，那就是如何提高自己的创造性思维和创新能力，并以此推动事业发展，提高人生价值，丰富人生意义，至少也得跟上创新的时代大潮，以求得心灵的安慰。从这个意义上说，工作之余或闲暇之时读读诗词，写写诗歌，多少都会有些作用的。

当然，诗歌的作用绝非这几个方面，研究这个问题的书也不少，有兴趣的读者不妨多看几本，以便形成自己的独立见解。

卷十　读诗之知人论世

我在前面说过，要充分发挥诗歌的“三化”之功，离不开一个前提条件，那就是你的主观自觉。此外，还有个极重要的问题，那就是洪琢先生在《〈韩非子〉评介》中所说的：“凡是读一本书，首先要做到知人论世。所谓知人，就是了解作者的生平身世；所谓论世，就是要熟悉作者所处的时代背景。”[1] 读诗也是这个道理。只有了解诗人的身世际遇和写作背景，才能真正读懂一首诗，并从中获益。

从现实状况看，这是一个被普遍忽视的问题，并由此生发出原本不该有的误读误解。其中最常见的，就是望文生义、依字求解，既不知人也不论世。我年轻时读诗就常犯这个毛病。也就是说，对于一首诗，仅仅从字面上来理解它的意思，山就是山，水就是水，花就是花，草就是草，男女情爱就是作者的经历，等等。比如对北宋柳永的词，古今评论家大都认为其“艳词”居多，尤以描写歌妓生活的为最，“故为世人所不受”。正因为这样，有些诗集要么不收他的词，要么只收几首，且评价多为负面。而读柳词的人，也大都视其为“艳词情诗”。当然，

1　阎韬主编：《中国典籍精华丛书·诸子群书（第二卷）》，中国青年出版社 2000 年版，第 1 页。

我不否认柳永的词作中确有“艳词”，这同样与他的人生际遇密切相关。但是，如果我们了解他痛苦潦倒的一生，就会懂得，有些所谓的“艳词”，并非仅仅是字面给出的意思，也绝非“性爱”描写那么简单。我们要真正读懂他的诗，就必须了解他的人生遭际和写作背景。

从本质上说，读诗之所以要知人论世，主要在于诗词是一种委婉含蓄、“意在言外”的韵文，它真正要表达要倾诉的，往往并不都在文字上，而在由文字构建的意境里，并由此生发出让人想象或联想的空间。这正如清代文学家刘熙载在《诗概》中所说：“山之精神写不出，以烟霞写之；春之精神写不出，以草树写之。故诗无气象，则精神亦无所寓矣。”也就是说，诗人想要表达或倾诉的某种情志，大都用比兴借喻或拟人拟物的方式来达意。即使是用白描的手法，字面的意思也未必全是诗人的真实意图。比如包括屈原在内的很多大诗人，就经常用男女关系来比喻君臣之道。从字面上看是男女情爱，而实则是写君臣；也有些诗人善用失去的情爱，来表达人生的失落和对曾经辉煌的追忆；还有一些诗人喜欢用山水气象来表达自己的情志，等等。如果我们仅仅从字面上来理解诗歌，便很难生成联想或想象的空间，而没有这种空间或空间过于狭小，便很难给读者以感发，更不会有什么收益。

其实，对于喜欢诗歌的人来说，平时多读几本书，尤其是诗人生平与诗评结合的书，便不难发现，无论是哪个朝代的诗人，也无论是何种题材的诗歌，我们都可以从以下几个方面，找到其创作背景和表达的真实。

第一，时代条件。

所谓时代条件，大到诗人所处的社会性质、经济发展状况、政治是否清明、社会是否安定（如动乱和战争等）、生产生活方式和社会文化，以及由此形成的时代意义和价值取向等。小到诗人的成长经历、生活状况、人际交往和交通工具，无不对诗人的创作产生直接或间接的影响，其中有些影响虽发生在人生的某个阶段，却往往起着主要或决定性作用。因为任何一个人都是社会的人、时代的人，每个人都有自己的时空条件，也都有自己的时空局限，诗人也不例外。任何人都不可能脱离具体的时代条件而存在、而发展，任何形式的文学创作同样如此。比如词，虽然起源于隋唐之际，并在唐末五代得到一定发展，却在两宋出现了空前的鼎盛，以至后世把宋词与楚辞、唐诗并列,视为中国诗歌史上的“三大瑰宝”。元明以后乃至今天，虽然也有词作，但无论是数量还是质量，尤其是意境的塑造上，都无法与宋词比肩。那么，如此辉煌的宋词，又为什么会在金元两代走向衰落呢？这只能从时代条件中来寻找答案。

大宋王朝建立后，基本上结束了自唐代“安史之乱”以来长达二百五十多年的战争与分裂状态。此时，北方虽仍有辽、夏的威胁，但社会总体是安定祥和的，并保持很长时间。据李昌宪先生在《〈资治通鉴〉评介》中介绍：在这一时期，农业、工商业、科技、金融业（如诞生了世界最早的纸币“交子”）和海上贸易等，都得到了空前的发展与繁荣，而且出现了像开封、洛阳和长安这样的人口超百万的大都市，以及数以千计的小城镇。张择端的一幅《清明上河图》,再现了宋代的繁华景象。更为重要的是，宋朝推行的是“重文抑武”的基本国策，“不杀士大夫”“不欲以言罪人”“优待文士”等，创造了空前宽松的社会氛围。正是在这样的时代条件下，便有了“北宋中期的诗文革新运动，造就了如范仲淹、欧阳修、‘三苏’、王安石、曾巩、梅尧臣、黄庭坚等为代表的一大批优秀的古文大家与不朽诗人。为千古传诵的宋词，继唐诗之后，彪炳一代。婉约清新如柳永，跌宕磊落如苏轼，壮怀激烈如辛稼轩、陆游，在中国文学史上写下了光辉的一页”[1]。时代造就诗人，诗词反映时代、讴歌时代。这是我国诗歌史所揭示的一条基本规律。

那么，宋词又为什么会在金元走向衰落呢？按照清代诗人朱彝尊在《词综》的说法：是由于与词相配合的音乐被逐步淘汰，词也最终失去了它的生存依据。也就是说，随着金元政权的建立，其音乐也逐步进入社会生活，并取代汉乐而成为主流。在这种条件下，与汉乐相匹配的词，便无法适应新音乐的要求，而被“散曲”所取代。应当说，这固然是一个原因。但更为重要的，则是金元统治者对汉人的歧视政策所致。当时，汉人连基本权利都无法保证，又何来写诗填词的“闲情逸趣”。而有些诗人为了生存，便不得不“舍词就曲”。填词的人少了，词也就渐渐地衰落了。这同样是由时代条件所决定的。

在中国诗歌史上，辛弃疾是“豪放词派”的主要代表人物之一，他不仅具有强烈的爱国主义思想和民族气节，而且具有政治军事上的雄才大略。无论是出仕还是为民，他一生都在为“抗金救国、恢复中原”而不懈奋斗。那么，在婉约词派为主流的当时，他为什么能一改词风而写出如此豪放的词呢？这也只能从他的时代际遇中来寻找答案。我们看，他六十六岁时，

1　魏良弢主编：《中国典籍精华丛书·史著英华（第二卷）》，中国青年出版社 2000 年版，第 138 页。

已罢官闲居二十多年后，再次出任镇江知府，并写下了《永遇乐·京口北固亭怀古》一词，从中可见他一生抱负与现实的矛盾。

千古江山，英雄无觅，孙仲谋处。舞榭歌台，风流总被，雨打风吹去。斜阳草树，寻常巷陌，人道寄奴曾住。想当年，金戈铁马，气吞万里如虎。

元嘉草草，封狼居胥，赢得仓皇北顾。四十三年，望中犹记，烽火扬州路。可堪回首，佛狸祠下，一片神鸦社鼓。凭谁问，廉颇老矣，尚能饭否？

据巩本栋先生在《〈稼轩词编年笺注〉评介》中介绍：宋靖康二年（1127），金兵攻破北宋都城汴梁，俘虏徽、钦二宗，北宋宣告灭亡。十三年后出生的辛弃疾，跟随祖父生活在金国的占领区，并协助祖父从事“驱逐金人，恢复宋朝旧日”的斗争。这段经历，影响了他一生的历程和命运，也决定了他“刚严果毅、气度宏阔豪迈”的性格，被时人称为“有血性、有自信、有谋略、有激情的非凡之士”[1]。

南宋绍兴三十二年（1162），金兵再度南侵。处于金占领区的人民借机起义，辛弃疾的队伍就是其中的一支。此后，为大局计，辛弃疾率众投奔以耿京为首领的农民起义军，意在说服耿京归附南宋朝廷，共同抗金。不料，在此关键时刻，耿京被金人收买的部将张安国所杀。闻听此事，辛弃疾仅率骑兵数十人，径赴金营，趁其不备，突袭叛将张安国，并将

---

1 张伯伟主编：《中国典籍精华丛书·文苑明珠（第三卷）》，中国青年出版社 2000 年版，第 232 页。

其擒获。然后，率部千里奔赴南宋都城临安。这一年，辛弃疾年仅二十三岁。

辛弃疾南下后，曾一度被朝廷重用，官职也屡次升迁，但又因朝廷的战与和之争而三次被罢官，甚至是随任随免，闲居长达二十多年。这期间，他不得不流连于山水之间，徜徉于友朋游宴、诗酒自娱之中。虽有“秋菊堪餐，春兰可佩”“飞流万壑，共千岩竞秀”的赏心悦目，但又始终不甘于如此终老一生。所以，即使到了晚年，朝廷想对金用兵而再次起用他，他还是毅然出山，再次担负起“恢复中原”的重任，直到他带着无尽的忧愤离开人世，终年六十七岁。而他毕生的愿望与追求，只能留在他的《破阵子·为陈同甫赋壮词以寄之》之中了。

醉里挑灯看剑，梦回吹角连营。八百里分麾下炙，五十弦翻塞外声。沙场秋点兵。

马作的卢飞快，弓如霹雳弦惊。了却君王天下事，赢得生前身后名。可怜白发生！

在中国诗歌史上，杜甫是最为哀悯苍生、忧国伤时，也是最为关注民间疾苦、敢于抨击权贵的伟大诗人。这同样与他的时代际遇密切相关。据陈书录先生在《〈杜工部集〉评介》中介绍，杜甫生于官宦之家，家学渊源，“奉儒守官”是他的家庭传统。十八岁以前的杜甫是伴随着“文房四宝”而成长的，生活优裕。二十岁前后，杜甫走出家门，开始了长达十余年的漫游生活，足迹踏遍吴、越、齐、赵等地，过着“裘马轻狂”的生活，成为一位浪漫的青年诗人。我们从“会当凌绝顶，一览众山小”（《望月》)、“骁腾有如此，万里可横行”(《房兵曹胡马》)、“何当击凡鸟，毛血洒平芜”(《画鹰》)等诗篇中，可见他当时的雄心壮志和理想追求。[1]

杜甫三十五岁时到了长安，开启了“应试求仕”“献赋求恩”“投诗求援”的十年。他在应试不中的情况下，便向朝廷献《进三大礼赋表》，虽然得到了唐玄宗的赞赏，让杜甫待诏集贤院，但从此便没了下文。想必此时玄宗心中只有玉环，早把杜甫忘得一干二净了。无奈之下杜甫只得“投诗求援”。几经曲折，到了四十四岁时才谋到一个右卫率府胄曹参军的微职。这期间，他是“朝扣富儿门，幕随肥马尘”，过着“饥卧动即向一旬，敝衣何啻联百结”的悲苦生活，挨饿受冻，无依无靠。这十年的落魄、困顿和辛酸经历，打破了他少壮浪漫的人生理想，使他对朝廷的腐朽和民生的苦难有了更为深刻的认识，实现了人生的重大转变，从而确立了贴近现实、忧国忧民的创作道路。但杜甫的苦难并未到此结束。

天宝十四载（755），也就是杜甫刚刚谋得官职的那一年，导致大唐由盛转衰的“安史之乱”爆发了，唐帝国陷入了巨大的动乱之中。此间，杜甫先是随民众四处逃难，后又在去灵武途中落入叛军之手，被押解到长安。这种漂泊流离乃至出生入死的苦难经历，使他对民间疾苦、国破家亡的残酷现实，有了刻骨铭心的体会。后来，杜甫虽设法逃出长安，千辛万苦来到了唐肃宗朝廷所在的凤翔，而此时的他，已是“麻衣见天子，衣袖露两肘”。在凤翔，杜甫虽被任为右拾遗，但没几天，就

1 张伯伟主编：《中国典籍精华丛书・文苑明珠（第二卷）》，中国青年出版社 2000 年版，第 59 页。

因谏房琯一事得罪了唐肃宗，被贬为华州司功参军。

公元 759 年，关内大旱，民不聊生。杜甫为了全家人能够活下去，辞官远赴西南求生。这期间，杜甫虽被严武荐为东西川节度参谋、检校工部员外郎，但随着严武去世，杜甫又不得不离开成都，顺江漂流，四处谋生，历尽人间疾苦。公元 770 年，伟大的现实主义诗人杜甫，默默而又凄惨地病死在一条破船上。纵观杜甫的一生，苦难和漂泊的经历造就了这位诗圣，而诗人又用他的笔记录下那个动荡多难的时代。如果我们在这样的背景下来理解杜甫的诗歌，那收获肯定大不一样了。

第二，人生遭际。

在一定的时代条件下，个人的遭际与其作品密切相关，抑或说绝大多数诗歌都是个人遭际的表达和心绪倾诉。无论是用自然景物来表达，还是用飞禽走兽来述说，抑或用男女之情来倾诉，大体如此。一个人在春风得意、喜事连连或权倾朝野时写的诗，与一个人在失意落魄、抑郁苦闷或颠沛流离时写的诗，无论其立意、意境还是境界，以及诗歌中所表现出来的矛盾，乃至对人生价值与意义的追问，都会有显著的不同。

比如明代诗人李东阳，十八岁进士及第，入翰林院为庶吉士，可谓少年得志，顺风顺水。在六十岁时，升至少师兼太子太师、礼部尚书、华盖殿大学士。这期间，他供职翰林三十八年，入阁参赞机务十八年，为内阁首辅六年。其仕途虽然也有挫折和困苦，但总体上是相当顺遂的。史家评价他不仅是明代中期的著名政治家，被誉为贤相，而且是成化后期至正德初期的文坛领袖，著作等身。清代张廷玉在《明史·文苑二》说:“弘治时，宰相李东阳主文柄，天下翕然宗之。”在李东阳的周围，凝聚了大批诗人和后起之秀，皆以他为宗师，并形成了后人称之的“茶陵派”。

我读过他的《怀麓堂诗话》,应当说,他的诗与“李杜”“三苏”及“陆辛”的诗，几无相近之处。这主要在于他既无李白的坎坷经历，也无杜甫的人生遭际；既无放翁的情爱之重，也无稼轩的战火之炼。一个大半辈子都生活在官场且备受尊崇的人，无论如何也写不出“李杜”那样的诗篇。这不是他的写作能力问题，而是他的人生经历所决定的。相比较而言，李东阳在中国诗歌史上的主要贡献，则在于他的诗论建树，且对后世影响很大。正如李庆立先生在《怀麓堂诗话校释》代前言中所言：李东阳既有卓著的创作实绩，又在理论上颇有建树，尤其是“诗文辨体、诗歌音律、诗歌真情三个基本问题”。“一个潜在的诗歌体系便依稀浮现在我们面前。”

再如南唐后主李煜，是一位非常优秀的诗人，他作为一国之君写的诗与其沦为阶下囚写的诗，又是何等的不同。请看他的《虞美人·春花秋月何时了》:“春花秋月何时了，往事知多少！小楼昨夜又东风，故国不堪回首月明中。雕栏玉砌应犹在，只是朱颜改。问君能有几多愁？恰似一江春水向东流。”还有宋徽宗同样是一位杰出的诗人，亡国后他在被押往金国途中写下了《燕山亭·北行见杏花》:“裁剪冰绡，轻叠数重，淡著胭脂匀注。新样靓妆，艳溢香融，羞杀蕊珠宫女。易得凋零，更多少无情风雨。愁苦。问院落凄凉，几番春暮。凭寄离恨重重，这双燕，何曾会人言语。天遥地远，万水千山，知他故宫何处。怎不思量，除梦里有时曾去。无据，和梦也新来不做。”这表明，没有如此亲身经历的人，便无法写出这般摧肝断肠的诗歌。

再看清代诗人朱彝尊。他十六岁那年，明朝覆亡，清兵入关。朱彝尊与家人四处躲避兵乱，奔波流离，饱受战乱之苦难，目睹一幕幕人间悲剧，并毅然参加了抗清复明的斗争。事败后，朱彝尊又远走避祸。这一切成为他早期诗词创作的突出主题。诸葛忆兵先生在《〈词综〉评介》中说，这期间，“朱彝尊或是缅怀古时民族英雄，以寄恢复之希望，其《岳忠武王墓》云：‘鄂国英雄士，淮阴伯仲间。策名先部曲，薄伐自江关。赤县期全复，黄河度几弯。’或是举首悲歌，倾吐忧时感世之愤慨，其《悲歌》云：‘我欲悲歌，谁当和者？四顾无人，茕茕旷野。’”“这使得朱彝尊的创作迅速成熟，最终开一派之风气。”成为“浙西词派”的开山祖师。然而当朱彝尊年近五十的时候，却一改初衷，参加了康熙朝首开的博学鸿词科考试。“中试后，遂出仕新朝，任翰林院检讨，为《明史》纂修官，后又充日讲官，入值南书房。”“这时期的文学作品，大旨几乎都是为清朝统治者歌功颂德，没有太多价值，与早期作品大异其趣。”[1] 此后，朱彝尊两次被罢官。六十四岁时，自知仕途无望，只得回归故里，其诗境又为之一变。

比如，他的《曝书亭集江湖载酒集上高阳台并序》曰：“吴江叶元礼，少日过流虹桥，有女子在楼上，见而慕之，竟至病死。气方绝，适元礼复过其门，女之母以女临终之言告之，叶入哭，女目始瞑。友人为作传，余记以词。”其词曰：“桥影流虹，湖光映雪，翠帘不卷春深。一寸横波，断肠人在楼阴。游丝不系羊车住，倩何人传语青禽？最难禁，倚遍雕阑，梦遍罗衾。重

1 张伯伟主编：《中国典籍精华丛书·文苑明珠（第三卷）》，中国青年出版社 2000 年版，第 301—304 页。

来已是朝云散，怅明珠佩冷，紫玉烟沉。前度桃花，依然开满江浔。钟情怕到相思路，盼长堤草尽红心。动愁吟，碧落黄泉，两处难寻。”

对这首词，我反复吟诵后觉得，小女子临窗一见钟情，其间必有煎熬。朱词中虽有“传遍雕阑，梦遍罗衾”的描述，但又似未尽意。于是，我也填了一首《烛影摇红》词以补之，权作一笑。

镜里青丝，苦泪乏，欲剪愁，惜罗帕。
依依香袖看啼浓，蝶隐摇红下。

肌雪孤消素发，数黄昏，寒鸦遍洒。
柳添新绿，雁字回时，凄凉独画。

可见，虽然同为一人，但随其地位和境遇的变化，其诗词作品便会有很大不同。所以，即使是同一人的诗歌，也要依据其创作的时代条件和具体背景来理解，而不能以偏概全，更不能仅凭某一首诗来理解诗人的价值和意义。

陆游的人生经历与辛弃疾比较相似，也是生活在一个民族危机极为严重的年代，也都抱有“上马击狂胡，下马草军书”“大丈夫不虚生世间，本意灭虏收河山”的壮怀宏愿。陆游一生奋进不止，直到八十五岁临终时，仍不改初心，念念不忘一生为之奋斗的国家统一大业，写下了著名的《示儿》诗：“死去元知万事空，但悲不见九州同。王师北定中原日，家祭无忘告乃翁。”这是何等的壮志与情怀，每每吟来，哽咽难继，热泪长流。

据张智华先生在《〈陆放翁全集〉评介》中介绍：陆游一生最大的家庭不幸，就是与结发妻子唐婉的爱情悲剧。陆游二十多岁时初娶唐婉为妻，婚后伉俪相得、关系甚好。但陆母不喜欢唐氏，认为陆游考进士失败，是迷恋唐婉的缘故，并因而迁怒唐婉，生活中百般挑剔，硬逼着儿子与唐婉离婚。陆游反复苦苦哀求无效，只好瞒过母亲，另置房屋，与爱妻幽会。哪知不久便被母亲发现，强令二人分手。在"百善孝为先"的社会条件下，迫于母亲的压力，二人于婚后三年左右离婚，唐婉改嫁赵士程，陆游另娶王氏。[1]

南宋绍兴二十五年（1155）春，这一年陆游三十一岁。也是造化弄人，陆游与赵士程、唐婉夫妇在沈园偶然相遇了。这是他们二人离婚后的七八年间第一次、也是最后一次见面。一时间，陆游是惊喜哀怨齐上心头，挥毫写下了那首动人心弦的《钗头凤》：

红酥手，黄縢酒，满城春色宫墙柳。东风恶，欢情薄。一怀愁绪，几年离索。错，错，错！

春如旧，人空瘦，泪痕红浥鲛绡透。桃花落，闲池阁。山盟虽在，锦书难托。莫，莫，莫！

令人悲痛的是，这次沈园偶遇后不久，唐婉便抑郁长逝。沈园成了他们的永诀之地。而陆游自此精神上的创伤更加深重，

1　张伯伟主编：《中国典籍精华丛书·文苑明珠（第三卷）》，中国青年出版社 2000 年版，第 184 页。

悲悼之情始终郁积于胸，写下了很多寄托无限哀思的诗篇，而这一写就写了几十年。在唐婉去世四十年之际，七十五岁高龄的陆游再到沈园，触景生情，百感交集，写下了《沈园》二绝，以悼念和追思唐婉香魂。

《沈园》其一

城上斜阳画角哀，沈园非复旧池台。

伤心桥下春波绿，曾是惊鸿照影来。

《沈园》其二

梦断香消四十年，沈园柳老不吹绵。

此身行作稽山土，犹吊遗踪一泫然。

更为令人伤感和崇敬的是，陆游在八十四岁、也就是他离开人世的前一年，依然对唐婉梦魂萦绕、悲伤思念、长恨绵绵，一往情深地写下了：

沈家园里花如锦，半是当年识放翁。

也信美人终作土，不堪幽梦太匆匆。

如果我们把这两首七绝与他八十五岁临终前写下的《示儿》连起来读，便可知陆游一生的情怀与坚守。那么对他的诗词，也就比较容易理解了。

如果我们再把陆游、杜甫和李东阳的诗放在一起，比较着读，那我们对时代条件和人生遭际对诗歌创作的影响，便一目了然。

第三，思想禀赋。

这里所说的“思想禀赋”，包括诗人的思想基础、人格修养、文学观念、审美情趣，以及人生价值和意义追求等。从整体上看，古代诗人的思想大都比较开放而庞杂，较少有独尊独执某一学说的。即使是被誉为大儒的诗人，其诗词作品也同样不排斥其他学说，而且随着人生际遇的变化，又往往会有所侧重、有所改变。这是个极为复杂的问题。如若要说得明白，就必须把它与“时代条件”和“人生遭际”结合起来，并选择若干典型进行具体分析，以便从中体悟诗人的思想变化和人生境界。

屈原作为诗人，是我国诗歌史上一座跨越时空的历史丰碑，其作品至今依然具有巨大的艺术魅力。然而，屈原的人生却是充满矛盾的一生，他的诗歌正是这种矛盾的真实写照。据周建忠先生在《〈楚辞〉评介》[1]中介绍：屈原具有强烈的“忠君爱国”思想，执着的“存君兴国”追求，却不仅得不到重用，也无施展抱负的空间，反而屡受排挤和打击，以致被楚顷襄王怒而流放。他为实现国家治理和发展的“美政”，上下求索，独立不迁，坚持不懈，却既无人理解，也无人理睬，反而屡遭猜忌和诬陷。因而，他既羡慕那些巧遇明君、有所作为的人，诸如吕望、宁戚、百里奚等人，吟唱他们生得其时；也同情那些忠而死节、以身殉国的名臣，如伯夷、箕子、伍子胥等。他虽然可以在历史中找到慰藉，或相应的思想依托，却无奈于现实的残酷与无情。他虽被流放于烟瘴之地，且身处险境，但他初心不改，依然以童心、恋人的热忱拥抱着祖国。他虽然知道理想已经破

1　张伯伟主编：《中国典籍精华丛书 · 文苑明珠（第一卷）》，中国青年出版社 2000 年版，第 85 页。

灭、追求已不再可能，而且为此他早已“颜色憔悴，形容枯槁”，但他依然孜孜以求，至死不悔。对于他心中充满的矛盾，在问君不应、问人不答的情况下，只好问天，向天求得答案，而这一问就是一百七十多个问题。这在中国诗歌史上是空前绝后的。但苍天自然无答。而事实上，《天问》既是无奈中的自问，也是绝望中的自答。但生不逢时，壮志难酬，问天无答，自问无解，留给他的选择只能是沉江而死，以自己的一缕忠魂去再问苍天。

对此，苏轼在《屈原庙赋》中云：“生既不能力争而强谏，死犹能冀其感发而改行。苟宗国之颠覆兮，吾亦独何爱于久生。”周建忠先生也认为：“屈原以形象与理论的结合，历史与现实的统一，哲理与深情的交融，做着恳切、体贴的劝谏。”“他多次感叹生不逢时，君臣两美难合，也渐渐理解了被处死、剖心、菹醢、作脯的宁死不屈的前修，并决心继续坚持‘美政’的选择，即使身处险境，也不悔初志，秉德以求，直至献出自己的生命。”[1] 这就是屈原一生的矛盾所在，也是一种必须面对、又无法破解的矛盾。如果我们理清和把握了这一点，对屈原诗中大量使用的比喻、借喻等也就比较好理解了，对他的精神世界、价值追求和人生意义，就更容易产生共鸣、想象和认同了。

至于说明代李贽在《焚书》中认为屈原“虽忠亦痴”，怎能把自己的理想抱负寄托在楚王一人身上呢？对此，如果从屈原所处时代条件而言，其论确有失偏颇。我们可以想象，在那种封建专制的政治制度下，一个人要想有所作为，不指望帝王的见用，又能指望什么呢？况且，屈原的忠君是真诚的，也是

1 张伯伟主编：《中国典籍精华丛书·文苑明珠（第一卷）》，中国青年出版社 2000 年版，第 118 页。

有原则的，而且是与爱国紧密相连的。因而他的诗大都为“发愤而抒情”的，不能简单地视为“愚忠”。这是我们在理解屈原诗歌时，需要特别注意的一点，即诗人所处时代条件的局限性。

陶渊明是中国田园诗的开创者。在他的影响下，唐朝以后，逐步形成了“山水田园诗派”，成为我国诗坛上最值得珍视的瑰宝之一，其兴盛之久远，影响之深刻，至今犹存。即使是在现代诗中，仍可见其田园意境的深刻影响。故曰：古今之田园诗，“皆从拟陶、和陶而来”。而我们要真正理解和把握田园诗的精妙之处，也得从陶渊明所处时代条件和思想禀赋上寻找答案。

据王青先生在《〈陶渊明集〉评介》[1]中介绍：陶渊明和所有的青年一样，也曾有过远大的政治抱负，“进德修业，将以及时，如被稷契，孰不愿之”。渴望有机会为国家效力。他在晚年写的《杂诗》中云：“忆我少壮时，无乐自欣豫。猛志逸四海，骞翮思远翥。”但社会现实没有给他实现抱负的机会。

陶渊明自二十九岁出仕，到从彭泽令上解职归田，一直过着“仕隐不定”、官民交替的生活。他在二十九岁时被任为江州祭酒，但仅数天，就因“不堪吏职”而去职回家。这之后，州府再次征召他为主簿，他拒绝了。继续在家乡劳动，“躬耕自资”，奉养老母，过着和其他农民一样的生活。陶渊明再次出仕，是在江陵桓玄的幕府任职，但不到一年，又因母丧而辞官还乡守孝。孝期过后，陶渊明东下赴京口，出任镇军将军刘裕的参军，不到一年，又回到家乡浔阳任建威将军刘敬宣的参军。后来刘敬宣的幕府被迫解散后，改任彭泽令。在任仅八十余天，就因

---

1 张伯伟主编：《中国典籍精华丛书·文苑明珠（第一卷）》，中国青年出版社 2000 年版，第 330 页。

“不为五斗米折腰”，而辞职归田。从此，陶渊明再也没有出仕。一直到他离开人世，始终过着“晨兴理荒秽，带月荷锄归”的田园生活，琴书做伴，稚子绕膝。闲暇时，则“登东皋以舒啸，归清流而赋诗”，“漉我新熟酒，只鸡招近局”，或“与二三邻曲，同游斜”，或与农夫谈论桑麻，与朋友饮酒，和挚友切磋文章。这期间，虽有官府多次征召他出仕，但都遭到拒绝，甚至连江州刺史想见他一面都很难，而对官府送给他的礼物，也一概退之不受。他只是恬静悠然地过着自己的田园生活。

从上述经历中我们不难发现，陶渊明并非没有做官、甚至做大官的机会。尤其是在刘裕幕府任职的这段时间尤为重要。因为这位刘裕正是后来篡夺晋室而建南朝宋的开国皇帝，而且当时正处于极盛之势。王青先生认为，以陶渊明的才学，“可以想象，如果陶渊明勉力跟随，政治前途将会一片光明”。但令人意外的是，他不仅没有勉力跟随，反而去了刘裕的对手刘敬宣幕府任职。应当说，以陶渊明的智慧，不可能看不透当时的大势。而他之所以做出如此选择，必有其深层原因，即他与刘裕在政治思想和道德操守上的严重分歧。这也许是他此后终生不仕而选择田园生活的主要原因，也为我们彰显出“不为五斗米折腰”的精神风骨。

更为可贵的是，陶渊明与史上大多数隐者不同，他没有躲入深山老林，与世隔绝，他就生活在老百姓中间，过着老百姓的日子，“开春理常业，岁功聊可观”，“邻曲时时来，抗言谈在昔。奇文共欣赏，疑义相与析”。他与那些官场失意的人也不同，他既不纵欲狂放、满腹牢骚，也不怨天尤人、萎靡不振，更不期待何时再被启用。他的心是恬静的、精神是充实的，安于现实，淡泊无为，并在平淡的田园生活中获得了安宁与幸福。正因为这样，他才能写出那种真率、自然、清新的诗歌，吟诵之间，就像是“从胸中自然流出，没有一点斧凿的痕迹”。尤其是他的《桃花源记》,充分表达了他对人类社会的理想与追求。正如王青先生所言:“千百年来，陶渊明所创造的这个没有剥削、没有压迫、人人劳动，富裕、和乐、安宁的桃花源已成为理想社会的代名词。”[1]

综上所述，读诗“知人论世”的道理也就清楚了。那么，具体到一首诗词的创作，也不外乎两种情况。一是无意而为，即原本并没有写诗填词的打算，而是触景生情、有感而发，却又说不清、道不明，无处宣泄，于是以诗志之、表之。古人把这称之为“感于哀乐，即事名篇”，或“感事而作，目击成诗”。或人、或情、或景、或事，或由景而人、由人而情，或由人而事、由事而情，或由事而人、由人而情。景（事）存于先，情积于胸，故能发之。应当说，古今中外的诗人，绝大多数都有过这样的经历或感受，其中很多诗人一生都是这样写诗的。而这样写出来的诗，无论是抒情、叙事，还是美刺、讽喻，乃至那些原本就是写给自己看的自省、自叙、自嘲诗，其共同特征就是自然、朴直、流畅、真挚，无斧凿雕琢之感，古今中外之名篇大作，大都是这样写出来的。

二是有意为之。即按照某种要求或事由写出来的诗。比如应制诗、试帖诗、宫体诗等，大都属于此类。像皇家或州府的各种祭祀活动、重要的盛典仪式乃至大型宴会等，都要由皇帝

1　张伯伟主编:《中国典籍精华丛书·文苑明珠（第一卷）》，中国青年出版社 2000 年版，第 354 页。

或州府老大命题，诗人按题作诗，再由专门的班子吟唱，内容大都是表奏天地、歌功颂德之类。如此这般写出来的诗词，也就难有上乘之作。所以，历代编撰诗集的人大都不选这类诗。

但有一种“有意为之”的诗，应当予以区别，那就是“唱和”,亦称“唱酬”或“酬唱”。这种“有意为之”,虽然也有“命题限韵”的一面,但它不具有“强制性”。也就是人家赠诗给你，你可以“和”，也可以不“和”，而且在具体形式上也比较灵活。比如他赠你一首诗，你也和一首，不一定用被“和”诗的原韵，只要内容能“和”得上，也就可以了，可视为诗人和朋友之间的情感交流或礼尚往来。如果讲究一点，也可以用被“和”诗的同韵，使两首诗同属一韵，显得比较和谐雅致，但在用字上不一定都“和”原字。如果再专业一点，那就得既用被“和”诗的韵，也得用它的字，而且在先后次序上亦须相同。这对我们这些业余爱好者来说，是比较困难的。即使是古代诗词大家，如李白、杜甫、陆游等，此类诗作也不多。至于新诗（包括格律诗和自由体诗），已很少有人际唱和了，即使有也是相当灵活的，甚至连主题和内容都不必考虑，因而也就失去了古代诗歌“唱和”原有的价值和意义。

因此，当我们读到标明为“唱和”之作时，最好是两首诗一起读，并将二人所处时代和经历大体了解一下，那么这二人何以“酬”，又何以“和”，以及诗词的内容（包括为什么用这个典故）也就好理解了。

总之,古今虽有“诗如人,人如诗”之说,但人都是具体的人，也是发展变化中的人。只有把诗人放在其所生活的时代和社会条件中，才能真正理解其诗。

诗　选

现代杂言诗

现代杂言诗，是一种以口语为主，杂以律句，长短不拘，平仄自由的诗体。我尝试写这种诗体，主要是为了探索新诗与古典诗歌的融合。当然，融合并非仅此一种形式。

我之所以把现代杂言诗排在前面，主要是为了突出“诗话”的主旨。也就是说，我既然提出了改进新诗的主张，那么无论好坏，总该有个实实在在的样式，以方便大家品鉴指正。

雨中行

这首诗是我刚上中学时写的。那天放学，当我最后一个走出教室时，看见一位女同学撑着伞站在雨中。我虽然叫不上她的名字，但我知道，她是在等我一起回家，因为我没带雨伞。

清风细细，
烟雨绵绵。
伞下的她，
含笑无言。
我默默地走过去，
接过她手中的伞。
肩并着肩，
走出了校园。

伞外柳丝轻舞，
伞内愔愔怡然。
呼吸间，
幽兰拂面。
到家了，

我没有停下脚步；
雨停了，
她没有收起油伞。

远处的山，
霁霭迷漫。
身边的河，
溜碧涓涓。
我们依然撑着伞，
肩并着肩。
路短意无尽，
心语寄清蟾。

萌　动

这首诗是我在中学毕业时写的。再过些日子，大家就要“上山下乡”了。此后，也许无缘再见，但那萌动的初恋将会留在生命之中，因为她只有一次。

校门旁，
你侧身塞过一个鸡蛋，
暖暖的，
香气悄悄。
然后你低下头，
羞笑地缠扭着衣角。
那红红的脸，
在夕阳的映衬下，
犹如花蕾般娇娆。

在路上，
我轻轻牵了你的手，
冷冷的，
伴着微微的颤抖。
然后你停下来，

急促地喘息着。
那黑黑的发，
在清风的吹拂下，
掩蕴着春心的萌动。

家门外，
你那炽热的唇，
飞快掠过我的脸，
犹如一闪而过的电流。
然后你就像一颗流星，
消失在夜幕之后。
那如兰的气息，
伴着流光的绚丽，
化作永恒的温柔。

青　春

中学毕业后，我被分配到机关工作，举家欢庆，邻里羡慕。但我找不到自己的舞台。大半年以后，我便主动报名“上山下乡”了。这首诗就是当时的心声。

心中的火，燃烧着。
它使我的血沸腾，
又把我的心灼伤。
熄灭吧，这火，
那只是片刻的遗忘。
燃烧吧，那火，
我不怕烧伤！

自古男儿当报国，
手把吴钩驾长车。
终军弱冠系虏，
班超绝域安邦。
那是怎样的青春，
怎样的征战，
又是怎样的辉煌！

东风尽起，战鼓激昂，
我要冲破世俗的迷雾，
别家远征，
让我的太阳闪光！
继续燃烧吧，那火，
让早已点燃的青春火炬，
燃烧得更加欢畅。

人　生

1974年秋，我随团赴山西大寨学习。回来经天津去烟台农村考察。这是我第一次乘坐海船。面对浩瀚无际的大海，我想到了一起下乡的伙伴们，便写下此诗寄回农场。

人生，
就像大海中航行的船。
有碧空骄阳的无限美，
也有狂风恶浪的考验；
有海风吹拂中的欢唱，
也有逆水行舟的艰难。
人人都是如此，
天天都在行船。
青春的价值就在这
波涛巨浪中展现。

航行需要坚韧，
百折不弯！
你若要证明生命的意义，
就莫恋碧海的美，

双桨奋勇扬帆；
你若要到达理想的彼岸，
就莫怕恶风逆水，
劈波斩浪向前。
苦闷、彷徨、自弃，
只能在大海中盘旋。

伙伴们，
别怪大海茫茫无边，
到处都是风光无限；
别怪航行枯燥平淡，
这正是成长的必然。
看吧，
那金色的麦浪已然成熟，
那火红的高粱正在呼唤。
振奋起来吧！
就像我们的当年。

游渝感怀

1978年，我到北京工作后第一次出差，也是我第一次乘坐江船。对于来自边陲小城的我，一切显得都那么新鲜。故作诗两首，以抒少壮情怀。

碧空万里，
尽展锦绣奇观。
群山星罗，
托起桑田如幻。
大江湾处，
万家灯火灿烂。

放眼江畔，
远绿飘岚。
游人如织，
扁舟点点。
网收鱼腾跃，
新雨洗江天。

山巅望渝川，

翠丛如瀚。
轻雾淡抹，
玉带穿山。
千岩竞自秀，
奏起松风曼曼。

夕阳斜里，
层林尽染。
牧歌唱新月，
袅袅炊烟。
梅香寒苦，
歌乐忠魂未远。

夜　渡

夜色苍茫，月冷群山。
东方红号的巨大身躯，
破浪向前。
远处，
潾光飞溅的江面上，
隐隐约约，金光闪闪，
宛如银河彩练，飞临人间。
巨轮也像被她迷恋，
劈波斩浪，
驶向那绚丽的奇观。

啊！看到了
长江大桥！
她那英姿，
屹立在波涛之中；
她那臂膀，
伸向长江两岸；
她那巨手，

托起千吨万载；
她那热血，
奔向万里河山。

曾记得，
少时常吟《游泳》美，
志在遍历万水闲。
浩歌一曲龙泉啸，
搏击长江逐波翻。
举目远，
千峰竞秀，
长水无边。
改革大潮起，
我辈当争先。

离　愁

新婚后的第七天，由于工作需要，我不得不告别爱妻，踏上归程，开始了五年多的两地分居生活。这首诗写于与爱妻团聚后的1985年。

十六月正圆。
在清辉遍洒的站台上，
执手相对泪眼，
欲说无言。
列车开动了，
妻背身低咽，
长发幽暗。
只有那红围巾，
飘动着告别的依恋。
长笛一声关山远，
才别又盼相见。

一个个孤寂的夜，
胡琴伴我无眠。
一遍遍离愁的曲，

怎能道尽思念。
我欲长歌当泣，
远眺当归，
星星为我数明天。
假如苍天知我心，
何不为我降云帆；
假如晚风懂我意，
吹梦到乡关。

又是一个月圆日，
万家灯火缠绵。
孤独的妻和我，
异地登高遥盼。
青春已渐渐离去，
痴心却与时俱添。
年年异地空对月，
天天同心共求圆，
望断婵娟。
泪落两地何时绝，
问鸿雁。

小百合

1986年，我第一次去某革命老区调研。那里曾经的辉煌和当时的贫困，同样让我震惊不已。我在煤油灯下写了这首诗，权作留给后人的记忆。

也许你已经忘记，
那荒凉的土地。
野草中的小百合，
还有你脚下的泥。

也许你已经忘记，
那山村的贫瘠。
残破的黄土屋，
还有你用过的草席。

也许你已经忘记，
大娘的野菜粥，
曾唤回你奄奄一息。
老爹的破棉絮，
曾温暖过你的身体。

也许你已经忘记，
村头的老槐树，
曾留下你的亲昵。
村中的老农会，
还回荡着你的呼吸。

那遗忘的土地，
在战火中摧毁，
又在硝烟中挺立。
无数与你一样的青春，
早已融入鲜红的国旗。

如今，
那被遗忘的土地，
依然奉献着颗颗粒粒。
而贫困和荒凉，
还依旧留在那里。

江　姐

80 年代末，我第一次看《江姐》。随后，我又去重庆讲课。在歌乐山上，我以松枝为祭品，为共和国的先烈们吟诵了这首早在心中写就的诗。

歌乐山清悲风远，
长江滚滚述前贤。

江姐，
如同千百万先烈一样，
听着解放的炮声，
迎着急进的战旗，
披着旭日的霞光，
在国歌的旋律中，
走向了永恒。

作为女人，
你如出水芙蓉，
冰清玉洁，
光照万千。

作为战士，
你如挺拔的青松，
坚如磐石，
百折不弯。
作为党员，
你如怒放的红梅，
迎风傲雪，
志若安然。
作为妻子，
你们两重心字，
一世翘望，
比翼长天。
作为母亲，
你愧疚爱得太少，
一首摇篮曲，
思念悠绵。

千般情，万般爱，
一针针，一线线。
你绣出了共和国的旗帜，
却未能看到她升起的英姿；
你迎来了新中国的曙光，
却未能分享她的壮丽；
你坚信祖国的未来，
已在发展中崛起！

纵使天地两相隔，
清歌一曲祝君安。

秋　梦

这是一场梦，却也真切；梦中的身影很熟悉，却又认不出是谁；我一直在追赶她，却总是追不上。我醒来追忆，以诗记之。

香雾迷漫的草原，
碧水缠绵。
行如飞举的你，
若隐似现。

那凌波微步的飘逸，
潾光点点。
那长裙如练的摇漾，
云绕生烟。

寻高极目浩渺，
恍若又在眼前。
驾风追赶的我，
总被落叶隔断。

急切间，
问鸿雁。
碧空秋如许，
声声渐远。

空怅望，
云黑月寒。
剪尽灯花墙上影，
长夜无眠。

荷　韵

1992年夏，我去公园拍荷花，游船上的少女无意中“闯”入我的镜头，与荷花相映成画，圣洁之感在我心中油然而生，故作此诗。

在一抹淡云的夕阳下，
杨柳轻风，
涓涓流碧。
芙蓉映翠，
荷叶吹鱼。
在满园的花海中，
荷韵卓然，
悠扬玉立。

一叶兰舟澹然而来。
翠丛轻点羞红，
纤手画出涟漪。
探身轻扶荷梗，
长发共叶飘逸。
双花娇相向，

瑶池携手，
宛若丹青画诗。

岸柳似乎也为之动情。
舞丝弄碧，
荡起潋滟清波，
潺湲地向双花涌去。
细浪浮蕊，
莹珠似玉，
在丹霞的映照下，
托起那圣洁的少女。

花　魂

我虽喜欢花，却从不买花，即使是参加婚礼、寿礼也是如此。因为花和人一样，也是一种生命。某日，我夜读《护花是爱，折花有罪》一文，有感而作。

燕子衔春绿意长。
在寒枝的期盼中，
你绽放了。
犹如豆蔻少女，
在柔曼的摇曳中，
掩蕴着萌动的馨香；
在清纯的妩媚中，
播撒着醉人的芬芳；
在温润的春风中，
分享着自由的欢唱。
万花竞秀，
紫翠千涌，
点就得乾坤朗朗。

而那“爱的手”，
却撕裂了你的依恋，

剥夺了你的自由，
也折断了你的梦想。
在囚牢般的花瓶里，
饮着污浊的死水，
呼吸着窒息的肮脏。
你屈辱地煎熬着，
直到生命凋零，
却无人为你安葬。
怅花魂，
情人节后，
玫瑰何处诉凄凉。

天有“花界”，
人有善良。
而那无情的占有，
却不懂你自由的飞扬；
那所谓的“爱花”，
却无视你纯真的向往；
他虽然拥有你的陪伴，
却难抚心灵的创伤。
因为你的灵魂，
来自圣洁的天堂。
人欢后，
残枝弹泪，
落红呜啼欲断肠。

竹　颂

有文章介绍，竹子的特性是，先向下生长，而且用时很长。当它把根基扎实后，便破土而出，很快长成参天大竹。联想到人的浮躁，这种“竹子精神”，可为我辈颂扬。

我曾以竹为笔名，
那是因为你，
空色节独立，
虚心气盈直。
�生凭老干，
策杖育新枝。

我曾以竹为榜样，
那是因为你，
初生向下长，
根须扎四方。
出土一尺笋，
挺拔高万丈。

我曾以竹为老友，

那是因为你，
有寒梅之傲骨，
兼幽兰之恬静，
通菊花之高洁，
纳君子之四方。

我将继续与竹为伴，
那是因为你，
竹露润白发，
径幽自清凉。
竹韵境界远，
枯黄自高尚。

茶　品

我是个“无茶不得其乐”的人。无论在家还是出差，都携壶带茶，自泡自饮，美哉优哉！久之，对人与茶便有所感悟，遂成此诗，与茶友分享。

嫩芽初绽放，
素手采摘。
清明春风晓月，
大匠轻揉筛。
天地共化育，
茶中有三才。

一杯清茶，
几位老友。
轻声对细语，
意在三味春秋。
得一味者，
茶人可求。

一杯酽茶，

香伴一燃。
低斟对慢品，
但求三静无澜。
得一静者，
方为茶禅。

一杯老茶，
青灯黄卷。
人书须合和，
修得三清如岚。
得一清者，
茶道因然。

玉壶冰心，
去燥降浮。
涤瑕荡垢，
清净如初。
生命本在，
饮茶读书。

七夕节

七夕节古已有之，是中国古代四大“夜节”之一。在五代时，七夕为七月初六，宋代改为七月初七，称为“七夕节”。行至今日未再有变，但其内涵已非古时。故作此诗以志之。

天上良宵会，
人间女儿节。

乞巧日，开大市，
闺品琳琅人接踵，
香车竞争驰。
买卖相唱和，
无须论价，
唯恐月升时。

月儿升，聚园庭，
女儿净手奉鲜果，
三拜乞织女。
一乞父母康健，
再乞女红精巧，

三乞情郎如意。

运巧思，竞巧手，
七根彩线斗绮丽，
盼得织女知。
盒内放蜘蛛，
网密如涟漪，
人天共织云霞衣。

女红虽无用，
精神应如是。

当分手的时候

生活中时有耳闻，夫妻俩在一起打打闹闹、恶语相加。而离婚后却又千般好处、万般思念。真的是“剪不断，理还乱”。于是我作此诗，但愿他们能看到。

风吹落叶知何处，
夕阳染梢头。

也许你没有在意，
在分别的时候，
那羞涩的初吻，
再现出青春的图画。
我强忍的泪，
潸然而下。

也许你并没在意，
在转身的时刻，
那曾经的黑发，
掠过我的面颊。
幽幽的清香，

唤回我忘却的彩霞。

也许你不曾在意，
在回眸的瞬间，
那瘦弱的身影，
怎能撑起繁重的家。
我愧疚的心，
难掩伤疤。

梦里如初千百度，
咫尺何必天涯。

梅影斜

我读《世说新语》，常感大千世界，万物一体；美丑相反，异性相成；贫富贵贱，一时之功。故人可自信而不可自大，士可勇进而不盲行。自知长短，与人互补，方为是。

有人说，
你傲骨天成，
迎风斗雪生冷艳。
其实，
你只是本于自然。
生于寒苦，
春来即落，
留待来年再历寒。

有人说，
你无意争春，
一任群芳妒。
其实，
你只是群芳中的一员。
本性相异，

千姿百态，
各领风骚共人间。

有人说，
你零落成泥碾作尘，
只有香如故。
其实，
花开花落皆有限。
不开何以结籽，
不落何以生新，
纵使争长也枉然。

放眼世间万物，
寸有所长，
尺有所短。
一花何以独秀，
孤芳只能自残。
三寒友，
四君子，
无非诗家诉心言。

背　影

我读《目送》，内有一照片。在幽暗的山谷中，一女子执伞相背而行，朦胧而深邃，不知何往。于是便想，如配一首诗，也许会使照片增添些意境。

烟雨，溟蒙迷漫；
落叶，惊起轻寒。
我看到了孤独的伞，
还是那粉色的伞。
我知道，你选择了。
虽是那么决绝，
但那伞下的热吻，
还留着初恋的青涩，
温润而甘甜。
心彷徨，
无语哽咽，
离愁千千。

山谷，寂静凄凉；
峭壁，狰狞不堪。

我看到了低垂的裙，
还是那白色的裙。
我知道，你要走了。
虽是义无反顾，
但那曾经的飘逸，
还依然令我陶醉，
悠长而缠绵。
翻凝梦，
时事匆匆如许，
究竟无缘。

欲唤，犹言却忘，
盼回，难见泪眼。
我看到了消瘦的肩，
还是那倔强的肩。
我知道，你要远行。
虽然长发依旧，
但那幽玄的深处，
是否会有朝阳升起，
再见的依然。
空怀感，
最是此情苦，
与谁共言。

也许，你不会回头；

只是，春去何山。

我看不见山外的云，

也不知道云外的天。

痴情，渐行渐远。

虽是人神无奈，

但大海的那边，

是否可有一枝借暖，

如旧的家园。

更重重，

惊涛骇浪，

孤旅何日归帆？

农夫的爱

2004年夏，我在农村调研，晚上在一农家吃饭。那老夫妻俩一边做饭一边说笑，十分恩爱。席间的一番交谈，令我深思。

白墙黑瓦，
坐落在水田之阴；
鸡鸣犬吠，
来自屋后的竹林。
夕阳下的餐桌，
摆满了农家山珍。
为的是招待我，
陌生的客人。

吃饭间，
老夫妻不断夹菜，
时而相对一笑。
那布满皱纹的脸上，
带着醉人的羞红，
宛如热恋中的情人。

那浑浊的双眼，
还闪烁着纯真。

月光下，
我带着几分愧意，
行走在田间。
看着墨绿的水纹，
听着清脆的蛙声，
用老汉的话，
回味着当年的热恋，
追寻着爱的应然。

灵　魂

2005年，我参加“宇宙暗物质”沙龙。有学者讲到精神的物质性，以及未来在人类学研究上的飞跃。我联想到生命中的某些“不解之谜”，有感而作。

灵魂，
犹如宇宙中的超旋。
浩渺游逸，
若隐似现；
明暗飘忽，
幻化万千。
她在寻找，
生命的驿站。

你来了，
带着她生命的体温，
无尽的苦乐，
因然的爱恨，
还有那命运的斑斓。
她播下人生的希望，

刻下旅途的年轮，
也辅就了终结的航线。

你活着，
有她贴身的陪伴。
她赞美你的善良，
也惩戒你的恶念；
她爱恋你的纯真，
也鄙视你的谎言；
她称颂你的大美，
也原谅你的平凡。

你睡了，
有她忠诚的值守，
为了你梦中的酣甜。
在依稀的月光下，
为你检点一天的收欠，
擦去你额头的愧汗。
当晨曦初现时，
她已备下雕花的马鞍。

你走了，
她又归原那迷茫的超旋。
孤寂地，
游荡在幽冥的空间；

回味着，

那朝夕的抚慰；

期待着，

那生命的依然。

鸾

鸾是一种永续飞翔的鸟。因为她只有找到自己的另一半，才会停下来。我由此想到人生的种种境遇，感慨而作。

百鸟簇拥的凤台之巅，
鸾，
脱去了稚嫩的乳毛，
抹掉了嘴角的黄蕾，
告别了疲惫的父母，
开始了一生的飞翔。

她要去寻找，
和她一样的鸾；
她要去完成，
那神圣的生命续传。

伴着和煦的春风，
飞过碧绿的田野、
漫山的杜鹃，
但，鸾没有眷恋；

迎着旋迷的烈日，
飞过翻滚的热浪、
咆哮的河川，
但，鸾依然翱翔；

嗅着秋实的飘香，
飞过金色的麦浪、
红叶的芬芳，
但，鸾无心品尝；

冒着凛冽的寒风，
飞过皑皑的山岗、
狂卷的飞雪，
但，鸾并不畏让。

在晨霞飘舞的彩空，
她终于找到了那只鸾。
它们相互鸣叫着，
倾诉着炙热的渴望；
它们相依盘旋着，
告白那追寻的艰障；
它们展振着翅膀，
辨析着缤纷的羽裳。

但，

鸾还是飞走了，

因为那羽衫的异样。

她向着更高更远的地方，

继续着不懈的寻航。

直到生命的终结，

再未找到那失去的鸾唱。

恩师的背

这首诗和后面的现代词《师恩》，都是为缅怀我的小学老师而作的。她如果还健在，已有八十多岁了。

那一天，
我在课堂上发烧了，
头痛难熬。
老师放下课本，
背起我就往医院跑。

一路上，
老师的喘息声，
伴着我身体的抖动，
就像一首摇篮曲，
使我昏昏依偎。
那不时落下的汗珠，
滴在我的手上，
暖暖的，
犹如妈妈的亲吻；
那飘动的湿发，

不时划过我的脸颊，
柔柔的，
就像母亲的抚慰。

五十多年过去了，
老师的背弯了。
但那背的温暖，
已化作永恒的爱，
在我的身上续传。

这两首诗，是我2009年第一次去宁波东钱湖写下的。当我站在万亩茶园的福泉山上，俯瞰着群山环抱、状似凤凰的湖，我的心静得有些空寂。那种安宁是从未体验过的。

凤凰湖

慢慢地，
走近你。
哪怕树叶的飘落，
都会惊扰你的静寂。

默默地，
注视你。
哪怕瞬间的移动，
都会错过你的绮丽。

轻轻地，
抚摸你。
哪怕一丝的用力，
都会扭曲你的涟漪。

深深地，
眷恋你。

哪怕片刻的疏离，

都会失去你的慰藉。

守　静

渐渐地，离你远去。
我想到了曾经的朝夕。
是的，
我也曾为得失烦恼，
为名利执迷。
还有那人事长短，
诀别分离，
情感的忧戚。

而只有你，
在蒸腾的红尘中自守着。
嫩柳碧波荡漾，
你从不与春争奇；
瓜果金浪飘香，
你从不与秋争实；
万水奔腾向海，
你从不与河争驰。

你虽然无声，
却给我无尽的启迪；
你虽然无力，
却带我走进静的世界里；
你虽然无澜，
却拨动我心灵的旋律。
我愿意，
将生命与你融为一体。

菊花吟

2010年重阳节，老友们约我登高赏菊，说有自家酿制的菊花酒，极甘醇。这本是件雅事，而我心头却别有滋味。

一路上，
看着两旁的秋黄，
我有些惆怅。
因为从未意识到，
生命已近花甲，
流光过隙难长。

在菊园，
老友们观赏评品，
相互拍照，
而我却神失若游。
就连那菊黄的高贵，
都透着秋愁。

在席间，
众友联句唱和，

而我却难得一首。
就连那甘醇的酒，
都苦涩难咽，
心如浊流。

月光下，
老友们昏睡着。
窗外已不见来时的秋色，
依旧是原本的温柔。
重阳来日远，
一雨洗清秋。

青春的华章

2011 年，我去郑州铁路局所属的孔庄火车站采访。那是一个在太行山深处很小的货运站。尽管去之前想到了种种困难，但在此次的采访中，还是让我感慨万千。

夜，
沉睡着。
风儿，
也歇息了。
在这寂寥的深山中，
只有孔庄的青年们，
依然坚守着，
国家动脉的通畅。

随着山巅的阵阵轰鸣，
一条巨大的火龙，
划破夜空，
倾泻而降。
那钢花铁虹，
激起群山的欢唱。

那闪烁中的青春面孔，
屹立在铁道两旁。

当大地归于寂静，
我看到了车站的灯光。
在这百里绝迹、
万丈如墨的时空中，
是那么辉煌。
正是这代代相传的灯光，
照亮了孔庄的世界，
谱写出青春的华章。

我知道，
那不息的灯光，
犹如青春的火焰；
那火龙的彩练，
正是铁路精神的光芒。
翱翔吧，
太行的雄鹰，
为了光荣与梦想！

以下两首诗，是我2011年参加“中国湖泊休闲节”时写下的。主办方邀八方宾客，来东钱湖“静静心、发发呆”。“慢生活”之说，由此而起。

慢中长

慢下来，
你才能牵手绿水青山。
桃溪下，
清风伴悠然。

慢下来，
你才能从容散淡。
俯身观鱼游，
举目送归雁。

慢下来，
你才能宽衣品茶。
香墨和雾，
挥毫写江山。

慢下来，
你才能反思观来路。

省长短，
于世无愧心自安。

慢下来，
你才能去浮靡得清闲。
林莽疏烟春风处，
登高望远。

急切短

有人说，
生活犹如烧红的轨道，
赤脚在上的我们，
不得不狂奔向前。
是的，
生活无法停止，
妙在顺其自然。

古人云：
烈风骤雨无崇朝之威，
暴涨狂澜无三日之势；
催拍促调非百板之声，
疾策紧衔非千里之辔。
如果人生有道，
道法自然。

君不见，
万古悠悠天下事，

纡徐柔和长，
切迫躁急短。
人生百年如朝夕，
酸甜苦辣，
幸福慢中参。

雨　点

看雨珠，听雨声，数雨点，是不少古典诗词的意境。而这种意境的背后，却是古人对生命价值和意义的追问。

你是一串雨线，
我是一个雨点，
他是一个雨滴。
是风把我们
带到了南北东西。

你落在了城市，
我落在了小镇，
他落在了村里。
于是就有了
身份和生活的差异。

你汇入了河水，
我流入了池塘，
他走进了小溪。
虽然各不情愿，

却只能任由飘移。

在大江中我们相遇了，
虽有贫富高低，
也只能挤在一起。
随着波涛，
走向大海的归一。

桂花祭

在我的记忆中，父亲一生兢兢业业，沉默寡言。他唯一的爱好，就是工作之余，小酌之后，拉着二胡，唱《桂花开放幸福来》。此时，我和妹妹便围着他一起歌唱。那情景恍若昨日。

“桂花儿生在桂石崖哎，
桂花儿要等贵人来耶。”
这是父亲最喜欢的歌。

父亲爱唱这首歌，
缘于战火中的思念。
因为他知道，
桂轮普天照，
可慰家乡山；
知心唯明月，
为我把信传。

父亲爱唱这首歌，
缘于坚定的信念。

因为他经历过，
“桂花儿开放幸福来，
幸福和毛主席分不开。”
年年期待桂花盛，
家家盼着幸福来。

父亲爱唱这首歌，
源于对往昔的念想。
八月桂花开，
酿酒客四方；
桂子斜影处，
团饼正飘香。

“桂花要等贵客到哎，
贵客来到花才开哎。”
愿父亲在天堂与桂花同在。

茉莉花祭

我小时候，家里有盆茉莉花，加上花盆有一米多高，极其茂盛。花开的时候，邻里多来观赏；花落的时候，母亲便将其收集起来，为我们制作花茶。

从我记事起，
便知茉莉的高贵，
因为那是母亲最爱的花。

当她初放时，
那娇小的花瓣，
犹如丽人皓齿，
蕊浅香溢，
洁白无瑕。

当她盛开时，
那挂满枝头的花，
犹如剔透的雪，
冰肌晶莹，
玉影明澈映奇葩。

当她飘落时，
那自信的轻盈，
犹如嫦娥下凡，
带着沁心的清香，
化作母亲手中的花茶。

当母亲病重时，
那原本葱翠的绿，
犹如寒霜遍打。
母亲走了，
她从此不再开花。

人知花，
花如人，
她就是母亲的芳华。

灵魂的住房

有报道说：一位母亲虽有三个儿子，却无人赡养。无奈，在志愿者的帮助下，老人将三个儿子告上法庭。一番对话，让我热泪盈眶。

在庄严的国徽下，
母亲说：
你们既然不愿赡养，
就把十个月的房钱还我。
儿子们错愕。
母亲指着自己的腹部，
这就是你们
尚未出生的住房。
儿子们低下了头，
法官早已泪眼汪汪。

当你还在襁褓之中，
你可曾知道：
“月下摇篮曲，
伴儿到天亮。

偶有冷与热，
娘亲痛断肠。”

当你步入学堂的时候，
你可曾看到：
“未明炊烟起，
书具已备齐。
身影虽已远，
心悬盼归时。”

当你离家工作的时候，
你是否想到：
“慈母手中线，
游子身上衣。
临行密密缝，
意恐迟迟归。”

当你偶尔回家的时候，
你可曾有过：
“见面怜清瘦，
呼儿问辛苦。
低徊愧人子，
不敢叹风尘。”

普天之下，

有谁不欠这房钱?
又有谁
能还得起这房钱?
这不仅是人伦，
更是天良；
这不仅是生命的孕育，
更是灵魂的住房。

生　日

老同学告诉我：一位警察朋友的牺牲，使持续多年的老友聚会渐渐地松散了。没有谁提出什么，只是缺少了聚会的动力。由此，我想起了自己的警察老友和他们的点点滴滴。

今天是你的生日，
老友们相聚的日子。
还是那间小屋，
还是那老旧的沙发，
熟悉而又拥挤。
折叠式的圆桌上，
蛋糕和蜡烛已经摆好，
老友们斟酌着祝词。

你的妻忙碌着，
菜香阵阵飘来，
而你却未能如期。
是的，
没有怨言，
也无人生气。

因为我们早已习惯，
没有主人的生日团聚。

今天是你的生日，
老友们相聚的日子。
还是那间小屋，
还是那老旧的沙发，
只是不见你的妻。
那原本温馨的家，
黯然沉闷，
冷清得有些压抑。

于是，我们来到了医院。
你的妻拖着病体，
为你切好生日蛋糕，
换下你的征衣。
那久久的拥抱，
微微的抽泣，
诉说着满足与委屈。

今天是你的生日，
老友们相聚的日子。
还是那间小屋，
还是那老旧的沙发，
只是多了一份悲戚。

折叠式的圆桌上，
你的遗像，
在微弱的烛光中屹立。

你的妻依然忙碌着，
老友们默哀肃立。
你把生命献给了祖国，
却把光荣留给了大地。
于是，老友们轻轻地唱起：
“为了母亲的微笑，
为了大地的丰收。
峥嵘岁月，
何惧风流。”

蒲公英

此诗，是我为志愿到贵州大山支教、却因意外事故而献出年仅20岁生命的大学生赵小亭而作。愿她的新生，如今天一样灿烂。

在满目的碧绿中，
你是那么平凡，
几乎无人注意你的过往。
而你又那样坚强。
只要有春天，
你就能发芽；
只要有阳光，
你就会茁壮。
那绽放于草丛中的花蕾，
彰显着别样的高尚。

你原本像她们一样，
在华光缤纷的城市，
畅漾于校园学府，
享受着青春的芬芳。

而你却选择了贫困，
走进了大山，
以那单薄的身躯，
去播撒知识的种子，
践行人生的理想，
筑建明天的希望。

你意外地走了，
惊雷在大山中回响。
那未及合上的课本，
还留着你的体温；
那不忍擦去的板书，
音容依旧朗朗；
那未及挥手的告别，
已凝成山村的雕像。
而乡亲们的泪水，
依然在悄悄地流淌。

你的豆蔻年华，
虽如天边的一抹彩虹，
短暂得让人感伤。
但你曾经的付出，
已化作知识的力量。
书香依然在那里四溢，
爱已注入孩子们的心房。

而你就像蒲公英，
已融入巍峨的群山，
永远活在校园之旁。

这两首诗是我退休那天写的。没有告白，也没有寒暄，一切都是那么自然。轻轻地离开你，正如我轻轻地来。但内心充满眷恋。

离开你

在离开你的日子里，
我的心
犹如一片浮云，
在寂寥的时空中，
孤独地
回味着
那温暖的依偎。

在离开你的日子里，
我的魂
犹如一缕春风，
拥抱着初生的嫩柳，
默默地
思念着
那醉人的热吻。

在离开你的日子里，
我的身
犹如一束玫瑰，
满怀着沁人的芬芳，
悠然地
翘望着
那昔日的追寻。

秋　恋

秋，来了。
我依然眷恋，
春的勃发，
耕耘，
还有那绿的盎然。

秋，也将离去。
我依然眷恋，
秋的厚重，
收获，
还有那梦的灿烂。

我期待着，
寒冬过后，
那曾经的激情
再次点燃，
还有那悠悠的眷恋。

冼太夫人颂

我读《冼太夫人传》，感慨万千：民族复兴，万世伟业，虽为老骥，岂能伏枥。

你从大海这边启航，
带着和平的渴望；
你在波涛中奋进，
挥动着激昂的双桨；
你在巨浪中屹立，
怀着统一的梦想。

你五下海南，
平乱置州，
千峒归附，
万民敬仰。
海南开岛第一功，
万古流芳。

你躬行三朝，
尽忠国事，

几度提兵救危邦。
以德教化施仁政，
遍百越，
黎民安康。

你总管岭南六州地，
威震南天，
却能囚孙振纲常。
中华五千载，
“巾帼英雄第一人”，
世代颂唱。

次《豁然开朗》

2015年元旦，某诗友发来丰子恺先生《豁然开朗》一诗。我读后顿生别样感怀，故作此诗以次之。

你若爱，
蓝天便给你期待；
你若恨，
大地便为你抒怀；
你若感恩，
百花便为你盛开；
你若成长，
群山便为你喝彩。

不是高尚选择了你，
是你选择了高尚。
既然无处可躲，
不如绽放；
既然无处可逃，
不如坚强；
既然没有净土，

不如抱朴；

既然没有如愿，

不如珍藏。

打工者

电视里，一位打工者在讲述自己的经历。这使我想起二十多年前，自己为研究打工青年的思想状况，与他们同住一个工棚并朝夕相处的日子。他们每个人的背后，都有一个故事。

细雨绵绵，
道路泥泞。
在杂草丛生的村头，
你向妻抬抬手，
背着家中唯一的棉被走了。
你没有回头，
也没有叮嘱，
因为你早已泪流满面，
难舍乡愁。

妻知道，
你去千里之外打工，
不是为了盖房，
不是为了致富，
更不是为城市的斑斓。

因为这一切还太奢侈，
也太过遥远。

妻也知道，
你将经历的千辛万苦，
只为了还清外债，
医治久病的爹娘；
让你的妻挺起胸膛，
让儿女不再像你一样，
找回先人的荣光。

妻不知道，
在高高的脚手架上，
你的心如何震颤；
在百斤重的水泥袋下，
汗水会摔成几瓣；
在闷热难耐的工棚里，
你又是怎样入眠。

妻也不知道，
面对琳琅满目的商店，
你只能远远地看；
面对诱人的冷饮，
你只能把口水下咽。
因为你知道，

那只是期盼。

直到有一天，
你在央视的舞台上出现。
用你的歌声，
宣泄出久积的情感；
用你的热泪，
洗涮昔日的荒滩；
也证明了，
打工者幸福的明天。

白衣天使

在央视的公益广告中，有这样一组镜头：一位医生坐在手术室的地上睡着了。我由此想到自己那些医生老友的点点滴滴。“医者仁心”，真该为他们写首诗。

窗外的雪飘洒着。
洁白明亮的走廊，
早已空无一人。
寂静的手术室，
只有一盏灯亮着。

在角落的地上，
穿着手术服的你，
靠着墙睡着了。
你的脸上，
挂着未及摘下的口罩；
那尚未滴尽的汗珠，
留在你的鬓角；
那疲惫的脸上，
不时掠过一丝微笑，

彰显着成功的自豪。

窗外的雪飘洒着。
在那温暖如春的家，
饭菜早已备好。
爱妻和孩子，
不时在窗前凭眺；
年迈的母亲，
枯坐在床头。
只有那雪花，
陪伴她的念叨。

窗外的雪飘洒着。
睡吧，人类的天使！
愿那黑甜洗去你的征尘；
睡吧，百姓的亲人！
愿那酣睡换回你的精神；
睡吧，生命的希望！
愿那鼾声为你增添能量。
因为明天的患者，
正等待你重新起航。

窗外的雪飘洒着
……

最美的瞬间

我喜欢收藏影集，尤其是黑白片。因为每张照片都是最美的瞬间。摄影家把这瞬间留住，她便成了永恒的美。

万千相界，
何谓最美的瞬间？

雪花，
是柔漫飘落的瞬间；
雨点，
是滴珠成串的瞬间；
风儿，
是轻抚柳丝的瞬间；
闪电，
是照亮苍穹的瞬间。

郎平，
是凌空扣杀的瞬间；
邓亚萍，
是凝神挥拍的瞬间；

姚明，
是腾跃扣篮的瞬间；
孙杨，
是劈开浪花的瞬间。

你，
是给妇幼让座的瞬间；
我，
是搀扶老人过路的瞬间；
他，
是拾起一片纸屑的瞬间；
大家，
是微笑礼让的瞬间。

我们创造了最美的瞬间，
也就获得了生命的永远。

貂裘与葛衣

2015年冬，我在某高铁站看到如下一幕，心中不免酸楚。在我们这个农业大国，再往前数几代，又有谁的祖先不是农民？

高铁站前，
灯光璀璨，
风吹体寒。

匆匆而来的老汉，
挑着沉重的担子。
他停下来，
向两位女士打探。
她们身穿貂衣，
正在吸烟交谈。
只见一女高声呵斥，
掩鼻而去，
昂扬进站。

老汉放下担子，

从腰间抽出手巾，
呆呆地
擦着无汗的脸。
反复擦，
反复闻，
一遍又一遍。
那酱黑色的脸上，
一片茫然。

永恒的青春

2016年11月，我国首批歼击机女飞行员余旭在训练中不幸牺牲。我在深深的痛惜中，想起了少年时画的《女飞行员》水彩画，那是我们这代人心中的“女神”。

伴着战机的轰鸣，
带着强军的梦想，
你如大鹏展翅，
直冲云霄。

一次次，
一年年，
战鹰成为你的伙伴，
蓝天已是你的骄傲。

那一天，
你挥舞着七色彩练，
在战友们的翘望中，
把青春化作永恒。

我更愿意相信，
你也许去了银河，
与牛郎织女诉说祖国的富饶；
你也许上了月亮，
与嫦娥吴刚倾诉爱的美好；
你也许到了天堂，
与你的雄鹰继续呼啸。
因为你说过：
“要想飞得更高，
就该把地平线忘掉。”

祖国的万里碧空，
已画上你的微笑；
伟大复兴的历史征程，
已刻下你的创造。

你若换羽归来，
必定是凤凰涅槃；
你若留在蓝天，
我们将永远为你祈祷！

家乡的山

2016年，我回家乡祭祖。礼毕，我看着山脚下流淌的河水，眺望着山外的家园，想着孩时的往事。

那是一座奇丽的山。
连绵起伏，
松风漫卷，
五彩斑斓。

那是孩时玩耍的山。
春采蘑菇冬滑雪，
秋摘榛子夏捉蝉。
天赐的乐园。

那是救过众人的山。
每当洪水泛滥，
它便托起我们的身体，
躲过灾难。

那是四季分明的山。

绿从雪中生，
红巾翠袖，
素装掩黄衫。

那也是父母安睡的山。
小径崎岖，
苍松翠柏，
寂静安然。

在那巍峨的山顶上，
有尊护山的神。
大人们曾告诉我，
木墩就是他的祭坛。

从此我懂得了，
山的灵魂，
树的生命，
敬畏自然。

父 亲

2017年搬家，找到几封父亲生前写给我的信。三十多年后再看，才真正懂得他坚强背后的艰辛。如今，我也为人父，才真正理解父亲的内涵。

因为是父亲，
我必须坚强。

其实我和你一样，
面对生活的艰辛，
事业的拼搏，
孩子的成长，
还有那人生的彷徨。
不是我不说，
而是父亲必须把艰难隐藏。

其实我和你一样，
面对人生的崎岖，
也需要倾诉，
需要安慰，

更需要原谅。
不是我不想，
而是父亲必须挺起胸膛。

其实我和你一样，
面对生命的衰老，
也想歇息，
也想放下，
更想携妻畅游远航。
不是我不能，
而是父亲必须担当。

因为是父亲，
我必须终生昂扬。

书 香

2017年搬家，房子比原来还小。我望着满屋子的书，这些陪伴我几十年的“师友”，竟不知所措；看着书卷上那黑红相杂的随记，仿佛又回到了灯下苦读的日日夜夜。

孤独的时候，
我有一种充实，
那是你的陪伴。
就像你我的世界，
寂静安然。

痛苦的时候，
我有一种慰藉，
那是你的墨禅。
就像你我的双眼，
总在彼岸。

彷徨的时候，
我有一种期待，
那是你的慧言。

就像你我的追求，
滴水石穿。

倦怠的时候，
我有一种激励，
那是你的呼唤。
就像你我的身躯，
岂能散淡。

年迈的时候，
我有一种渴望，
那是你的期盼。
就像你我的品格，
老骥争先。

那一年

2017 年夏，家乡有个小学同学聚会。我因有讲课任务，未能参加。但想起几十年未见的小学同学，有的已经离我们而去，我心中百感交集，往事浮现在眼前。

那一年，
你轻轻地走进教室。
瘦小的身体，
让人见了怜惜。
相互嬉闹的同学们，
几乎无人注意你。

那一年，
你悄悄地离开教室。
依然瘦弱的身体，
如何去战天斗地。
相互告别的同学们，
依然无人注意你。

又一年，

我在车站遇到你。
引我望去的，
是你怀中婴儿的哭啼。
虽然还是那么瘦弱，
却多了些母亲的英姿。

又一年，
我在照片上见到了你。
虽然多了些白发，
那瘦弱依然飘逸。
其实我知道，
你早已融入了大地。

风

某日，一诗友问：何为诗？我竟不知如何回答。我虽然写诗，却从未认真想过这个问题。于是，便有了这首诗。

风，
从心头生起。
吹皱了
柳丝的倒影、
水中的月钩；
唤醒了
山峰的娇云、
银河的秋愁。

风，
从指尖划过。
留下了
相思的苦泪、
归鸿的乡魂；
流淌着
追寻的无奈、

梦里的飞沉。

风，
从口中飘出。
吟诵着
醉人的情爱、
飞英的心声；
告白着
未酬的壮志、
激昂的人生。

爆　竹

过年放爆竹，其实是一种寄托的表达。其内涵古今多有不同，且在不同年龄阶段，又会有不同的感受与寄托。

孩时燃爆竹，
只是为好玩。
专在女孩脚下放，
惊呼四散。

成年放爆竹，
是为了烟花的灿烂。
用心灵去寻找，
那幻化的瞬间。

老年怕烟花，
是那绚丽太短。
匆匆辞旧岁，
恋恋忆从前。

回家的路

2017年12月，央视连续播放台湾同胞讲述的故事。其中高秉涵老先生的经历让我忍泪哽咽。天下千般苦、万般痛，莫过于母子隔绝，而他回家的路一走竟是三十年。

望大海之苍茫兮，
问长天何无船；
想蟾蜍之普照兮，
盼母子以团圆。

一片大海，
把回家的路阻隔；
一种人为，
把同胞的情宰割。

他，少年逢战火，
挥泪别娘亲。
辗转成孤旅，
漂泊苦中吟。

大海边，
无数次的眺望，
总被浪涛遮掩。
但他依旧不停地呼唤，
娘，我想你！

深夜里，
他把破旧的长衫
轻轻地贴在脸上，
感受着娘的体温、
母亲的针线。

绝望时，
想到那早已托出的家书，
是否收到？
何时能复？
娘亲可安？

睡梦中，
娘的满头白发，
忧思的皱纹，
期盼的目光，
清晰而又遥远。

三十年，

他终于踏上了对岸，
走完了回家的路。
而等待他的，
却是母亲的坟墓。

苍天虽未如他所愿，
却助他背回了同胞的遗骨。
让那些飘荡的灵魂，
离家的游子，
归葬于故土。

路漫漫其修远兮，
两岸上下共求索；
驾彩虹于波涛兮，
融亲情乎河汉。

叶　子

我家南窗外有棵梧桐树，比五层楼还高一些。每当我写书累了，便站在阳台上看它。从初春的嫩芽到盛夏的翠绿，从深秋的金黄到寒冬的枯枝。年复一年，犹如相知，有感而作。

蜡梅报春，
燕子还乡。
在枯干的树枝上，
你诞生了，
带着嫩绿的清香。

你是那么娇小，
那么易伤。
哪怕轻微的摇晃，
或小鸟掠过，
都会夺去你的向往。

但你依然坚强。
烈日的炙烤，
狂风的扫荡，

暴雨的冲击，
都无法阻止你的成长。

秋天来了，
寒露为你的成熟
披上新装。
那金色的黄，
彰显着你的厚重和沧桑。

当凛冽的寒风吹过，
你落在了地上，
带着新生的希望。
白雪掩埋了你，
走向大地的归藏。

是的，你还活着。
虽落成泥化作尘，
只有绿如常。
那再生的能量，
只待春的昂扬。

1 分 52 秒

我收看央视《相约在零点 37 分》有感而作。谨以此诗献给普天下聚少离多的至爱情侣。

飞雪漫春头，
月如钩，
高铁飞驰似箭求。
驶向那
望眼欲穿的等候。
为的是
长夜相思中，
那 1 分 52 秒的聚首。

刚刚握住的双手，
又道别后；
凝眸相视的热泪，
未及奔流；
魂梦缠绵的拥抱，
难舍温柔。
怎奈得

汽笛急骤。

你留下了婚戒，
带走了尚未说出的爱求；
你留下了明天的渴望，
带走了今日的未酬；
你留下了爱的心字，
带走了温润的折柳。
期盼着
终生相守。

现代格律诗

其中：七绝三十三首、五律二十首、七律三十首。

这些格律诗与后面的现代词、现代五古一样，大都是游历或读书有感而作。目的在于通古今、知得失、明史鉴；情志相兼，重在自省。

从诗法上说，我在严格遵循诗词格律和音韵和谐的基础上，尽量不用文言，少用典故；力求在通俗易懂的同时，给读者留下自由想象的空间。因此，以下现代格律诗和现代五古均不作题解和注释，供读者任情挥洒。

七绝三十三首

少年志

总角行逢动乱时，残梅剩雪自学诗。
池寒意远空堆墨，暗将吴钩作故知。

青年征

少壮别家志远征，飞镰竞秀苦中行。
惊涛拍岸青萍啸，纵马高歌驾烈风。

中年意

斜阳洒尽旧铠衫，塞外孤鸿寄归言。
遍历书山黄卷暖，青灯影里笔耕寒。

晚年情

闲茶淡月伴炊烟，落木飘零任寂然。
老马嘶鸣惊子夜，残烛雀跃向长安。

竹　颂

高竹空色节独立，切处虚心傲骨直。
更忆筠生凭老干，清风策杖育新枝。

游子吟

蝉鸣骤起振轻罗，远麓金钟送玉波。
欲奏归思谁共我，青山数点对天歌。

瘦西湖

清风送语柳依依，翠岭斜阳染霁夕。
雨打梨花桃映水，湖中望月照闲枝。

南湖观燕

飞英飘逸任春风，紫燕低徊欲伴行。
欲速相随追旧梦，忽闻九曲送笛声。

赠知青老友

青纱影里飞镰舞，荡起雄风百丈惊。
白发犹思催战马，何时为我启归程。

还　乡

弱冠横行频战阵，挥戈纵浪已秋深。
隔窗静待归田令，故里桃园酒已温。

渐与顿

北南渐顿两分贤，明镜菩提本自然。
渐若无觉难得悟，尘埃不扫顿非禅。

禅与修

任由顺逆即逍遥，渴饮饥餐倦卧高。
悟道何须寻兔角，求禅岂向觅龟毛。

绳　栓

沃野及身心在草，腾挪辗转老牛烦。
后生借问因何故？皆为牵绳未断栓。

是　非

是是非非事事危，执执固固固迷非。
千结紧系难非是，缘是执迷论是非。

化　淤

一杯冻顶洗浊肠，两柱沉香化淤伤。
四事躬行禅自在，三餐苦乐渡泥江。

贵与贱

谯楼自丽高卑下，弱柳低垂巧绣漪。
骏马疾驰鞭影瘦，涂龟曳尾寿无期。

戒　极

五湖点点注天东，四海滔滔半界空。
万水条条终有尽，千山脉脉亦分穷。

缺　憾

日有朝夕昼夜悠，圆缺朔望亦难求。
阴晴雨雪何人定，无语孤云任自游。

观自在

行深自在密多僧，笑看凡俗事事争。
苦厄穿尘缘欲起，内向般若照心灯。

悟　道

人生有道道中花，一笑拈来善慈华。
参悟何须寻破壁，赵州劝化去吃茶。

苏曼殊

蛾眉道尽述心渊，戒律筝人共镜难。
忏断情丝归寂静，心无爱恨枕经眠。

陶渊明

半辈羁旅半生闲，一壶老酒两亩田。
结庐水畔东篱下，犬吠鸡鸣竞自然。

苏东坡

纶巾策杖抱虚身，挥笔飘然意任神。
湛湛清心如上水，悠悠万古洗黄尘。

贾似道

佛灯影下看皮囊，万岭哀鸣吊自伤。
荡尽奢华倾宇内，枯杨壁草半闲堂。

蜗　牛

蜗牛角上有禅风，骤雨雷霆且自行。
笑看奢食如弃履，残泥草屑世无争。

西来意

生逢乱世雨纷纷，欲避喧嚣遍古今。
借问赵州西来意，庭前柏树自家门。

动与静

无风却见幡旗动，风起幡旗静似松。
动止缘由执各案，佛说本性色非空。

自　迷

遍踏河川觅我禅，牧童笑指眼前山。
浊溪自道清如许，映照虚身即本然。

自　嘲

万丈红尘一炷香，荣华富贵几多长。
文房四宝传家盛，只买诗书不买房。

贺友人寿（其一）

春回甲子道勃兴，碧海苍穹任自行。
比翼秦楼云绣月，雄鸡一唱舞长缨。

贺友人寿（其二）

瑶琴晓月伴佛香，燕语晨风且共凉。
午醉芭蕉拂旧梦，禅茶柳下品夕阳。

有　无

山中有寺寺无声，远近高低亦无形。
林茂松间遮草径，溪边淘水一老僧。

晚　钟

盛世当歌万古扬，复兴荡起热衷肠。
白头岂惧松风老，大吕黄钟奏玉章。

五律二十首

湖中曲

月下有笛声，清辉岭上听。
悠中悲悯事，音外道薄情。
烟锁崎岖路，湖冥掩波惊。
船行何处是，回首扣舷鸣。

隐　士

草舍常思远，柴扉久未迎。
巍巍千丈树，飒飒朔风横。
钓客一壶酒，锄翁两手成。
四皓梳新发，洗耳许由惊。

杜　甫

挥毫书大义，鞭挞吏贪黑。
泪洒妻绝久，情伤路骨悲。
漂泊千里险，露肘奔国危。
淫雨侵贫病，孤帆落碧晖。

良宽禅师

中秋初赏月，行窃小贼急。
寺庙慈悲地，高僧久视戚。
移烛当头照，辨是苦中迷。
素影难相与，良宽送禅衣。

躬　行

残月映鸡窗，孤灯制策忙。
参微需大势，觉奥待时张。
斗雪寒梅苦，穿云日月长。
男儿三尺剑，纵马跃四方。

自　省

泼墨晚风迟，难吟李杜诗。
心慵三径远，意懒四时疲。
岁月一枯尽，黄竹两叶稀。
心无罗锦绣，哪得吐珠玑。

三峡行

峡谷天如线，奔流逆浪翻。
山重明月远，坐夜话诗篇。
瀑布三千丈，飞猿已万年。
谁来将进酒，长啸送孤帆。

圆明园

皇苑多往事，千古奏金钟。
画舸曾如意，龙舟月下拥。
湖亭荒草远，翠柳伴残宫。
万水东流逝，池边一牧童。

颐和园

两岸映荷莲，神龟万寿山。
六桥拥绿水，宝塔彩云间。
昨夜伤心雨，今朝落碧残。
游人互探问，何处乘龙船。

流花湖

雨打水生花，木棉舞彩霞。
轻裙舒广袖，皓发品清茶。
遥想花何去，随波望断崖。
斜阳留晚照，霁月有奇葩。

纪家庄

绿映新柔处，纪家碧水边。
伊人寻梦境，游子会灵山。
画棹拨心浪，轻舟月下闲。
松风牵素手，情漫任嫣然。

读　书

似友如师道，开合眷眷情。
三益书旧案，三上伴青灯。
三阅晨昏悟，三到贵践行。
风烛忧目力，老骥与时争。

赠乡友

山重遮目远，细水久长流。
骤雨一时满，和风可解忧。
贪嗔生五躁，欲利六根纠。
若得清凉界，茶中有绿洲。

反　成

求富反成劳，圆缺四季消。
笼鸡夺命近，鸿雁向天高。
聚为争一粟，伤皆各自逃。
鲲鹏食遍地，展翅任逍遥。

送　别

秋寒鸿雁远，枯草伴琴伤。
催马追风送，登高目断长。
江湖多险路，峻岭雪飞扬。
切盼春来早，新芽待品赏。

今　昔

落叶飘零处，春风换旧新。
今朝人笑我，昔日我笑贪。
日月轮流转，乾坤定古今。
小康一世界，大道本无分。

咏　柳

湖岸残枝冷，风吹柳叶消。
也曾柔嫩绿，善舞小蛮腰。
灞上凭折去，怀温任路遥。
虽经寒雪苦，依旧待春娇。

惜 春

春风何太早，又见燕儿催。
柳绿无心诵，梅红笔下悲。
邻家檐挂柳，簪上野花飞。
白发唏增岁，掩门怕绿肥。

夜 影

寒光生积雪，月下影儿长。
若问何如故，皆因事太忙。
杯空人半醉，酒溢曲中香。
陋室残灯旧，久病老爹娘。

盼 归

夜深独自起，又恐鹊儿飞。
仰首分新月，低头算是非。
临行殷切切，策马朔时归。
目极烟波渺，抱膝盼子规。

七律三十首

老　子

青牛皓月过乡关，利济苍生五千言。
悟道源出天下事，行德化育为民贤。
无为不解时人误，自为方应物本然。
上善因生如若水，涤污荡垢润无澜。

孔　子

生逢乱世志非凡，复礼天阶月下寒。
遍历书丹求大义，周游列国觅贤难。
诸侯欲利无一用，汉武独尊百代传。
敬圣何须如戒律，先师教化重相参。

墨　子

起自平民大匠师，经学济世振心期。
义和百姓兼相爱，利在苍生得食衣。
遍历九州三表事，奔波五岳救危急。
科技当奉中华祖，啸咤长空待来时。

庄　子

鲲鹏展翅任飘然，点化迷蒙万物仙。
冷眼逍遥名利事，热肠涕悯念苍天。
涓埃入雪钟神秀，击缶长歌伴杜鹃。
曳尾于涂绝富贵，清风洗耳钓悠闲。

韩非子

旷世八荒怀大法，临绝济难就强秦。
朝云伴诵西凉乐，夜雨悲吟洛水音。
洞彻春秋危月燕，却寻硕鼠觅知心。
空怀壮志强国梦，恨悔冤魂问古今。

屈　原

离骚荡起楚湘风，卷奏旌旗欲振兴。
叩壁苍天余百问，燕然未勒雨横鸣。
垂天四幕休绝志，碧水青云戒至行。
无奈清浊渔父论，孤洁抱恨汨罗情。

秦始皇

春秋大义战国枪，乱世诸侯霸业狂。
嬴政一统华夏日，分封罢黜建中央。
强秦速灭缘何故，千古评说论短长。
水满焉能无外溢，盛极必反与时亡。

项　羽

断剑别姬垓下泪，回眸耻向对乌江。
波横亚父凄凉影，浪泣怀王悼自伤。
嗜血屠城河汉暗，焚书灭籍毁阿房。
楚歌骤起惊残梦，恨眼八千望故乡。

董仲舒

把卷诗书未视园，《春秋繁露》筑神坛。
奇谈止雨需偶处，怪论阴晴纵闭篇。
天授君权愚百姓，独尊儒术百花残。
明波洗月传灯众，截取白云待漏天。

贾 谊

少壮横空冠庙堂，激扬策论欲兴邦。
才高八斗书生气，志抱神州斥众长。
势顺孤洁凭傲物，逆来怅惘又凄惶。
惊闻坠马东宫去，涕吊屈原伴玉伤。

嵇 康

风杀雨虐报国残，欲进无门自清谈。
身桎心驰鞭影庱，神游万宇驾长帆。
追飞秣马宣凌厉，俯仰经纶欲尽言。
啸傲屠刀琴骤起，天涯涕泪广陵寒。

周　瑜

挥鞭赤壁洗长缨，银甲周郎夜点兵。
战马嘶鸣风骤起，旌旗漫卷烈火惊。
小乔执酒登高望，一曲清歌助君征。
万古长江难益寿，黄尘老尽道无情。

李清照

轻罗日照倦梳妆，不忍双蝶戏绿忙。
诗卷别时吟泪在，孤弦半敛忍低昂。
云中锦绣飘零远，雁字回时碧水凉。
欲趁残秋寻故梦，忧戚旧痛遇新伤。

张　巡

残军犹抗安史乱，力战顽敌血染川。
屠马刮皮吃野草，挖鼠打雀尽饥餐。
水枯无奈存兵士，人竞相食苦泪干。
城破张巡蒙难日，谗言骤起造奇冤。

焦裕禄

风沙卷奏公仆影，酷暑严寒病体知。
汗洒征尘盐碱地，丰收笑看两脚泥。
一张戏票千斤重，两袖清风万民期。
百姓心中有杆秤，量出万世盛衰时。

渔父论

人生自古有阴晴，渔父江潭论浊清。
浊世脱尘应隐逸，清明入仕舞长缨。
若如浊世人皆避，敢问家国怎振兴。
乡野庙堂天下事，濯足濯冠志相成。

悼老友

悲风骤起哀笛响，老友英年竟阴阳。
纵使苍天同涕泣，怎能慰我痛断肠。
少逢俊志词文涌，共赴山乡战大荒。
久病家贫犹奋力，孤魂怎得和诗章。

雪

北风款款送君来，一扫千尘万里埃。
远眺山河皆素裹，回眸陋室尽洁白。
六花漫漫铺寒地，絮笔纤纤画玉台。
老汉拂须量尺满，笑说瑞雪兆新宅。

独　饮

夕阳荡尽意阑珊，月挂枝头半牖残。
年少偷尝酣畅物，青春纵酒为扬帆。
杯深悟得锄禾苦，觥浅应知大匠难。
觞冷云温谁对饮，雄鸡报晓著诗篇。

赏月感怀

素影圆缺杯易满，飞沉大化寄一凡。
书山遍历寻根静，诗卷流风唱祖禅。
怅望青云归晚客，回眸羁旅送孤帆。
高台把酒吟竹马，远彻清歌共若兰。

赠老友

折柳长亭灞上楼，明河共影几春秋。
昔无彩凤双飞翼，今得游龙贵王侯。
旧岁茅屋陈酒暖，新烛映翠对帘钓。
青禽乘月鸣心语，惕厉常思辨患忧。

祭　母

雪慢灯昏归意切，村头白发盼儿声。
炊烟三起盘中冷，泣问征程几许行。
游子哀思慈母日，归林倦鸟有人疼。
膝前敬欲多行孝，天上人间已不能。

灵山观湖

烟霞起舞日西垂，洒向梢头彩练飞。
荡起清波金点点，旋堆绿浪艳花随。
扁舟唱响樵风起，网满鸣榔望翠归。
柳下木屋一老客，依依九曲伴余晖。

退　休

轻狂少壮误知新，雪染桑榆业已贞。
掩去三槐天界远，垂帘五柳伴薪门。
清风散发澄余滓，碧水涤心浪里吟。
静品蓬莱千味酒，拂须笑看后来人。

和老友

大漠深秋万里空，黄埃漫散去无踪。
高枝本是招霜处，秀木岂能避烈风。
尽数人间千古事，方知乐在牧歌中。
诗书柳下云堆雪，淡饭粗茶共月同。

夜　思

寒霜几度打残秋，陋室耕耘苦作舟。
六载青灯新案旧，三餐无定雪白头。
忽如一缕春风远，化作幽兰竞自由。
著作何须求冠戴，留于后世久传修。

同学会

梦里依依去岁华，觉来恋恋叹流沙。
别时俱为青春貌，再见夕阳共晚霞。
老骥缘何当伏枥，新鞭万里任挥洒。
修持皓发三千丈，纵马天涯笑看花。

和居士

居家出世本无分，善恶慈悲尽在心。
寺庙幽深清静地，草堂浅近可寸真。
袈裟大礼拥僧众，布履青灯自在门。
意守微明神入定，佛光一点赴禅林。

观老者

辟巷茅屋一老者，枯黄冷峻问无言。
顽童乘睡常相戏，邻里逢时乐助餐。
雪漫柴扉犹静坐，风吹双鬓意安然。
忽由浪起惊春水，原是佛家悟道禅。

苦由心生

大苦缘由看不穿，尔长吾短自相残。
闻听老树生仙果，便舍身家入战团。
葛岭半闲残堂在，江河荡尽几多贪。
夕阳落尽方知夜，争饮漕溪渡厄湾。

现代词五十三首

双调忆江南·年轮

“文革”及家父的遭际，已事过境迁。但那岁月刻下的年轮清晰地让人无法忘记。

狂飙起，风卷战旗扬。
丽人红装尽素裹，少年浩荡竞称王，
纤手五尺枪。

花残落，黑月伴凄伤。
苦岸孤魂无渔父，哀笛吹恨送断肠，
人事两茫茫。

秋色横空·麦浪

这首词记述的是我上山下乡的经历。那些日子的苦，是今天的青年所无法想象的，但它给予我的，是终身受用的坚韧、节俭和信念。

燕过催春，绿意稠，豆汗滴，挥锄舞。
青纱摇影画芬芳，老茧盈盈处。

晨露凝香金缕，又骄阳，飞镰吐雾。
老皮新去，粒粒含辛，秋鸿谁苦。

少年游·兴安岭

1976年，我在省干校学习。休息日结伴去登山。当我们登上一座山峰时，大家激情万丈，高歌长啸。我即兴填作此词。

险峰峻岭伴狂飙，少年欲攀超。
老者劝曰，密林虎豹，入者俱侠豪。

自古男儿英雄魄，意气胜天骄。
袖里乾坤，掌中孤剑，人定比山高。

朝中措·别亦难

1978年，几位发小相继离开家乡，或参军或上学，我也到北京工作，从此聚少离多。想到我们一起玩耍、一起长大、一起下乡的日子，我百感交集，故填此词。

河君逐浪大江流，何日再回头。
问尽波花处处，长水无语悠悠。

孤光自照，残月共影，一醉千愁。
唯愿相随携手，苍茫空阔无舟。

鹧鸪引·楼外楼

80年代初的那几年，是我人生中最难熬的日子，而难就难在可选择的太多，一时间难以决断。这首词记述了当时的心志。

世间常羡万户侯，绿杯红袖竞十洲。
无情风雨惊春梦，千古何人不白头。

天朔望，地悠悠，草头秋露水东流。
池清海阔凭鱼跃，荷叶吹凉楼外楼。

天香·爱妻

这首词，是我婚后在回京的火车上填作的。记述了我与爱妻下乡时相识相爱的情景，以及我对未来的憧憬。

瑞雪纷飞，松风曼舞，红装一点如絮。
翠岭漂白，青山素裹，秀发惊风飘逸。
人随香至，欲低问，娇偎无力。
笑目旋含秋水，香荑羞递春意。

也曾孤帆远觅，为红颜，万山不弃。
琴心两地暗结，素约情窦，从此清歌共济。
待华发，翠影西霞日，玉凤萧龙，秦楼比翼。

安公子·归思

我和爱妻两地分居了五年多，每年只有一次探亲假，时间短暂而宝贵地让人不敢去想。这首词记述的就是我们分居两地的日日夜夜。

孤云低游衍，疑是远芳送尺素。
欲问可有乡关语，伊人在何处？
共孤寂，减尽荀衣向天度。
同相与，心随风飞去。
不忍登高远，何堪潮信迟误。

又蚱蝉鼓噪，欲睡还惊两凄苦。
酒醒不知与谁饮，抱影留梦住。
问苍天，锦绣几许换一聚？
离亭柳，倚马思归路。
常叹关山远，更添满城风絮。

少年游·羁旅吟

80 年代出差，是一件很辛苦的事，能有硬板可坐，有四人一间的旅社可住，已是幸运。我晚上无事可做，往事便会浮上心头。

六花拂窗五更寒，飞雪漫雄关。
冰封炉灶，屋空被冷，欲语伴云烟。

遥想当年挥汗处，豪迈越千山。
把酒论剑，狂歌长啸，皓皓晓月残。

安公子·问鸿雁

这首词与前面的《小百合》是同一主题，都是第一次去革命老区调研后写下的。

黄尘风上卷，旋舞幽壑摧枯树。
雪打柴门人空寂，残灯伴夜幕。
鸿雁远，几许余音总凄苦。
望无际，只把梦留住。
唯有信天游，欲换衡阳尺素。

春红映翠柳，月上小楼笙歌舞。
玉容销酒花弄影，忘却来时路。
问鸿雁，客心可怀乡情愫。
盼归驾，秋风来又去。
纵千呼万唤，华发何堪虚度。

临江仙·咏新芽

夜读宋词，想到那些初春嫩芽，再到花开花落，不知所终。这就如同人的生命，百年之后又会去到哪儿呢？

巴山夜雨新春日，枝头婉娩新芽。

纤纤玉指若飞花，娇柔清逸，舒卷露珠滑。

忽如一叶秋千影，黄昏染尽芳华。
追风欲问落谁家，山重水暮，灵境在天涯。

朝中措·东坡误

王安石有诗云："残菊飘零满地金。"苏东坡认为王诗有误，百花虽凋零，唯有菊花枯儿不凋，故作诗戏弄王安石："秋英不比春花落，为报诗人仔细吟。"后来苏轼被贬海南，方知此地菊花是凋落的。由此可见，无论何人，总有不知之识。

残菊飘零满地金，诗出半山吟。
苏轼语出相戏，春花秋英不分。

花黄两地，北枯南落，欲辨亲身。
八斗圣贤不识，恃才难得知音。

村意远·悼雁丘

据载，金代诗人元好问赴试并州，路遇捕雁人射杀一雁，其偶悲鸣不去，投地殉情而死。元好问买下双雁，葬于汾水之畔，作《摸鱼儿·雁丘词》。我读后感慨，故次之。

遗山河畔葬雁双，水凄凉，人悲伤。
千里孤坟，何处是故乡。
暗想清明应细雨，曾祭否？问衡阳。

世间情爱心如霜，待西厢，梦难长。
唯有雁痴，宁死不独芳。
千古风流万般问，情何物？两茫茫。

千叶莲·本色

90年代有几年我身体不好，便常去公园散步，渐渐对荷花有所感悟，断断续续写了十几首诗。收录本集的除了这首，还有前面的《荷韵》。

妖娆满目斗画长，荷裙轻舞伴鸳鸯。
吹冷百花痴心苦，露降芙蓉圆藕香。

佛家座，宝灯房，污泥不染自清芳。
古今多少风流事，曲高不肯就画堂。

八声甘州·诸葛亮

这首词意在通过诸葛亮一生作为来展现他的道德境界。即明知天下不可为，但前有先帝托孤之重，后有幼主无能之累，他的人生选择只能是，鞠躬尽瘁，以死尽忠。

陇亩躬耕处，遍诗书，
常诵《梁父吟》。
草堂通天下，掌中风雷，长策如奔。
三顾方得《隆中对》，一役定三分。
鞭指蜀山远，江水幽深。

孟获七擒成义，治蜀宽严慎，事必躬亲。
汉中成新业，赢得万民心。
六伐魏、祁山苦战，劳疾重、仰天志难申。
凭千载、英名长颂，泪洒古今。

惜余春慢·严子陵

严光是东汉初的隐士。他少时与刘秀同学，极富才华。刘秀即帝位后要任用他，严光却改名隐居起来，终老于富春山。此词为凭吊子陵钓台有感而作。

钓台子陵，奇才隐逸，天下一囊归潜。
羊裘草履，食自耕田，驱动雄兵百万。
明月柳下长河，浊酒清风，其身独善。
过翼凌绝顶，长水如逝，天高云淡。

汉光武，频顾其贤，重金高位，皇诏钦命难见。
怀仁辅义，顺旨当绝，刘秀抚案孤叹。
同榻再劝，挑灯把酒相谈，志坚难反。
又拒三聘授，终老春山为伴。

浪淘沙·曹操

我写曹孟德，主要是后世对他的误解太多。而他一生的最大矛盾则是成在用人、败也在用人，即识才不识人，用才不辨德。可为今人鉴。

乱世聚雄贤，乘势因然。
独兵犹战董卓酣。
三拒诸侯翻汉室，慧眼如禅。

挟帝令诸侯，虽霸非奸。
一统华夏志如澜。
广揽英才德不辨，终是无缘。

月下笛·陆游

陆游诗词让我感动的，不仅是“王师北定中原日，家祭无忘告乃翁”，还有他与唐婉那凄美的爱情。

梦汗惊残，追香跃起，倒屣寻遍。
寒窗月下，枯柳依依舞灰暗。
香消四十人空瘦，念切切、恨无彩练。
羡牛郎织女，银河虽阻，鹊桥相见。

呜咽，曾双燕。
紫烟共诗书，戏墨丹青，桃溪相伴。
沈园偶遇如盼。
相逢咫尺情难诉，题词壁、琴心悔叹。
追飞影、苦匆匆，柔橹声声渐远。

汉春宫·文姬别子

蔡琰是东汉著名女诗人。汉末大乱，她被南匈奴部将所虏，并与左贤王育有二子。后曹操念蔡邕无后，以金璧赎回。这首词写的就是文姬返汉时，与儿子离别及回汉后思念的情景。

边马嘶鸣，胡笳催晨早，无奈归期。
长拥泣诉，幼子缠颈如漆。
千般叮咛、万般嘱，热泪沾衣。
行渐远、三别频顾，天涯从此孤凄。

子夜梦回听雨，吾儿今可好，谁与同食。
被冷何人相伴，又恐火熄。
别时针线，尚能否、御寒朝夕。
空叹念、恨无青鸟，只余娘泪欷欷。

燕归梁·陆羽情

“茶圣”陆羽，一生只爱一个女人，一生只为一个女人，她就是童年相识的李季兰。他们八岁分别，二十多年后重逢时，李季兰已是道姑。

翩若飞鸿著《茶经》，流华万古兴。
漂泊千里觅童声，人相聚、道无情。

青梅竹马，诗书相伴，廿载梦难成。
百般呵护万般应，终未能，化心冰。

濯缨曲·梦娃

老早就想把中国历史上的“梦娃”“慧娃”“巧娃”写出来，以便让今天的孩子了解祖先的童年，但一直未能如愿。这首写欧阳修童年的诗，是已完成的几首之一。

幼年丧父家贫寒，慈母教子严。
芦荻代笔习字坚，拾书志圣贤。
昼劳作，夜参研，蟾宫折桂艰。
生民尽事似春蚕，诗文万古传。

烛影摇红·痴情

清代诗人朱彝尊《高阳台》词序曰：“吴江叶元礼，少日过流虹桥，有女子在楼上，见而慕之，竟至病死。气方绝，适元礼复过其门，女之母以女临终之言告叶，叶入哭，女目始瞑。友人为作传，余记以词。”我读后常觉意犹未尽，故填此词以续之。

镜里青丝，苦泪乏，欲剪愁，惜罗帕。
依依香袖看啼浓，蝶隐摇红下。

肌雪孤消素发，数黄昏，寒鸦遍洒。
柳添新绿，雁字回时，凄凉独画。

踏雪行·千里马

据载：古有一千里马，却无人识，只能干一些驾辕拉车的活，以致衰老。某日伯乐偶遇，为之惋惜而大哭于道，并解衣披于马背。而马残年终得人识，故昂首长啸。

骥贩盐车，崎岖马老，太行路险猿长啸。蹬啼胕溃白汗流，力竭坡陡随辕倒。

伯乐遇之，伏哭于道，解衣披盖附身告。昂头挥尾对天鸣，残年终得千里造。

一剪梅·燕归来

我读古诗文，深感古人对未来的期盼总是那么强烈，其意境又总是与春天相连。那么，谁来预报春天呢？这就少不了梅花和燕子。故填此词以和之。

檐上冰凌滴欲残，千树百鸟，谁报春帆。
晓风惊绿燕儿来，红襟催花，翠尾生兰。

兴起和鸣邀共船，舒波画棹，双带斜穿。
青阳影里恋新声，婉转低徊，犹似当年。

鹧鸪天·情难言

生活中常有暗恋之情，或单恋，或互恋，却又不想让对方知晓。稍有表露，又千遮百掩，故作泰然。其情之苦，比爱难言。

意攀蜀山行路难，水昏花落子规寒。
娇云欲诉相思泪，青鸟声里不敢言。

浪萍处，暗尘湮，依依梦里共欢颜。
雾失蓝桥明霞远，开眼长夜待漏天。

读沈从文先生《古人的文化》，想象祖先的生活。以文化物，以用化人，以人文化育天下，常常令我沉思忘事。故填词两首。

卜算子·扇子

浩荡三千年，天地人为扇。
动静开合善屈伸，风扫征衣汗。

扇骨撑大志，扇面心扉展。
素扇挥洒人生路，晨暮长相伴。

鹧鸪天·镜子

人生贤愚自知难，先圣方得镜高悬。
盈亏损益须明鉴，常照得失万事安。

观自我，省因然，善察长短正衣冠。
古今多少兴衰事，浮载人生一洞天。

满庭芳·师恩

2008年，我的一位小学老师去世了。接到消息的那天晚上，我看着发黄的照片，想着恩师的往事，热泪长流，以感恩的笔填下这首词。

绿染新竹，枯黄老干，舍身哺育初枝。
劲松摇翠，独挡雪压低。
雏凤清声虽胜，却缘是，老凤传习。
小荷角，花容水盛，香藕出淤泥。

恩师，烛泪满，春蚕丝尽，犹力琢琪。
皓发画彩虹，甘为人梯。
梦里音容笑貌，书已旧，何处归时。
似羔羊，乌鸦反哺，无奈报恩期。

燕归梁·一饭恩

人生在世，恩怨难免。怨当一笑，恩当回报。一字师、一饭恩，虽为平常事，做人不应忘。因为施恩是善，报恩也是善，以善报善，其善大焉。

士子贫微家境寒，求学难三餐。
店家施舍却无言，暗加肉、复年年。

拼搏成富，大恩欲报，店主意安然。
白饭一碗待如前，劝行善、为民贤。

蝶恋花·忆童年

这首词填于梦后。那梦非常清晰，我和童年的伙伴玩过家家；那梦是甜蜜的，醒来眼里却是泪花；那时我唯一想做的，就是让那早已淡远的童心复活起来，成为生命的主宰。

华发游梦忆弱冠。两小家家，郎妾戏中唤。竹马嘻哈欲执手，青梅绕避小妆乱。

布娃怀中低抚按，娇儿亲亲，炊花映童艳。春空彩云无觅处，笑出秀靥梦中现。

凤凰台上忆吹箫·心灯

这首词，是读清代女诗人贺双卿的词后填作的，用的是同一词牌和韵部。《西青散记》对她的评价是："身负绝世才，秉绝代姿。"而她的人生之苦，以致青春年华便"劳瘁以死”，令人心碎。

薄命如斯，双卿绝代，掩卷凝目寒更。
唯有此情苦，豆蔻残灯。
芳心孤夜暗泣，香膏尽，欲睡还惊。
身空瘦，摧花杵杖，恶雨无应。

惺惺。雪压轩里，和泪写凄伤，啼血悲声。
更欲凭谁诉，孤雁幽情。
独怜秀笔片片，才情悔，芦叶西风。
香魂远，人间天上，好个来生！

江城子·情如絮

我的一位发小，为了他心中暗恋的女神，从未谈过恋爱。人家早已结婚生子，他却坚定不移，从未动摇，以致老矣。故填词给他。

寒窗夜雨两茫茫。
苦情郎，自抚伤。
千里娇云，何处是潇湘。
豆蔻芳疏轻聚散，心如絮，梦难长。

秋锁孤雁泪千行。

皓发稀，暗凄凉。

无语问花，巴蜀已生霜。

讨得花间一壶酒，共月饮，入醉乡。

高阳台·多情怨

我读《宋词赏析》，感慨颇多的是李清照词，尤其是南渡后填作的。那份孤苦、凄凉和无奈，非亲历者而无法体会。为此我写了《高阳台》和前面的一首七律。

南渡孤鸿，忍恨回首，断垣残壁征尘。空带愁来，更添淫雨幽深。

苦别生死花已落，泪弹竹，何处知音。扇未合，诗卷别时，弦上还温。

残烛独照空绝代，与谁同凄苦，飞絮伤神。梦里相依，旧枕又添新痕。

欲化彩蝶随去，冷山昏，恍若离魂。怨梅笛，满地黄花，夜伴风吟。

采莲回·沙山夜

这首词和前面的《鸾》，都是我在东钱湖的沙山村写的。

这个村子大都是明清的老宅子，依山傍湖，景色极美。可惜现在都拆了。愿以此词为后世留下她曾经的存在。

沙山春老明月夜，木屋素影无眠。
举杯空念意缠绵，孤灯欲醉，何处是尊前。

恍若那年回眸处，琴心暗结清蟾。
梦里寻遍雁声寒，烛光瘦尽，心语任无言。

江城子·鸿雁

古诗词中多吟鸿雁。因其南飞至湖南衡阳而止，故曰“衡阳雁”。我有次去衡阳看望朋友，便让他帮我请了一位专家，讲鸿雁的古往今来，心中感慨，填作此词。

春风几度润衡阳。
锦红堂，画新妆。
千转秋波，执手话芬芳。
翠雨流霞云绣月，归心迫，望故乡。

风驰雨骤乱山茫。
浪千扬，闪雷狂。
紫玉烟沉，飞坠伴情亡。
血染双衣无限泪，草原夜，琴忧伤。

读《大秦帝国》，我知道了历史上真实的商鞅以及他主导的变法，也引发了我对某些评说的思考。以下两首，都是在这种心境中填作的。

大江东去·商鞅

巨星陨落，万民泣，纠纠笑赴车裂。
孤剑布衣，驾长策，缚虎长缨浴血。
风卷黄尘，春雷炸起，强秦横空跃。
始皇一统，卫鞅功在法烈。

是非万丈红尘，死生两奇冤，千古难雪。
获罪东风，悲歌远，匣里青萍凄切。
衔恨士衡，哀哉鹏举血，正则心灭。
怅然孤叹，英灵长啸宫阙。

过秦楼·白雪

商君英灵，香魂白雪，鹊桥银河漫漫。
一世翘望，两地相思，柱信情契河汉。
比翼诗书香罗，煮酒青梅，红烛难按。
叹年华一瞬，今人千里，望穿离散。

思悠悠，春梦秋云，朱帘隔燕，
满目山河孤远。
兰舟欲动，琴心勃发，又恐别时肠断。
镜里春风，欲妆初翠凝眸，征轮难怨。
卫鞅车裂处，双带化作鸿雁。

浪淘沙·闻震

2008 年汶川地震那天，我正在从韶山回长沙的路上。听到消息后，心中不免担忧，四川的朋友，不知安否。当晚填下这首词。

惊雷突炸起，巴蜀震颠。
心海翻滚已无眠。
黄沙千里君安在？漫漫关山。

满目空念远，与谁共言？
子规声里人何堪。
梦里何时与君见，杳杳飞烟。

画屏春·三月三

《周礼·地官司徒·媒氏》条曰："中春之月，令会男女。于是时也，奔者不禁。"这对当时生活在社会底层、毫无自主权的女人来说，无疑是个神圣的节日。

踏青三月春意闹，湔裙婉娩新头。戏水泛舟伴郎游，苹花拾翠，群芳数风流。

香荑斗草羞红笑，纤手挑菜争柔。蛮腰飘舞对歌求，秀林不禁，青春竞自由。

我喜欢宁波东钱湖，因为她不仅有湖有山也有海，一山观湖海，万亩茶园。尤其是那群山簇拥下的凤凰湖，恬静安然；因为她不仅有湖，还有陶公岛，吟诵着范蠡携西施泛游的传说；因为她不仅有岛，还有小普陀、二灵寺，最是修身养性的好去处。几年来，我为她写了三十多首诗词。本集收录以下六首词。

水调歌头·东钱湖

峰转九屏处，碧水绕绿洲。
云湖依山偎柳，茶香漫波头。
鱼雁梨花飞卷，黄衫轻裙双秀，清歌荡兰舟。
翠落浮华月，余绛染波幽。

山叠影，水中镜，对帘钓。
流霞漂舞，灵境虚籁意悠悠。
游子小桥独立，遥想陶公携手，吹花与谁游？
素约烟波里，比翼有秦楼。

阮郎归·福泉山

碧波叠绿雁飞花，凤湖映朝霞。
龙泉低舞伴奇葩，化出三味茶。

烟岚迩，翠谷遐，梅福轻掩纱。
欲求布衣去纷华，丹丘好个家。

武陵春·天湖

翠顶之湖何处是，触手问长天。
河汉思凡落玉盘，云水山相间。

浮花浪沁风惊绿，碧波浴清蟾。
梦似嫦娥伴舟闲，过翼雁流连。

踏莎行·垂钓

春雨霏微，沉沉雾幕，烟波满目锁深处。笠翁垂钓独岿然，翠柳依依静持护。

鹊鸭游疑，鱼潜水暮，缘何枉自费心度。引颈欲问雾中人，湖岸深幽在远麓。

浣溪沙·陶公岛

六花飘柔碧水间，远山迷漫际无边，谁知何处渡人还。

梅蕊初生梢斗雪，柳丝低舞巧拂烟，轻舟一曲看人闲。

清平乐·小普陀

晨雾烟霭，绕翠梢头漫。
水墨幽濛弥无岸，素纱普陀轻掩。

雾锁寺外春山，云封碧内堂禅。
游子暗系青鸟，唯恐惊起朝阳。

念奴娇·千岛湖

千岛湖让我感慨的不是湖，而是湖水下的淳安老城，以及淳安人民为国家建设所付出的巨大牺牲。湖水已淹没他们曾经的存在，我故填此词以志之。

银河倾注，遍地是，碧水翠湖波灿。
天撒群星，点就得，绿岛奇峰锦岸。
西枕黄山，东拥浩海，一江飞如练。
清波千里，浪花翻处何叹？

三千才俊当年，文珠挥洒处，英风惊案。
跃马方陈，风骤起，北向旌旗漫卷。
卅万黎民，举家为国是，梦随浙赣。
情沉湖底，古城何日重现。

水调歌头·东湖

我终于有机会在武汉东湖的招待所住了一宿。我的窗下就是湖。傍晚，湖水轻轻拍打着绿岸，就像一首古老的歌谣，向我述说着她的故事。

飞凤惊云梦，化育盘龙湖。
烟霏浩渺无际，英气荡波出。
小鸥翻掠花浪，黄鹂梢头鸣柳，兰棹卷荷珠。
竹海听涛处，神逸楚天舒。

屈子吟，青莲义，话东吴。
黄鹤倾诉，长夜梅岭照天烛。
楚才长歌激荡，九女丰碑伟烈，辛亥首义呼。
夜伴涛声起，拍岸写大书。

解连环·商道

我读书时记了些古代经商的人和事，便逐渐懂得，天有天道，地有地道，人有人道，商亦有道，商道即为人道。自然之至理也。

曙光微现，灯残堆泪满，弃毫孤叹。
范蠡圣，挂冠飘然，纵使富万斛，尽施唯善。
不韦挥金，只贪得，灰飞血溅。
邓通雪岩贵，吞心似海，埋了钱眼。

也曾尽奢富艳，画楼拥翠响，莺娇轻唤。
玉盏醉，红袖金盘，众骑簇香车，歌宴再展。
暮雨晨钟，又朔塑，云破月散。

势如水，无语东流，落阳难怨。

将进酒·小梅花

我读《醉乡记》等，不得不为古人与酒拍案。其中尤以刘伶为最，每饮必携锄而往，醉死就地埋葬，令人无语。

《醉乡记》，《酒德颂》，尽数风流赞美酒。
张翰急，渊明悠，刘伶携锄畅饮死方休。
李白斗酒诗百篇，王维劝君一杯酒。
兴起樽，愁恋杯，志士赴死无酒怎壮酬。

五花马，千金裘，怎能消君万古愁。
《醉时歌》，杜甫忧，形名两忘即时一杯酒。
苏轼把酒问青天，孟德当歌酒中求。
七贤竹，八仙宴，忘却红尘醉中自封侯。

江南春·甲子兴

一老友六十大寿，索诗一首。我想到他虽年过花甲，却依然拼搏。故以此词劝他事若承续，还待后生。

登望远，沐春风。

苍穹接碧海，明道照新程。
双飞鸿雁云流翼，执手长歌待后生。

玉蜡梅枝·少年诗

我在整理过去的诗稿时，其中有不少青年时写的情爱诗，虽然幼稚，却也纯真。往事如烟，青春灿烂。老来读时，感慨万千。故填此词。

孤灯冷露旧婵诗，自诵少年痴。
蜡梅初放，三春花蕾，最是多情时。

踏青游水歌飞雪，几曲共朝夕。
素月分辉，青禽两地，吟罢泪沾衣。

花想容·秋愁

人老了，那些早已忘记的事，便会清晰起来，无论是你想记住的，还是想忘掉的。尤其是当你望尽菊花凋残的时候，心中便会有一种无奈和伤感。

萧瑟秋风吹尽处，百花渐凋残。
欲挽芳容话从前，皓月冷千山。

醉对孤灯思旧梦，雨打叶声寒。
寂寞溪桥无渡船，何日望春帆。

远山横·农场咏怀

2016年，我回家乡祭祖时有个心愿，就是回下乡的农场看看。但大家都劝我不要去，因为已无当年痕迹了。后来，他们还是把手机拍的视频发给我。那情景确是我未曾想到的。

登高欲辨旧时颜，满目尽芳残。
独犹翠岭曾如是，碧丛下、溪水潺潺。
老树空林影里，几缕袅袅炊烟。

遥想雄行战旗旋，马踏雪花翻。
风吹麦浪英姿舞，飞镰闪、挥汗争先。
皓发劈风相告，青春无愧苍天。

东风寒·重阳颂

重阳节，几位老友来家品茶。说到晚年生活，言多困惑，语中凄凉。过后，我填此词发给他们，意在激励。

年迈当效老东坡，把酒对天歌。
行吟春草，卧诵飞雪，遍游清波。

逍遥窗外杨柳舞，双燕任凭说。
粗茶细品，挥毫书画，切莫蹉跎。

现代五古二十一首

古体诗比较难写。一方面在于古今语言文字的变化，另一方面也在于韵律规制的不同。选入本集的二十一首，多为读书有感及诗友间的唱和。权作对现代五古的探索吧！

惜　时

惜时勤为首，大业实中求。
鸡窗伴残月，功名苦作舟。
弹指已白发，青春不自由。
人生最无奈，时如大江流。

知　足

日食三餐饭，晚来一枕席。
清茶洗浊肠，老酒荡寒欺。
步行能强身，陋室可参习。
虽有千年树，人生一两枝。

反　观

夜深人空静，掩卷听雨声。
声中扪心问，做人可亏行。
行中知长短，事业方可成。
成中辨是非，持中避险坑。
坑险当戒满，虚空方可盈。
盈溢需自省，风细柳亭青。

和诗友说富

兄拜大夫松，弟羡君子竹。
贫富天下事，苦乐自心出。
梅蕾迎雪放，竹老骨如初。
履霜坚冰至，万物有中无。

和诗友论酒

我执一杯酒，忠义住心头。
虽为穿肠物，天成胜金裘。
只恨觚觥浅，难以盛春秋。
何须五花马，提壶遍九州。

和诗友言情

光阴如草露，青春难再兴。
众里千百度，回首见真情。
岁月拂娇面，又思芳草青。
情为缘中物，何须怨飞英。

和诗友吟月

蟾辉本无界，朔望知时节。
紫烟钟鼓动，正当共月洁。
轩窗映孤影，明波照树斜。
欲渡关河远，夜深马蹄歇。

和诗友话廉

为官身心净，奉职先洗手。
欲拒贪腐事，履职勤洗手。
功成当戒满，退休再洗手。
常悬三尺剑，晚年善自守。

拾麦穗

七月如流火，农家汗儿长。
麦浪随镰舞，田头饭已凉。
紧追拾麦穗，与雀争时忙。
挎包胸前满，赞声背后扬。
麦垛层层起，手中粒粒香。
回首春耕苦，方得富冬藏。
不嫌穗儿小，磨面孝爹娘。
夕阳尽挥洒，金浪遍汪洋。

三才颂

乾坤合和处，天地三才生。
大道其为首，元利贞与亨。
潜龙不可用，在田当践行。
夕惕厉无咎，伏渊或跃腾。
亢龙终有悔，盛极难长盈。
终日须乾乾，戒满有清风。
持中知进退，自强以勃兴。
厚德方载物，天健与时争。

戒　满

男儿生有义，志当报国征。
才虽有八斗，纵马须慎行。
饭为一时饱，眠为晨再兴。
功名身外物，莫贪万斛钟。
杯空方可注，盈满难久成。
童叟如流水，品茶心自清。

谦　益

谦谦君子义，用涉利大川。
谦谦君子德，民生天下安。
谦位人相敬，争权骨肉残。
谦下得人助，气傲成事难。
谦利和万众，独贪危若卵。
谦恭可长益，思患于未然。

忧　患

人生如过隙，百年一箭求。
春风润寒地，冰雪染吴钩。
人生冰上走，水在冰下流。
抬脚有深浅，阴晴亦思忧。
暴雨虽猛烈，甘霖可长酬。
狂飙摧万物，柔风万古悠。

知与行

古今天下事，大智与时成。
长策虽如对，躬身重践行。
马谡知兵法，恃才失街亭。
赵括空谈战，傲物遭兵坑。
袖手评寰宇，害已误国听。
人生最无奈，无知竟逞能。

养　生

春来阳气盛，纵马需加鞭。
起居顺天时，强身贵老茧。
挥锄战青纱，阴晴两身汗。
秋凉万物敛，吐纳有飞镰。
老皮又新去，努力再加餐。
冬来易归藏，粗茶加淡饭。
闲来戏冰雪，脚热头当寒。

四　知

夜半人空寂，官宅大院深。
密室只二人，孤灯对十金。
客说无人晓，杨震说四知。
地知万民眼，天上神三尺。
我当知你送，你已知我喜。
红尘重自守，立世贵知止。

笔

大秦始称笔，蒙恬束苍毫。
千年万古事，挥墨任逍遥。
两汉贵狐笔，魏晋喜狼毫。
绿沉斑竹泪，右军领风骚。
王侯用秋兔，天子犀牛角。
诸葛高笔贵，百姓荻花雕。
笔虽有贵贱，心正意气昭。
我辈当谨记，下笔如施刀。

墨

墨以易水源，祖法南北传。
佳墨如天赐，制墨要在烟。
松烟当为首，油煤为漆烟。
黑似鱼胶玉，光耀金丝线。
洙泗珍品贵，清雅寄寂轩。
红墨画眉墨，紫珣桐华烟。
人磨墨，墨磨人。
磨出大境界，人间遍墨仙。

纸

蔡伦开天地，华夏创新风。
左伯子邑纸，蜀笺一时升。
彩笺薛涛起，浣花潭水情。
百家觅新意，群匠纸业兴。
霞光碧云远，密香女儿青。
百韵凝霜满，松花冰翼英。
二王青竹纸，澄心李煜成。
丹心吟翰墨，冷金世代行。

砚

砚史流长远，陶铜瓦玉砚。
唐石新风起，名砚代代传。
澄潭鱼脑冻，蕉叶似云烟。
秋洒天青雨，寻眼识端砚。
金星纹理晕，眉子似卧蚕。
罗纹隐池水，龙尾耀歙砚。
惊叹红丝绝，圣山澄尼现。
五彩华文涌，绿蓝有洮砚。

堆雪人

飞絮漫京城，疑似雪故乡。
孩时每逢雪，聚童相戏忙。
团雪浑开仗，风吹透心凉。
堆雪成小人，黑粉画眉长。
蚕豆点杏眼，胡萝做鼻梁。
红墨涂双腮，樱桃坐中堂。
白头怕说老，折巾帽儿香。
惊呼缺双臂，嘻哈互推上。
乱中见小妹，宛若雪衣娘。
黑发气蒸腾，刘海结莹霜。
睫毛挂绒花，秀目雾里藏。
妈妈呼开饭，未食鼾声扬。

图书在版编目（CIP）数据

指尖上的风 ：青竹斋诗话诗选 / 徐文新著 . —济南：泰山出版社，2020. 6
ISBN 978-7-5519-0600-5

Ⅰ. ①指… Ⅱ. ①徐… Ⅲ. ①诗歌研究—中国—当代 Ⅳ. ①I207.22

中国版本图书馆CIP数据核字（2020）第019597号

ZHIJIAN SHANG DE FENG QIGNZHUZHAI SHIHUA SHIXUAN

指尖上的风——青竹斋诗话诗选

责任编辑 池 骋
装帧设计 小马哥

出版发行 泰山出版社
社　　址 济南市泺源大街2号 邮编 250014
电　　话 综 合 部（0531）82023579 82022566
市场营销部（0531）82025510 82020455
网　　址 www.tscbs.com
电子信箱 tscbs@sohu.com
印　　刷 山东海新印务有限公司
开　　本 787 mm × 1092 mm 16 开
印　　张 25.5
字　　数 300 千字
版　　次 2020 年 6 月第 1 版
印　　次 2020 年 6 月第 1 次印刷
标准书号 ISBN 978-7-5519-0600-5
定　　价 68.00 元